Rue Félix-Faure

Ken Bugul

Roman

AMALION

Du même auteur

Le Baobab fou (NEA, 1982)
Cendres et Braises, (Harmattan, 1994)
Riwan ou le Chemin de Sable (Présence africaine, 1999)
La Folie et la Mort (Présence africaine, 2003)
De l'autre côté du regard (Le Serpent à plumes, 2003)
La Pièce d'or (Ubu, 2006)
Mes hommes à moi (Présence africaine, 2008)
Aller et Retour (Athéna-édif, 2014)
Cacophonie (Présence africaine, 2014)
L'envie de s'envoler, ouvrage collectif et dirigé (Amalion, 2020)

Rue Félix-Faure

roman

Ken Bugul

Nouvelle édition

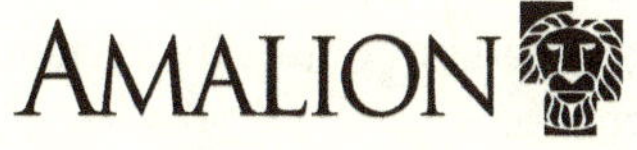

Toute ressemblance avec des personnes, des faits ou des lieux ne serait que pure coïncidence.

Amalion
BP 5637 Dakar-Fann
Dakar CP 10700
Sénégal
http://www.amalion.net

ISBN 978-2-35926-096-0 (broché)
ISBN 978-2-35926-097-7 (ebook)

Première édition par Hoëbeke (2005)

Conception de la couverture par Will McCarty
Image de couverture, photographe de Sandy Haessner de la peinture *souwère* par Djibril Fall Diene, © Amalion

A Cesaria Evoria,
Djibril Diop Mambety
et la diva Aminta Fall

Aux quatre points cardinaux
méprisés par le Moqadem

1

C'était le matin, rue Félix-Faure. Le salon de coiffure Chez Tonio était encore fermé, mais une musique persistante de violon en suintait comme un fluide, à travers les persiennes de ses fenêtres. Sur le trottoir en face du salon de coiffure, il y avait deux policiers, debout, les jambes écartées, devant une masse répandue par terre. Les matins de la rue Félix-Faure représentaient habituellement l'espérance doublée de patience, mais ce matin, l'espérance doublée de patience ne s'était pas levée avec les habitants de la rue Félix-Faure. Les deux policiers étaient là debout, les jambes écartées, devant un spectacle qui vacillait entre la beauté absolue et l'horreur absolue. La beauté et l'horreur dans l'absolu s'annulaient.

Il n'y avait plus ni beauté ni horreur.

Il y avait un spectacle.

Un spectacle grandiose.

Les deux policiers étaient debout, les jambes écartées, devant un corps découpé en morceaux. En ce matin, quelques personnes étaient déjà tout autour des deux policiers. Parmi ces quelques personnes autour des deux policiers, il y avait quelques habitants de la rue Félix-Faure. Parmi ces quelques personnes autour des deux policiers, il y avait de gens qui allaient au travail. Parmi ces quelques personnes autour des deux policiers, il y avait des gens qui revenaient du travail. Parmi ces quelques personnes autour des deux policiers, il y avait des gens qui avaient dormi rue Félix-Faure. Parmi ces quelques personnes autour des deux policiers, il y avait des gens qui s'étaient réveillés rue Félix-Faure.

Parmi ces quelques personnes autour des deux policiers, il y avait des gens qui passaient toujours, le matin, rue Félix-Faure. Parmi ces quelques personnes autour des deux policiers, il y avait un philosophe.

Ce philosophe était le Philosophe de la rue Félix-Faure. Parmi ces quelques personnes autour des deux policiers, il y avait un apprenti philosophe. Cet apprenti philosophe était un apprenti philosophe de la rue Félix-Faure. Parmi ces quelques personnes autour des deux policiers, il y avait un autre apprenti philosophe, et un autre, et un autre. A la rue Félix-Faure, il y avait un Philosophe, et tous les autres étaient des apprentis philosophes, conscients ou inconscients. Chacun, rue Félix-Faure, avait sa version et sa vision du monde visible et du monde invisible, mais le débat était ouvert. Et le respect de la version et de la vision de l'autre, le respect des idées de l'autre, le respect du silence des autres était une manière d'être et de se comporter dans cette rue. À la rue Félix-Faure, la devise était l'acceptation de l'autre. Pour des philosophes, apprentis ou non, conscients ou non, c'était important le débat, et c'était important le respect de l'autre, et c'était primordial l'acceptation de l'autre. Le débat, le respect de l'autre, l'acceptation de l'autre, étaient tout aussi importants pour tous ceux qui n'étaient ni des philosophes, ni des apprentis philosophes, aurait dit le Philosophe de la rue Félix-Faure.

C'était pourtant un matin calme, d'un calme si doux, comme d'habitude, rue Félix-Faure. Cette douceur du matin, la rue Félix-Faure seule en avait le secret. Nulle autre part, dans cette ville, pourtant si belle, presque entourée par l'océan, il n'y avait de tels matins ! Les matins de la rue Félix-Faure étaient réputés pour leur douceur. C'était si agréable d'être dans cette rue, le matin ! Les matins de la rue Félix-Faure donnaient envie de se réveiller très tôt et de s'y trouver. Les matins de la rue Félix-Faure donnaient envie de passer la nuit rue Félix-Faure. Ceux qui se trouvaient le matin dans la rue Félix-Faure avaient le visage serein, l'allure majestueuse. Les habitants de la rue Félix-Faure se levaient tous tôt. Même ceux qui avaient à peine dormi ! Même ceux qui n'avaient pas dormi du tout ! Même ceux qui dormaient, se levaient, se recouchaient ensuite, sans se rendormir parfois, après avoir fait un tour dans la rue Félix-Faure !

Les matins de la rue Félix-Faure étaient des matins qui réconciliaient l'être humain avec lui-même, avec l'autre, avec la vie. Le Philosophe de la rue Félix-Faure dirait que les matins de la rue Félix-Faure réconciliaient l'être humain avec ses élucubrations, ses incertitudes, ses angoisses, ses doutes, son égoïsme, et malgré tout, avec son espérance. Le Philosophe de la rue Félix-Faure dirait que l'espérance, c'était ce qu'il fallait pour que l'être humain puisse continuer à vouloir vivre. L'espérance était la seule notion qu'il pouvait maîtriser dans cette vie qui semblait le dépasser. Mais même avec cette espérance maîtrisable, certains êtres humains avaient des doutes et s'ancraient dans l'impatience. Ces êtres humains n'avaient pas saisi ce que pouvait signifier l'espérance, ou alors ils ignoraient le secret qu'il y avait dans l'espérance, surtout quand elle était doublée de patience. Cette catégorie d'êtres humains n'existait pas à la rue Félix-Faure, ou alors cette catégorie d'êtres humains était seulement de passage, et jamais pour longtemps. Cette catégorie d'êtres, ou cette espèce d'êtres, pour matérialiser la théorie de l'évolution, ne se sentait pas à l'aise avec les habitants et sympathisants de la rue Félix-Faure, qui, eux, ne doutaient plus, depuis fort longtemps.

C'était l'espérance doublée de patience qu'il fallait pour que les instincts suicidaires, les penchants au stress, les faiblesses pour les angoisses, la disponibilité pour les déceptions soient récupérés et transformés en une énergie existentielle. Cette énergie, c'était ce qu'il fallait pour que l'être humain survive à la vie. En réalité, disait le Philosophe de la rue Félix-Faure, nous tous, même ceux qui ne voulaient pas le reconnaître, nous avions envie de crever plutôt que de vivre certaines vies. Nous ne les vivions même pas, ces vies-là. Ce n'étaient pas des vies, c'étaient des déchets de vie, des résidus de vie, des vies bâtardes, bradées, mises au tapin. Des espèces de vies qui se masturbaient devant la vie, des espèces de vies qui nous soutiraient des raisonnements, des explications, des justifications, des questionnements sans fin. Ces espèces de vies étaient accrochées à nous comme des boulets de merde. Nous ne les avions ni choisies, ni désirées, ni voulues, ni souhaitées, dirions-nous. Nous ne les avions pas cherchées, répéterions-nous. Et nous nous retrouvions dans une série interminable d'incertitudes, d'angoisses, de questions sans réponse, d'hésitation entre la vie et la survie, entre la survie et la mort. Il y avait ces jours où nous n'avions envie ni de crever, ni de vivre, ni de survivre, ni de mourir, mais de commettre un crime. Cette envie et cette tentation bouillonnaient en chacun de nous. Et quand le couvercle des instincts se soulevait, même très légèrement, très vite nous refoulions cette envie, nous reléguions cette tentation, au plus profond de nous, sans pour autant nous en débarrasser. Cette tentation et cette envie faisaient partie intégrante de nous, de notre sang, de notre souffle, de nos gènes, disait le Philosophe de la rue Félix-Faure. Il y avait aussi des jours où l'être humain, dans un sursaut conscient ou inconscient, avait envie d'aimer et de faire du bien. Parmi ceux qui faisaient du bien, il y en avait qui voulaient vivre en s'accrochant à ce bien fait, comme l'espoir d'une survie meilleure, ailleurs, que la vie qu'ils menaient. « Le bien fait restera quand ils ne seront plus là, à titre posthume », pensaient-ils. Ce titre posthume pouvait pallier une vie ratée par le doute, ou l'impatience. Cela aussi était une autre forme de crime, disait le Philosophe de la rue Félix-Faure. Faire du bien pour uniquement justifier une vie, faire du bien pour uniquement survivre à la vie, c'était criminel. Si ce n'était pas un crime, ce serait de la lâcheté. C'était comme faire du bien sous forme d'hypothèque de ses propres angoisses devant le néant, le vide de la vie et d'après la vie, disait le Philosophe de la rue Félix-Faure. Et le cycle infernal continuait. Et dans cette situation tragique, le désespoir venait se greffer pour certains êtres humains en mal de réponse à leurs questions et à leurs attentes. Le désespoir ne venait pas du seul fait que nous n'avions pas demandé à être, mais pourquoi étions-nous ! Et là, à qui mieux mieux, pour trouver les explications, les raisons, les justifications à notre existence qui n'avait pas besoin de nous être imposée ou qui ne devait pas nous être imposée. Il fallait peut-être insérer un mode d'emploi avec un avertissement dans l'emballage de notre destin qui, selon certaines Écritures, était apprêté en cent vingt jours. Ce qui, de l'avis du Philosophe de la rue Félix-Faure, était insuffisant. Cent vingt jours pour confectionner le destin d'un homme ! Un homme ? L'espèce issue de toutes les autres espèces ? L'espèce issue des poissons, des insectes, des crocodiles, des singes, des dinosaures, des cafards peut-être ! Toutes ces espèces qui continuaient à fasciner et à émerveiller l'homme ! Alors que ces espèces, pour ce qui en restait, au lieu d'être émerveillées par l'homme, avaient peur de lui. Car au lieu de rester des hommes, la plupart des hommes étaient devenus des monstres. Projetés dans cette vie sans mode d'emploi, sans avertissement, et aussi rapidement, certains êtres humains passaient leur temps à remettre en question leur destin. Et ces êtres humains irascibles se fabriquaient d'autres destins avec des missions ! Les uns devenaient des scientifiques pour des manipulations génétiques. Les autres se voyaient dans de grands destins de grands hommes. Certains se mettaient à danser et à chanter à tue-tête. D'autres écrivaient des postulats, des théorèmes pour semer la zizanie dans la boîte hâtivement conçue des intelligences des uns et des autres. Chacun, en tout cas, cherchait un rôle à jouer, puisqu'il était là. Il fallait s'occuper et chacun se sentait investi d'une mission.

Ainsi, il y avait des missionnaires.

Ainsi, il y avait des chargés de mission.

Ainsi, il y avait des gens en mission.

Et pour les autres, non investis comme les habitants de la rue Félix-Faure, il y avait un sentiment et non une mission. Ce sentiment, c'était l'espérance doublée de patience ! L'espérance doublée de patience était tous les jours dans les matins de la rue Félix-Faure. Mais l'espérance doublée de patience n'était pas seulement et toujours rattachée aux situations insondables, inexplicables, au malaise de vivre, au désespoir, au doute, à l'impatience, disait le Philosophe de la rue Félix-Faure. Il n'y avait pas de doute rue Félix-Faure, par exemple. L'espérance doublée de patience était surtout dans ce qu'on appelait les bonnes choses de la vie. Les bonnes choses de la vie qui avaient l'air éphémère, et l'espérance doublée de patience les faisait durer quelque temps encore, encore un peu plus, encore et encore. Mais c'étaient quoi les bonnes choses de la vie ? Pour le Philosophe de la rue Félix-Faure, c'étaient, entre autres bonnes choses, les matins de la rue Félix-Faure. C'était comme le sourire d'un enfant. C'était comme la jouissance.

Tout autour du corps découpé en morceaux, il y avait aussi quatre lampes-tempête allumées, placées aux quatre points cardinaux et leurs mèches incandescentes dégageaient une lueur de plus en plus vive. Les morceaux du corps découpé étaient de gros morceaux. Le corps découpé semblait être alourdi par un certain âge et était celui d'un homme. L'homme était un lépreux et il devait avoir plus de cinquante ans si tous les morceaux étaient rassemblés. Les cinquante ans et plus étaient mal portés. L'homme faisait plus vieux, d'après son visage. Était-ce à cause de son ventre ? Son ventre était gros et au milieu de son torse, ressemblait à un monticule. Tout le corps découpé en morceaux de l'homme était ravagé par la lèpre. L'homme pouvait être fort, s'il n'y avait pas ce ventre qui déséquilibrait son grand corps grossièrement découpé.

Avec quoi ce grand corps avait-il été découpé ?

Avec une hache ?

Avec un grand couteau ?

Avec ce grand couteau, avec lequel tout petits, nous imaginions que le monstre, le grand monstre, le gros monstre, allait nous découper et nous manger ?

Qu'est ce qui nous excitait le plus avec le gros monstre ?

Était-ce parce qu'il allait nous manger ?

Ou bien parce que le gros monstre, nous savions qu'il n'existait pas, mais nous l'inventions, et notre propre invention nous excitait ?

Ou bien était-ce parce que le gros monstre, il existait et nous faisait peur, mais finalement nous savions qu'il n'allait pas nous manger, d'une manière ou d'une autre, comme toujours ?

Finalement, les monstres avaient-ils réellement existé ?

Oui, oui !

Les monstres devaient exister !

Pas de ces monstres qui pullulent aujourd'hui, ces monstres de bas niveau, de bas étage, ces monstres de l'exploitation et du crime organisés, ces monstres de pacotille, vulgaires, ces monstres cons ! Ces monstres qui voulaient réinventer le monde, un monde sans rêve, un monde où les enfants sont massacrés, violés, manipulés, abandonnés. Un monde de domination, d'occupation, un monde impérialiste, où le plus fort menace les équilibres, où le plus riche, et c'est relatif la richesse, narguait le pauvre, et c'est relatif la pauvreté. Nous, nous avons besoin des monstres de notre enfance, des monstres de nos rêves, des monstres pour le rêve, des monstres pour rêver. Quand nous pensons à tous ces monstres de nos rêves, surtout à ce grand et gros monstre qui s'avancera vers nous, l'excitation et la peur se mélangent, et il est difficile de les démêler. Il y a quelque chose de tendrement agréable avec les monstres, surtout quand ils sont grands et gros et qu'ils s'avancent vers nous comme pour nous manger. Nous nous blottissions dans les canapés profonds, dans les bras solides de nos pères, sur les cuisses rassurantes de nos mères et grands-mères, sur les genoux de nos grands frères et grandes sœurs. Hélas ! Les monstres pour rêver, les monstres de notre imaginaire merveilleux, se font de plus en rares. Il n'y a plus que des monstres de plus en plus monstrueux. Les monstres des temps modernes qui spolient les dignités, volent et tuent sans scrupules. Les monstres qui utilisent Dieu pour aveugler, égarer, exploiter, tuer des innocents ! Les monstres qui utilisent la force pour dominer, écraser, démontrer, prouver !

Qui avait pu monter ce spectacle dans la rue Félix-Faure ?

Qui avait découpé le corps du grand lépreux et lui avait enfoui ses petites parties sexuelles dans la bouche ?

Un monstre ?

Dracula ?

Non ! Dracula était un gentleman !

Dracula ne découpait pas ses victimes. Dracula les suçait ! Hum !

Le corps découpé du grand lépreux gisait dans une mare de sang qui commençait à se coaguler par endroits. Le sang était un sang rouge, rouge d'une origine et d'une histoire qu'il faudra connaître, comprendre et raconter. Ce sang rouge, par ce matin calme, était visible malgré la petite pénombre qui baignait la rue. La couleur de ce sang, d'un rouge nerveux, semblait signifier, exprimer, dire, quelque chose. La couleur de ce sang était inhabituelle. Ce rouge était violent, audacieux, agressif, étouffant, encombrant, gênant. Le trottoir semblait s'effondrer sous la couleur de ce sang qui se glissait dans ses entrailles à travers ses pavés inégaux. Sur ce trottoir de la rue Félix-Faure, habituellement, la vie retentissait plus que la mort. La rue Félix-Faure était une rue vivante. La rue Félix-Faure était l'une des rues les plus vivantes de cette ville qui était la capitale de ce pays qui offrait son visage à l'océan. La rue Félix-Faure était une rue cosmopolite où il ne fallait pas parler de mort. C'était la rue de l'espérance doublée de patience. Les habitants de la rue Félix-Faure vivaient d'espérance doublée de patience et voulaient vivre, pour cette espérance doublée de patience. Les habitants de la rue Félix-Faure ne voulaient pas savoir d'où ils venaient, mais rêvaient où ils voulaient aller. Cela n'était pas donné à tout le monde, disait quelques fois un apprenti philosophe de la rue Félix-Faure. Et ce rêve était là tous les jours, entretenu, nettoyé, poli, raboté, ciré, cajolé, dorloté, encensé, parfumé. Les habitants de la rue Félix-Faure se projetaient entièrement dans l'espérance doublée de patience. Les habitants de la rue Félix-Faure ne s'occupaient pas de leur passé. Ils n'avaient plus de passé. Dans la rue Félix-Faure, la devise c'était demain, c'était un jour, c'était bientôt, c'était tout à l'heure, c'était tout de suite, c'était maintenant, c'était aussi, peut-être, jamais. Les habitants de la rue Félix-Faure ne se retournaient pas. Ils avançaient. Les balises de leur existence, c'était l'espérance doublée de patience, c'était l'instant dans cette espérance doublée de patience. Alors que pour d'autres, le passé était important pour se fabriquer un présent et un futur. Dans la rue Félix-Faure, il ne fallait pas parler de passé. La rue Félix-Faure suffisait pour fabriquer à n'importe qui une identité, une race, un peuple, une histoire, une existence, un destin. Il suffisait de l'emprunter pour se sentir être, pour se sentir exister, pour se sentir vibrer, pour se sentir vivre, pour se sentir. La rue Félix-Faure était la rue où il fallait habiter, pour tous ceux qui étaient en mal ou en malaise de vivre, et voulaient pourtant vivre et tenaient à vivre, préconisait souvent le Philosophe de la rue Félix-Faure. La rue Félix-Faure offrait la vie avec l'espérance doublée de patience. La rue Félix-Faure était le rêve. Personne ne pouvait y échapper, personne ne voulait y échapper ! Mais alors pourquoi était-ce dans cette rue qu'un tel spectacle avait été monté ? Pourquoi était-ce rue Félix-Faure que ce crime avait été commis ?

Peut-être que le crime avait été commis ailleurs et les morceaux du corps découpé avaient été transportés ici !

Qui avait dit qu'il s'agissait d'un crime ?

Pour le moment, il s'agissait d'un spectacle !

La rue Félix-Faure était une rue indiquée pour le spectacle.

La rue Félix-Faure était une scène. Mais pas pour ce genre de spectacle pourrait-on penser !

Qui avait dit que ce spectacle n'était pas la vie aussi ?

Qui avait dit que ce spectacle n'était pas le rêve aussi ?

Qui avait dit que ce spectacle n'était pas aussi l'espérance doublée de patience ?

Pourquoi sélectionner ce qui devait être la vie et ce qui ne devait pas l'être ?

Pourquoi ne pas penser que la vie était aussi la mort ?

Le Philosophe de la rue Félix-Faure dirait, à qui voudrait l'entendre et même à qui ne voudrait pas l'entendre, que la vie était finalement une grande arnaque. Et pour le Philosophe de la rue Félix-Faure, la question était : c'était quoi, la vie ? Le Philosophe de la rue Félix-Faure se demandait si c'était cet amalgame de grands, de petits, de bons, de méchants, de pauvres, de riches, de nuls, d'intelligents, de beaux, de laids, de privilégiés, de laissés-pour-compte, qui composaient les matériaux de la vie. Que voulait-on prouver en mettant des bons à côté des méchants, des beaux à côté des laids, des Noirs à côté des Blancs, des femmes à côté des hommes, des grands à côté des petits, des munis à côté des démunis ? Pour culpabiliser l'un et sublimer l'autre ? Surtout que dans la plupart des cas, les coupables étaient disculpés et les innocents inculpés. Pour en arriver à quoi ? C'était quoi la morale de ces contraires ? Cette théorie des contraires, comme le jour et la nuit, le chaud et le froid, la vie et la mort, justifiait-elle suffisamment la vie, justifiait-elle suffisamment les horreurs de la vie, les non-sens de la vie, les illusions de la vie? Une vie où la plupart se cherchaient vainement, alors que d'autres essayaient de s'accrocher, sans savoir précisément à quoi ! Les habitants de la rue Félix-Faure, eux, avaient de la chance. Ils avaient et l'espérance doublée de patience et le rêve, alors que d'autres ne connaissaient pas l'espérance, et encore moins l'espérance doublée de patience. Ceux-là ne connaissaient pas non plus le rêve. C'étaient ces fantômes de l'existence qui se démenaient en vain pour finalement n'arriver à rien. Ces fantômes de l'existence cherchaient des prétextes de vie, mais parfois ces prétextes de vie les poussaient au suicide. Car ces prétextes de vie ne comblaient pas l'angoisse du vide de leur existence. D'autres camouflaient ces prétextes et se camouflaient eux-mêmes et finalement ils vivaient une vie camouflée. C'était peut-être parmi cette tranche, que surgissaient les nouveaux monstres des temps modernes : les nouveaux prophètes avec les nouveaux temples, les faux gourous avec les nouvelles voies, les faux Moqadems avec les nouveaux lieux de prières. Le Moqadem est le titre attribué au représentant des autorités civiles, au niveau du voisinage, mais aussi à celui d'un maître spirituel, autorisé à dispenser un enseignement et à initier des disciples. Littéralement, il est « celui qui est promu ». Ils se prenaient pour des nouveaux dieux au départ, et devenaient des monstres monstrueux. Peut-être que ce grand lépreux au corps découpé en morceaux, que personne ne semblait connaître en ce matin rue Félix-Faure, était un de ces nouveaux dieux, devenu monstre.

Qui était ce grand lépreux, découpé en morceaux, avec ses petites parties sexuelles enfoncées dans la bouche ?

Personne pour le moment ne pouvait y répondre. Le Philosophe de la rue Félix-Faure se demandait si finalement nous n'étions rien d'autre que des pions dont l'univers avait besoin pour faire tourner sa dynamique absurde. Cette dynamique absurde qui avait besoin d'une énergie constamment, perpétuellement renouvelée ! Et un jour, il suffisait d'une petite interférence pour que cette dynamique menât au dérèglement. Et l'ivresse greffée par ce dérèglement nous donnait l'impression que nous étions utiles et importants, alors que nous n'étions rien d'autre que des petits moteurs. Des petits moteurs qui devaient tourner pour une machine infernale, dont nous ne connaissions rien, et qui nous broyait sans faire de différence. Et l'ivresse nous emportant toujours, dès que nous posions pied sur la planète violée, jadis l'Éden, nous criions victoire, alors que tout cela n'était qu'illusion, dans l'univers du dérèglement.

Ce fut à partir de ce dérèglement que Dieu fut !

Et depuis, il est là !

Ce spectacle du corps découpé en morceaux du grand lépreux, les petites parties sexuelles enfoncées dans la bouche, le ventre bombé, sous un ciel opaque à cette heure du matin, s'intégrait parfaitement dans le décor de la rue Félix-Faure. Aucune rue dans cette ville ne pouvait servir pour un tel spectacle. Ce spectacle appartenait à la rue Félix-Faure.

« C'est fantastiquement sublime !» s'était exclamé un apprenti philosophe, les deux mains dans les poches, titubant d'ivresse de vie, d'ivresse d'espérance doublée de patience, d'ivresse de rêve. Un autre apprenti philosophe avait esquissé quelques pas de danse, en sifflant un air entre l'aversion et l'admiration. Il s'était approché du corps découpé en morceaux et un des deux policiers l'avait violemment écarté d'un revers de main. L'apprenti philosophe avait reculé, les deux mains levées vers le gros policier en signe de paix.

« Ce spectacle, c'est du vrai art.

Enfin, il n'y a pas d'art vrai et d'art faux, il n'y a que l'art.

C'est de l'art, je vous dis ! » disait l'apprenti philosophe, en pointant du doigt le corps du grand lépreux, découpé en morceaux.

Le spectacle, il fallait le reconnaître, était sublime, grandiose. Dans ce spectacle, le plus étrange, c'étaient les petites parties sexuelles arrachées avec violence, vue la manière dont les chairs pendaient, et qui étaient profondément enfoncées dans la bouche du grand lépreux. Les quatre lampes-tempête placées aux quatre points cardinaux donnaient au spectacle une atmosphère irréelle ! Les lueurs des mèches des quatre lampes-tempête s'enhardissaient comme pour braver, défier, un soleil qui n'était pas encore levé. Elles semblaient illuminer en relief les petites parties sexuelles du grand lépreux, enfoncées dans sa bouche grande ouverte, comme un bouquet de fleurs sauvages. Le Jardin des Délices de Bosch, au musée du Prado, pourrait se compléter avec un tel spectacle, comme un quatrième panneau. Les yeux du grand lépreux découpé en morceaux, dévorés par la maladie, n'avaient presque plus de cils. Les yeux du grand lépreux découpé en morceaux étaient grand ouverts et semblaient bouger. Les yeux du grand lépreux découpé en morceaux bougeaient dans tous les sens, comme une vrille, et les yeux du grand lépreux découpé en morceaux semblaient vouloir dire quelque chose. Les yeux du grand lépreux découpé en morceaux semblaient vouloir confesser ou avouer quelque chose. Les yeux du grand lépreux découpé en morceaux étaient sur arrêt mort, mais étaient vivants et les yeux du grand lépreux découpé en morceaux semblaient vouloir attirer l'attention des gens tout autour. Les yeux du grand lépreux découpé en morceaux hélaient les deux policiers. Les yeux du grand lépreux découpé en morceaux n'étaient pas morts. Les yeux du grand lépreux découpé en morceaux étaient vivants et ils parlaient. Les yeux du grand lépreux découpé en morceaux disaient des choses terribles. Les yeux du grand lépreux découpé en morceaux racontaient une histoire, une histoire qui devait être racontée au grand jeune homme, le cinéaste Djib, pour en faire un film. Cette histoire, que les yeux du grand lépreux devaient raconter au grand jeune homme, le cinéaste Djib, semblait ne pas avoir de fin. Les yeux du grand lépreux découpé en morceaux étaient là, en train de raconter la fin de l'histoire et personne ne les écoutait, car personne ne prêtait attention aux yeux du grand lépreux.

Qui pouvait connaître le langage des yeux d'un grand lépreux découpé en morceaux, avec ses petites parties sexuelles enfoncées dans la bouche ?

Les deux policiers étaient toujours là, debout, les jambes écartées. Ils regardaient le corps découpé en morceaux du grand lépreux et ils ne se rendaient pas compte de ce qui passait dans ses yeux. Les deux policiers étaient là, debout, mais ils étaient absents. Ils n'avaient même pas les réflexes des policiers au cinéma. Ils n'avaient rien examiné. Ils n'avaient pas essayé de voir s'il y avait quelque indice, quelque part, à côté du corps grand lépreux découpé en morceaux. Les deux policiers n'avaient rien fait. Les deux policiers étaient là comme malgré eux et les deux policiers semblaient contrariés. Les deux policiers s'ennuyaient. Les quatre lampes-tempête tout autour, éclairaient les yeux du grand lépreux qui racontaient l'histoire et la fin de l'histoire qui devait être racontée au grand jeune homme, le cinéaste Djib, pour en faire un film.

Qui avait monté ce spectacle ?

Était-ce une personne ou étaient-ce plusieurs personnes ?

Nul ne pouvait parler de crime.

Nul ne devait parler de crime.

Ce n'était pas un crime.

C'était un spectacle.

Peut-être était-ce pour cela que les deux policiers ne se rendaient pas compte de ce qui se passait dans les yeux du grand lépreux découpé en morceaux. Ils assistaient comme les autres, à un spectacle illuminé par quatre lampes-tempête placées aux quatre points cardinaux. Ce spectacle n'avait pu être monté que par une personne ou par des personnes de grand talent.

Le décor : rue Félix-Faure !

Le lieu : un trottoir de la rue Félix-Faure !

L'heure : un matin de la rue Félix-Faure !

En face : le salon de coiffure fermé, Chez Tonio !

La musique : un son lancinant de violon !

La lumière : quatre lampes-tempête placées aux quatre points cardinaux.

Et les yeux du grand lépreux étaient en train de dire qui avait monté le spectacle. Les yeux du grand lépreux semblaient aussi apprécier le spectacle. Les yeux du grand lépreux étaient parfois admiratifs. Les yeux du grand lépreux avaient les images de la mise en scène au fond de leurs cavités. Mais personne ne faisait attention aux yeux du grand lépreux. Les gens regardaient le corps découpé en morceaux du grand lépreux. Les gens regardaient les petites parties sexuelles enfoncées dans la bouche du grand lépreux qui riait à présent. La bouche du grand lépreux riait, mais les parties sexuelles enfoncées en elle l'empêchaient de faire échapper plus loin le rire qui aurait pu traverser l'océan de l'autre côté, vers les îles du Cap-Vert. Le corps découpé en morceaux du grand lépreux était secoué de spasmes dans chaque morceau, tant le rire voulait être profond, long et déchirant. Le rire du grand lépreux découpé en morceaux, avec les petites parties sexuelles enfoncées dans la bouche, montait et descendait du trottoir de la rue Félix-Faure. Le rire qui sortait de la bouche du grand lépreux était comme un son lancinant de violon, comme un blues psalmodié. Les yeux du grand lépreux étaient touchés par le rire qui montait et descendait du trottoir et les yeux du grand lépreux riaient encore plus. Le crime ne devait pas remonter à loin, ou plutôt le méfait, car il ne s'agissait pas de crime, avait-on dit. Les yeux du grand lépreux regardaient les gens tout autour. Les yeux du grand lépreux riaient encore de plus belle en regardant les gens. Un rire nerveux, un rire qui racontait l'histoire qui devait être racontée au grand jeune homme, le cinéaste Djib, pour en faire un film ! Une histoire sans fin disait-on, mais la fin était à présent racontée par les yeux du grand lépreux, découpé en morceaux, sur un trottoir de la rue Félix-Faure.

La rue Félix-Faure était une rue animée, quand la rue appartenait à ses habitants, aux sympathisants, au Philosophe et aux apprentis philosophes Elle était animée jour et nuit. Elle était animée toute la nuit jusqu'à l'aube, jusqu'au matin, jusque dans l'après-midi, jusqu'au soir. Certains habitués noctambules de la rue Félix-Faure attendaient ceux qui étaient fidèles au premier devoir matinal de la prière. Ceux-là passaient toujours par la rue Félix-Faure, et les autres se mêlaient à cette foule de bienheureux qui ne doutaient plus à l'instant même. Ainsi parmi la foule des gens du matin qui arpentait cette rue, il y avait des bruits discrets de chapelets, de rosaires, suspendus aux cliquetis des talons de chaussures des filles claudiquant, soutenues par des hommes ou des femmes qui se suivaient en titubant d'ivresse, comme des bienheureux, eux aussi. La rue Félix-Faure était la rue des bienheureux ! Et ce matin, la rue Félix-Faure offrait un autre spectacle, une autre prière ! La prière de ce matin, c'était le corps découpé en morceaux d'un grand lépreux, les petites parties sexuelles enfoncées dans la bouche et dont les yeux voulaient dire quelque chose, disaient même quelque chose.

« Mort violente ! disait un apprenti philosophe.

—Mort atroce ! disait un autre apprenti philosophe.

—Mort horrible ! disait un autre apprenti philosophe.

—Mort grandiose ! » disait un autre apprenti philosophe.

Les deux policiers étaient trop gros et trop gras devant le corps découpé du grand lépreux, avec son ventre qui gonflait à vue d'œil. Les deux policiers étaient trop gros et trop gras pour leur métier. Ce phénomène de policiers trop gros et trop gras devrait alerter les responsables de la police, partout, mais apparemment c'était la mode, car les responsables étaient encore plus gros et plus gras. Mais de quoi se nourrissaient ces policiers d'ici et d'ailleurs ? Peut-être de matraquages, de fouilles intempestives, de coups de pied au cul, de gros mots, d'interpellations arbitraires au faciès, de couleurs, de noms colorés ou sonnant olive, beur, arabe, osama, nègre, saddam, gitan, ivoirien du Nord, ivoirien du Sud, en situation irrégulière et même en situation régulière. Et ces temps-ci, pour d'autres compères, nouveaux et probables européens typés, asiatiques et que sais-je encore ! Et depuis toujours, tzigane, rom, romanche, juif, bougnoule ! Le Philosophe de la rue Félix-Faure disait que c'était très indigeste comme nourriture. Il faudrait leur confectionner un régime à suivre scrupuleusement, dirait un apprenti philosophe. Pour commencer, ce serait de s'acquitter correctement de leur travail en responsables, conscients de ce qu'ils représentaient dans une société, au lieu de jouer aux durs et de faire dans le muscle. Ensuite, ils devraient être moins gros et moins gras, en cessant de proférer des mots racistes et méprisants. Pour finir, ne pas être des policiers comme eux.

Les deux policiers, toujours debout, les jambes écartées, avaient chacun une main qui caressait son ventre où étaient passées des brochettes pimentées de gésier de coqs, de la viande de mouton grillée sur des braises, des litres de bière Gazelle Coumba et de vin Kiravi Valpierre. A cette heure du matin, ils avaient plutôt envie d'aller dormir. Ils étaient bien, et cet état de bien-être venait d'être gâché par ce corps découpé d'un grand lépreux sur un trottoir de la rue Félix-Faure. En revanche, ce corps découpé du lépreux avec les petites parties sexuelles enfoncées dans la bouche n'avait pas l'air bien, pensaient les deux policiers qui n'enviaient pas le sort du grand lépreux dont le ventre bombé narguait le ciel opaque. Ils se trompaient, les deux policiers ! Les yeux du grand lépreux découpé en morceaux disaient autre chose. Les yeux du grand lépreux disaient qu'ils voyaient enfin Dieu !

Les deux policiers n'habitaient pas rue Félix-Faure, mais ils connaissaient la rue Félix-Faure, la rue de l'espérance doublée de patience. Ils y flânaient souvent, sous n'importe quel prétexte, sinon ils en inventeraient. La rue Félix-Faure était attirante, avec ses lumières, ses néons, sa musique, ses odeurs et ses habitants cuivrés ! La rue Félix-Faure était une rue musicale, une rue où on pouvait danser à n'importe quelle heure. En allant acheter un paquet de sucre chez le boutiquier à côté. En allant essayer une robe chez la couturière capverdienne. En allant se coiffer Chez Tonio. En se trouvant tout simplement dans la rue Félix-Faure.

C'était encore le matin et le soleil n'osait pas se lever, et encore moins asperger la rue de son éclat. Le soleil y allait toujours doucement, rue Félix-Faure. Le soleil n'osait pas attaquer de front, brutalement, la rue Félix-Faure. Le soleil se faufilait toujours presque timidement entre les arbres centenaires. À la rue Félix-Faure, les arbres n'étaient pas dans la rue, mais dans les cours des maisonnettes. Ils avaient bien raison. Il suffisait qu'il y ait des travaux pour que tout soit rasé !

Sans alternative.

Pour des arbres ?

Qui y penserait ?

Seuls les amis des arbres !

Combien y en avaient-ils encore ?

Un, trois, cinq, sept, neuf, onze, treize, quinze, dix-sept, dix-neuf ?

En ce matin donc, le soleil ne rasait pas encore les toits en tuiles des maisonnettes de la rue Félix-Faure. Le soleil se couvrait pudiquement la face. Le soleil se comportait en coquette avec la rue Félix-Faure. Il savait que la rue Félix-Faure avait son propre rythme qu'il fallait respecter. Il était aussi un complice de la rue Félix-Faure. Le soleil traversait habituellement la rue Félix-Faure rapidement dans la journée et quand il passait de l'autre côté l'enveloppait dans un halo de lumière. Ce halo de lumière donnait aux couleurs ocre des maisonnettes un air de scène de film. Le soleil de la rue Félix-Faure pourrait être utilisé comme lumière pour le film du grand jeune homme, le cinéaste Djib, aurait pu penser un apprenti philosophe. Ce film, dont la fin de l'histoire était en train d'être racontée par les yeux du grand lépreux découpé en morceaux, sur le trottoir de la rue Félix-Faure ! La rue

Félix-Faure était située à l'extrême limite de deux mondes, celui de la nuit et celui du jour. La rue Félix-Faure jouxtait le jour et la nuit. Et c'était à cette extrême limite de ces deux mondes, que le corps du grand lépreux avait été découvert, découpé en morceaux.

Les deux policiers avaient-ils peur de subir le même sort que le grand lépreux ?

Mais pourquoi auraient-ils peur ?

Et de quoi auraient-ils peur ?

Avaient-ils quelque chose à se reprocher?

Et si c'étaient les deux policiers qui avaient commis le forfait ?

Les policiers, ainsi que tout agent en uniforme, étaient en général au-dessus de tout soupçon, qu'ils soient gros, gras, ou non. Par contre dès qu'un laissé-pour-compte passait, où une personne de couleur, avec un faciès cliché robotisé, le soupçon qui planait au-dessus de tout le monde allait se poser comme un nid volant sur sa tête.

Surtout, ne portez pas barbe et un nom modou-modou, ailleurs !

Les policiers ne pouvaient-ils pas commettre des crimes et des crimes crapuleux ? Ou bien avaient-ils passé des tests psycho-quelque chose avant d'être recrutés ? Le profil d'un policier n'était pas ainsi celui d'un criminel? Comment pouvaient-ils s'occuper de crimes s'ils n'avaient pas un peu le profil d'un criminel ? aurait pu dire un apprenti philosophe. Avez-vous vu comment certains policiers traitaient ceux qu'ils arrêtaient, qu'ils soient coupables ou non ? Ils les tabassaient, leur donnaient des coups de crosse, des coups de pied aux meilleurs endroits. Ils les insultaient, les humiliaient. Quand on regardait leurs visages au même moment, on pouvait y lire un désir violent de réduire. Ils se retenaient douloureusement et soufflaient pour évacuer, ou jouissaient dans leurs pantalons peut-être. Certains policiers pouvaient être des criminels ou des dépravés potentiels. Les criminels frustrés, les criminels après la confession, étaient toujours dangereux. Le potentiel résiduel pouvait récidiver. Enfin, les policiers ou les gens en uniforme étaient toujours, ou souvent, ou en général, au-dessus de tout soupçon. Pourtant, tout récemment, des gens en uniformes, représentants de leur grande nation chargée soi-disant d'une mission salvatrice qui tournait à l'horreur, avaient volé des objets d'art du pays envahi envers et contre presque tous. C'était ainsi que ceux qui voulaient commettre des forfaits, de nos jours, mettaient des uniformes. En uniforme on ne passait pas inaperçu, on avait même droit à des salutations en bonne et due forme et on pouvait passer facilement à travers tous les barrages.

Les deux policiers au-dessus de tout soupçon étaient mal habillés. Non, ils étaient plutôt mal attifés. Était-ce à cause de leurs gros ventres que les chemises de couleur bleue des deux policiers ne pouvaient pas être bien boutonnées? Ces deux policiers ne savaient-ils pas que tous ceux qui arrivaient rue Félix-Faure devaient être bien habillés ? Et c'était valable pour n'importe qui! En uniforme ou en civil ! À n'importe quelle heure de la journée les habitants de la rue Félix-Faure étaient élégants. Dans la journée, les jeunes filles en shorts, petits-dos nus, et sandales en cuir étaient comme un bouquet de vie et on avait envie de les suivre au bout de tout. Les personnes âgées se mettaient dehors, quand le soleil passait de l'autre côté, à la devanture des maisons, assises sur des chaises, apprêtées pour le rendez-vous avec leur rue. Les hommes portaient des chemises à manches courtes, avec des nœuds-papillons. Les femmes portaient des canotiers aux rebords fleuris. Leurs robes froncées à la taille se soulevaient doucement au souffle discret d'un petit vent, et on pouvait apercevoir furtivement un genou brillant sous un jupon en dentelle amidonnée.

La rue Félix-Faure était une rue élégante. La rue Félix-Faure était une rue de classe. C'était la rue des gens de classe. Une classe injustement classée par tous les autres qui en manquaient, parce qu'ils n'habitaient pas rue Félix-Faure.

Les deux policiers sentaient l'alcool et la femme. Dans la rue Félix-Faure, à cette heure, c'était de rigueur ou plutôt c'était exigé. Pour être membre agréé de la rue Félix-Faure, il fallait cela aussi. Surtout à cette heure où l'autre face de la rue allait se dévoiler. Et pourtant les habitants de la rue Félix-Faure n'étaient pas ceux qui occupaient la nuit à partir d'une certaine heure. C'étaient d'autres personnes venues d'ailleurs. Des personnes qui habitaient dans des ailleurs qui ne convenaient pas à leurs rêves. Quand, dans le manque de choix, ces personnes n'en pouvaient plus d'étouffer dans ces ailleurs-là, elles se dirigeaient rue Félix-Faure et là, elles se sentaient vivre. Pour retourner dans leurs ailleurs, c'était la déprime existentielle qui les accompagnait, et elles attendaient impatiemment que le soir tombât, pour à nouveau se ruer dans la rue du rêve, la rue de l'espérance doublée de patience, la rue de Dieu.

Les deux policiers étaient toujours là, debout, les jambes écartées, comme s'ils voulaient vider leurs vessies ou leurs intestins sur le corps découpé en morceaux du grand lépreux, dont les yeux éclataient de rire devant le spectacle qu'ils offraient. Les chaussures à grosses semelles des deux policiers étaient déformées par leur poids, et leur apparence laissait penser qu'elles puaient à l'intérieur. Un des deux policiers, qui avait l'air plus gros, était de petite taille. Il respirait bruyamment et, devant le corps découpé en morceaux du lépreux, il toussotait de temps en temps, en détournant la tête. Ce gros policier n'inspirait pas confiance. Il pouvait être soupçonné d'avoir commis le forfait.

« Qu'en pensez-vous ? Aurait pu dire un apprenti philosophe.

Messieurs les deux policiers, qui de vous deux a commis le forfait ? Ou bien, avez-vous tous les deux commis le forfait ?

Écoutez, cela peut se comprendre aisément.

Car, comment peut-on découper un aussi grand corps tout seul ? Comment a-t-on pu arracher avec tant de violence les petites parties sexuelles de ce lépreux, et comment a-t-on pu les lui enfoncer aussi profondément dans la bouche, si on n'a pas été aidé ? Donc vous deux, vous pouvez être responsables de ce forfait ! Qu'en dites-vous messieurs les policiers ?

Vous êtes au-dessus de tout soupçon, pensez-vous !

Parce que vous êtes des policiers, de gros policiers ? »

Les deux policiers n'auraient pas réagi aux accusations de l'apprenti philosophe. Le Philosophe de la rue Félix-Faure, qui aurait deviné les accusations de l'apprenti philosophe, aurait pris la parole:

« Qui vous dit qu'il s'agit d'un crime ?

—Dans ce cas il faut faire appel à Dieu ! Aurait suggéré un apprenti philosophe.

—Que vient faire Dieu dans ce spectacle ? Aurait demandé un autre apprenti philosophe ?

—Nous devons lui soumettre le cas ! Aurait insisté un autre apprenti philosophe. Il y a un grand lépreux découpé en morceaux, les petites parties sexuelles enfoncées dans la bouche, et il ne s'agit pas de crime ! C'est la raison pour laquelle il faut associer Dieu, car Dieu est l'immanence dans le dérèglement. Ce crime, plutôt ce spectacle, fait partie d'un dérèglement. Donc Dieu est concerné, puisqu'il est issu du dérèglement. »

Dans la rue Félix-Faure, Dieu faisait partie de tout. Tout habitant de la rue Félix-Faure s'en remettait à Dieu. À la rue Félix-Faure Dieu était omniprésent. La rue de l'espérance doublée de patience ne pouvait pas se passer de Dieu. C'était impossible.

Dieu représentait tout ce que les habitants de la rue Félix-Faure souhaitaient, désiraient, voulaient, vivaient, à chaque instant. Les habitants de la rue Félix-Faure étaient dans la proximité de Dieu. Tout ce qu'ils avaient c'était Dieu et tout le reste était espérance doublée de patience. Tout le reste était rêve. Dans le rêve, les habitants de la rue Félix-Faure se construisaient un autre monde, dans un autre univers, mais pas dans une autre rue. Dans l'espérance doublée de patience, les habitants de la rue Félix-Faure jouissaient de tout ce rêve qui était là avec eux tous les jours, tous les instants de leur vie.

La rue Félix-Faure était la rue du rêve.

La rue Félix-Faure était la rue de Dieu.

Dans la rue Félix-Faure pourtant, il n'y avait pas de temples. À la rue Félix-Faure, les habitants ne priaient pas Dieu dans des temples. C'était la musique du violon, de la guitare, c'étaient le Philosophe et les apprentis philosophes qui allaient et venaient, les matins, qui étaient la prière. C'étaient les dos nus, couleur caramel des filles capverdiennes, qui étaient la prière. C'étaient les personnes âgées, habillées, coiffées, poudrées, parfumées à l'eau de Cologne, qui étaient la prière. Les habitants de la rue Félix-Faure ne courbaient pas l'échine dans un temple. Pour eux, Dieu ne vivait pas dans un temple, beau soit-il. Dieu n'avait pas besoin d'un temple. Un temple ne pouvait pas contenir Dieu. Un temple ne pouvait pas abriter Dieu. Dieu était trop énorme pour entrer dans un temple. Et Dieu ne se cachait pas. Les habitants de la rue Félix-Faure eux, vivaient avec Dieu à chaque instant. Les habitants de la rue Félix-Faure ne comprenaient pas que les gens puissent encore passer de nos jours, après tant de messagers, d'un fils envoyé, de livres révélés, par des temples, des prêtres pédophiles, des Moqadems quelquefois vicieux, des imams quelquefois frustrés, des rabbins qui n'en étaient pas moins des hommes, des faux gourous, des nouveaux prophètes, pour avoir accès à Dieu. Les gens toujours sourds et aveugles continuaient à le chercher ailleurs alors qu'il était à côté de nous, avec nous, à chaque instant. Les habitants de la rue Félix-Faure, eux, ne comprenaient pas pourquoi les gens, quand ils voulaient parler avec Dieu, se lavaient, s'habillaient, se parfumaient, souriaient, riaient, exceptionnellement pour certains, sortaient de chez eux. Les habitants de la rue Félix-Faure, eux, ne comprenaient pas pourquoi les gens s'habillaient en blanc, en mauve, en safran, en jaune, en vert, en noir, pour parler à Dieu. Pourquoi ne pas parler avec Dieu normalement, en tout temps, en tout lieu ? Les habitants de la rue Félix-Faure, eux, ne comprenaient pas les plaintes et les pleurs des gens dans les temples pour parler à Dieu. Pourquoi toujours l'implorer ? Pourquoi toujours le supplier ? Pourquoi toujours Lui demander le salut, de quoi manger, de quoi boire? Pourquoi toujours se mettre à genoux, le front par terre, la tête dans les mains ? Dieu, qui était le fruit du dérèglement, comment pouvait-il imposer ces attitudes contraires à son essence ? Les gens n'avaient qu'à faire comme les oiseaux ! Les oiseaux, eux, se levaient tôt le matin, faisaient leur toilette et se mettaient à chanter. Ensuite, c'était l'amour, après, les chants à nouveau, et comme à chaque jour suffisait sa peine, ils mangeaient ce qu'ils avaient cherché et trouvé et ça recommençait. L'amour, les chants et les rondes dans l'air ! Mais les gens méprisaient les oiseaux. Ils se croyaient au-dessus des oiseaux. Ils se croyaient plus proches de Dieu que les oiseaux. Les gens, finalement, étaient perturbés par les différents messages. C'étaient les intermédiaires, les intermédiaires vicieux, comme les faux Moqadems et faux gourous, qui demandaient à des hommes, des femmes et des enfants, de mettre le front par terre, de se mettre à genoux pour la contemplation, qui les avaient encore plus perturbés. Ces attitudes étaient dégradantes pour l'être humain, humiliantes pour la prière et blasphématoires pour Dieu.

Un apprenti philosophe disait toujours : « Dieu est bon, Dieu est miséricordieux ! Mais ne demandez pas, vous serez servi par vous-mêmes. Chacun est venu dans ce monde avec son récipient. C'est à chacun de le remplir comme il veut. Ce n'est pas à Dieu de remplir nos récipients. Puisque Dieu, c'est chacun de nous ! »

Les habitants de la rue Félix-Faure ne comprenaient pas pourquoi les gens continuaient à demander encore des choses à Dieu, malgré toutes les preuves et toutes les épreuves. Les habitants de la rue Félix-Faure ne demandaient rien à Dieu. Les habitants de la rue Félix-Faure ne parlaient pas avec Dieu. Les habitants de la rue Félix-Faure n'avaient rien à dire à Dieu. Les habitants de la rue Félix-Faure vivaient avec Dieu, et avec Lui, l'espérance doublée de patience. Les habitants de la rue Félix-Faure espéraient, rêvaient, se levaient tôt le matin, vivaient le jour, vivaient la nuit, vivaient chaque instant.

Pourquoi, se demandaient-ils, les gens passaient-ils leur temps à tendre la main à Dieu, au lieu de vivre avec lui ?

« Demandez, demandez, vous serez servis ! » Continuaient à leur dire les intermédiaires. Les intermédiaires contaient des histoires monstrueuses et les pauvres malheureux tendaient leurs mains vers le ciel où Dieu n'habitait pas. Les laissés-pour-compte aveuglés par les intermédiaires avaient tout fait. Ils avaient rampé, ils s'étaient agenouillés des nuits entières, ils avaient supplié des jours et des jours, ils avaient imploré à chaque instant. Et toujours rien ! Au lieu de se lever et de se tenir droits ! Au lieu de travailler pour gagner leur pain à la sueur de leur front ! Au lieu de vivre, en contemplant les fleurs et les femmes ! Au lieu d'aimer et de jouir ! Au lieu d'aimer les animaux, les chats, les chiens, les chevaux, et on pouvait toujours choisir ce qu'on voulait aimer !

Dieu était liberté d'amour ! Dieu avait tout dit depuis qu'il avait chassé l'homme du jardin d'Éden où lui-même ne se trouvait plus. Dans ses livres révélés, par l'intermédiaire de ses prophètes, de son ami, de son fils, du prince des prophètes, de ses proches ! En paroles, en signes, en symboles, en paraboles, en images, en sons, en lumières ! Dieu avait donné Le Verbe à l'homme, parce qu'il le voulait son représentant sur terre, disait le Philosophe de la rue Félix-Faure. En réalité, Dieu avait voulu privilégier l'homme, comme il avait été créé à son image, mais l'homme l'avait déçu dès le départ, en voulant être différent. Et les faux Moqadems, les faux gourous et les nouveaux prophètes disaient le contraire. Ils parlaient d'un dieu qu'il fallait supplier, au lieu de nous redresser et d'être responsables de notre existence et de l'existence de Dieu. Dieu n'était pas éloigné de nous. Il était avec nous, en nous, et c'était cela qu'il fallait découvrir.

Avec les dix paroles.

Avec aimer son prochain comme soi-même.

Avec parachever le travail commencé.

Avec être parmi les trente-six justes.

Mais le message avait été intercepté, interprété et déformé. Des hommes et des femmes sombraient dans l'obscurité, en aveugles, guidés par de plus en plus d'intermédiaires égarés, surtout les faux Moqadems des temps modernes à la recherche de pouvoir et de puissance. Ces faux Moqadems qui n'avaient rien compris entraînaient les autres, dont ils avaient fait leurs ouailles, dans leur ignorance, et les exploitaient.

2

Le Philosophe de la rue Félix-Faure était arrivé sur le lieu du spectacle au cours de sa marche matinale, marche que faisaient les habitants de la rue Félix-Faure. Il remontait la rue Félix-Faure d'un côté et la redescendait d'un autre. Le Philosophe de la rue Félix-Faure accomplissait ce rituel tous les matins de tous les jours où il se réveillait rue Félix-Faure. Et il ne se réveillait que rue Félix-Faure ! C'était à la fin de son rituel qu'il avait remarqué une foule qui grossissait de l'autre côté du trottoir. Il avait hâté le pas, car c'était inhabituel qu'il y ait un attroupement rue Félix-Faure, et surtout à cette heure du matin. Le matin, les habitants de la rue Félix-Faure flânaient, pour certains, marchaient, pour d'autres, mais ne s'attroupaient pas. Le matin, les habitants de la rue Félix-Faure étaient dans une dynamique physique et mentale. Le matin, à la rue Félix-Faure, les salutations étaient discrètes, avec un simple mouvement de la tête. Le matin, les habitants de la rue Félix-Faure n'ouvraient pas la bouche. Le Philosophe de la rue Félix-Faure avait failli pour tant ne pas arriver aussitôt sur le lieu de l'attroupement. Sur son chemin tout à l'heure, il avait aperçu quatre formes voilées, recouvertes de la tête aux pieds, qui lui étaient apparues comme une illusion. Les voiles étaient transparents, mais il ne pouvait pas distinguer clairement les traits des visages. Ces quatre formes voilées marchaient doucement, et semblaient s'éparpiller sur les deux trottoirs. Il en avait croisées en changeant de trottoir. Les quatre formes voilées avaient intrigué le Philosophe de la rue Félix-Faure. Il n'avait jamais vu cela dans la rue, et pourtant la rue Félix-Faure était le lieu indiqué pour rencontrer tout ce qui était exceptionnel et incroyable. La rue Félix-Faure, disait le Philosophe, était le centre de l'univers, c'était le centre de Dieu. Le Philosophe de la rue Félix-Faure avait voulu en savoir plus sur ces quatre formes voilées. Il avait décidé de partir à leur suite, y avait renoncé finalement et avait repris sa marche gymnastique et sa méditation. Tout en marchant, le Philosophe de la rue Félix-Faure ne pouvait détacher sa pensée des quatre formes voilées qu'il venait avait aperçues tout à l'heure. Étaient-ce quatre formes voilées qu'il avait vues ou huit, ou seize ? Il avait l'impression que les formes voilées se dédoublaient, se multipliaient. Quand le Philosophe de la rue Félix-Faure était arrivé à la hauteur des deux policiers, il s'était approché un peu plus du cercle formé par l'attroupement. Et là, il avait vu le corps du grand lépreux découpé en morceaux, le ventre bombé, avec les petites parties sexuelles enfoncées dans la bouche. Placées aux quatre points cardinaux autour du corps découpé en morceaux, quatre lampes-tempête étaient allumées. Les flammes des mèches étaient faibles, mais s'enhardissaient. Un tel spectacle, il n'en avait jamais vu. Il ne l'aurait jamais imaginé et pourtant il en avait de l'imagination, le Philosophe de la rue Félix-Faure. Là, il avait reconnu qu'il était philosophe, mais pas metteur en scène. Il ne montait pas de spectacle. Mais ce spectacle-ci, c'était de la philosophie, avait-il pensé. Il s'était détourné du spectacle, avait mis la main gauche à la bouche, et la main droite dans la poche de son pantalon.

Le Philosophe réfléchissait.

Les apprentis philosophes le regardaient réfléchir.

Le Philosophe était retourné sur ses pas, avait traversé la rue Félix-Faure et l'avait remontée à nouveau. Il avait regardé à gauche, à droite, comme s'il cherchait quelque chose. Le Philosophe avait une idée dans la tête, dirait un apprenti philosophe. Il était revenu sur ses pas en marchant doucement, la tête baissée. Le Philosophe avait plusieurs idées dans la tête, dirait un autre apprenti philosophe.

« Qui est ce lépreux ? » se demandait le Philosophe.

Les deux policiers étaient toujours là, debout, les jambes écartées, leurs mains continuant à caresser machinalement leurs ventres dodus. Ils baillaient à l'unisson de temps à autre. Pendant que les deux policiers semblaient s'ennuyer, et que le Philosophe réfléchissait en s'éloignant, la tête toujours baissée, les yeux du grand lépreux répondaient à toutes les questions. Et la musique de violon suintait toujours du salon de coiffure encore fermé, Chez Tonio.

Les yeux du grand lépreux racontaient l'histoire qui devait être racontée au grand jeune homme, le cinéaste Djib, pour en faire un film. Et les flammes des mèches des quatre lampes-tempête allumées placées aux quatre points cardinaux montaient de plus en plus, comme si une main invisible les faisait monter.

Qui était ce grand lépreux découpé en morceaux avec ses petites parties sexuelles enfoncées dans la bouche ? Quand avait-il été découpé en morceaux ?

Avant ou après sa mort ?

Était-il mort, ce grand lépreux ?

C'était encore le matin.

Il faisait un peu sombre.

Une brise légère et fraîche soufflait.

Une odeur âcre et douce faisait penser à la mer.

La mer n'était pas loin de la rue Félix-Faure mais de là, elle n'était pas visible. Elle faisait des incursions dans la rue Félix-Faure, et se mêlait aux bruits, aux odeurs, aux couleurs, aux rires des jeunes capverdiennes, au son du violon, au son de la guitare, aux relents de vin rosé, de bière Gazelle Coumba, et de vin Kiravi

Valpierre. C'était à la rue Félix-Faure que la mer préférait envoyer ses embruns pour se gorger de nouvelles senteurs, de nouvelles odeurs et de nouvelles couleurs.

C'était le matin de bonne heure avant l'aube, avant l'aurore, avant le soleil. C'était le moment des heures mystérieuses, d'une fraîcheur, d'une limpidité, d'une sérénité bienfaisante. Et ces heures s'évanouissaient dans la jouissance de l'instant à la rue Félix-Faure. C'était à cet instant qu'il y avait beaucoup de jouissance pour affronter les journées incertaines. Les gens jouissaient comme pour la dernière fois, comme s'ils n'en auraient plus jamais l'occasion.

Vivez comme si vous n'alliez jamais mourir ! avait recommandé Dieu.

Vivez comme si vous alliez mourir l'instant suivant ! avait encore recommandé Dieu.

Vivez l'instant zéro ! avait enseigné un grand maître zen !

C'était à ces heures-là que beaucoup de gens faisaient l'amour. Les gens faisaient l'amour comme des défis à la mort.

C'était Muezzin, un homme qui habitait derrière une des façades de la rue Félix-Faure, qui avait découvert le grand corps du grand lépreux. Muezzin, chargé de l'appel à la prière du matin, se rendait ce matin d'un pas vif, alerte, comme tous les matins, à la mosquée située dans une rue parallèle à la rue Félix-Faure. L'atmosphère de ce matin avait la légèreté de l'instant. Muezzin s'envolait presque. Il était heureux d'habiter dans l'environnement de la rue Félix-Faure. Muezzin, en ce matin, venait aussi de jouir. Il venait de jouir, d'une jouissance violente, d'une jouissance longtemps contenue. Il avait joui ce matin avec violence car la veille, le spectacle des corps caramel des jeunes filles dans la rue Félix-Faure l'avait entraîné au sommet de l'excitation. Jusqu'à ce matin, il pensait contenir cette excitation, l'entretenir, la faire durer, pour en jouir un peu, un peu plus, encore un tout petit peu plus. Mais ce matin, il n'en pouvait plus et il avait explosé. En allant faire l'appel à la prière, Muezzin savait que très peu de gens iraient prier ce matin, comme tous les autres matins et de plus en plus. Les quelques personnes qui allaient à la prière n'étaient pas des habitants de la rue Félix-Faure. Elles devaient être de passage dans la rue ou habitaient dans les alentours. Les habitants de la rue Félix-Faure n'allaient pas chercher Dieu quelque part. Ils vivaient avec Dieu et Dieu était avec eux partout. Les quelques personnes qui allaient encore à la prière du matin n'osaient pas affronter Dieu dans la rue Félix-Faure. Elles le souhaitaient sûrement, mais elles n'osaient pas. Elles allaient retrouver les dieux cachés dans les temples avec des images. Les habitants de la rue Félix-Faure eux, vivaient avec Dieu dans leurs maisons, dans la rue, partout. Dans les temples, les habitants de la rue Félix-Faure n'avaient pas trouvé Dieu. Ils avaient trouvé des gens qui voulaient jouer des rôles, comme les Moqadems attitrés, les Moqadems qui se sentaient investis, les nouveaux prophètes, les nouveaux fils, les nouveaux élus, les auto-investis. Les habitants de la rue Félix-Faure, eux, avaient renoncé aux temples, il y avait fort longtemps. Muezzin pensait que l'appel à la prière les réveillerait d'une somnolence où l'image de Dieu se serait peut-être légèrement dissipée. Ils se réveilleraient peut-être en Dieu, car l'appel à la prière les conforterait dans son existence. Ils seraient rassurés que Dieu existe toujours. Muezzin se trompait sur toute la ligne. Les habitants de la rue Félix-Faure ne dormaient pas avec l'image de Dieu. Les habitants de la rue Félix-Faure dormaient avec Dieu. Dans leur sommeil, comme dans leurs rêves, comme dans leurs songes, Dieu était présent et omniprésent. Les habitants de la rue Félix-Faure étaient avec Dieu à chaque instant. Les habitants de la rue Félix-Faure étaient en Dieu. Et Dieu ne quittait jamais la rue Félix-Faure. Les habitants de la rue Félix-Faure vivaient dans l'immanence, dans la présence de Dieu. Pour régler définitivement la question, les habitants de la rue Félix-Faure s'étaient dissous en Dieu et s'étaient noyés en lui. Alors, ils avaient fait un avec Lui. Un, l'unité, qui était l'essence de son existence, pour maintenir l'équilibre dans le dérèglement ! Ainsi, il n'y avait pas les habitants de la rue Félix-Faure d'un côté, et de l'autre côté, Dieu. Il devait en être ainsi pour toutes les créatures, toutes issues du dérèglement, disait le Philosophe de la rue Félix-Faure. On ne pouvait pas se dissocier de Dieu. Il nous avait créés à Son Image. Il s'était créé à notre image. Notre quête de Dieu c'était de parfaire cette image et de la rendre divine. Ainsi nous ferons un avec Dieu et nous serons Dieu. C'était cela la quête de Dieu. C'était une quête individuelle, personnelle, intime, dynamique. Mais les faux Moqadems et autres nouveaux prophètes racontaient autre chose. Ils racontaient que pour aller vers Dieu il fallait être guidé. Ce langage, ils ne pouvaient pas le tenir rue Félix-Faure. Dieu guide qui il veut et Dieu ne guide que celui qu'il connaît et Dieu ne connaît que celui qui est en permanence avec Lui. Dieu ne connaît que celui qui vit dans son immanence, dans sa présence, celui qui cherche à faire un avec Dieu, pour l'équilibre. Les habitants de la rue Félix-Faure avaient compris cela depuis fort longtemps, en vivant chaque instant dans la présence de Dieu. La rue Félix-Faure était Dieu, surtout le matin. Rue Félix-Faure, tous se levaient tôt avec Dieu qui avait passé la nuit avec eux. Ils se réveillaient ainsi tous les matins, divins. Les habitants de la rue Félix-Faure voulaient s'assurer que leur rue était toujours là, et pour toujours. Et leur rue était toujours là, donc Dieu était toujours là ! Les habitants de la rue Félix-Faure aussi !

Les sons de cloche et les appels à la prière des temples dévoués à d'autres dieux, retentissaient tous les matins dans les environs. Il n'y avait pas de temples dans la rue Félix-Faure, mais tous les appels désespérés vers les dieux des autres étaient entendus jusque-là. Pendant que Dieu lui, il était rue Félix-Faure, avec les habitants de la rue Félix-Faure ! Et Dieu n'entendait rien, ne voyait rien, ne disait rien, ne sentait rien, ne goûtait rien. Dieu n'avait pas de sens. Dieu était essence ! Et l'homme avait cinq sens, plus un sixième qui était le sexe, avait dit l'illuminé Bentounès. Il aurait même un septième sens: le ventre !

Ce fut donc en allant jouer son rôle comme les autres, tous ces comédiens de tant de dieux, que Muezzin avait trébuché sur une masse et s'y était affalé. C'était la légèreté de l'instant qui l'avait fait tomber. Muezzin se sentait si léger en ce matin. Léger de faire partie de la rue Félix-Faure, même si ce n'était pas tout à fait exact. Léger d'être en vie, en ce matin, rue Félix-Faure. Léger peut-être d'une nuit dont la moitié avait été passée dans la rue Félix-Faure, lorgnant des images qu'il voulait s'interdire mais qui l'excitaient encore plus. Ah ! Toutes ces filles qui se dandinaient dans la rue, la nuit ! Leurs robes étaient légères et fraîches. Elles riaient, saisissaient la vie, dans les bras d'hommes qui refusaient le destin qui leur était tracé par la société, les religions. Ce qui excitait le plus Muezzin, c'était la liberté avec laquelle ces femmes parlaient, en riant aux éclats, et leurs bouches semblaient l'entraîner dans un gouffre profond. Un gouffre dans lequel il se complaisait avec délectation. Ces filles et ces femmes, dans les nuits de la rue Félix-Faure, ne s'habillaient pas comme ses deux femmes et ses trois filles, ne parlaient pas comme elles. Les deux femmes et les trois filles de Muezzin vivaient dans une arrière-cour de la rue Félix-Faure. Elles étaient enturbannées, couvertes, recouvertes comme des fantômes. La fille aînée de Muezzin, elle, depuis un certain temps, se recouvrait entièrement avec des voiles, de la tête aux pieds, et ne parlait pas. Les deux femmes et les trois filles de Muezzin ne vivaient pas dans la rue Félix-Faure, ne faisaient pas partie de la rue Félix-Faure. Alors que les filles de la rue Félix-Faure portaient juste des petites choses qui cachaient à peine ce qui attirait le plus Muezzin. Muezzin disait souvent à qui voulait l'entendre, rue Félix-Faure ou ailleurs, qu'il ne voulait pas avoir de problèmes avec Dieu.

Quels problèmes ?

Dieu n'avait de problèmes avec personne, lui aurait répondu un apprenti philosophe.

Muezzin n'avait pas le sens des responsabilités, aurait dit sûrement un autre apprenti philosophe. Muezzin refusait de reconnaître qu'il aimait les bonnes choses de la vie. Muezzin n'assumait pas et n'assurait pas ses penchants, aurait-il ajouté.

Si ! Il assurait, aurait dit un autre apprenti philosophe !

Et Muezzin quand il assurait, disait toujours que c'était Dieu qui l'avait créé ainsi. Dieu avait bon dos, dirait un autre apprenti philosophe. Ceux qui n'avaient pas la notion et le sens des responsabilités, rejetaient tout sur Dieu. Ceux qui ne s'assumaient pas, ne se remettaient pas en question et en cause, n'assuraient pas rejetaient tout sur Dieu ou sur quelqu'un d'autre qui leur en voulait.

« Il faut accepter son sort. C'est notre dieu, le maître de toutes choses, qui fait ce qu'il veut. Mais avec la prière, avec les dons, la charité, tout va s'arranger.

Priez toujours, donnez tout ce que vous possédez, obéissez, vous verrez, notre dieu sait ce qu'il fait. »

C'étaient les autres, les petits dieux, les dieux frustrés et frigides, les nouveaux prophètes, les faux Moqadems vicieux qui se masturbaient avec des mots, des images, qui se substituaient à leur dieu et racontaient des histoires aux gens, dirait encore un autre apprenti philosophe. Et en riant, l'apprenti philosophe ajouterait que c'étaient ceux-là qui faisaient les pires choses ! Au lieu d'inciter les gens à être des responsables et de prendre leur vie et leur relation avec Dieu en main, ces faux Moqadems les enfonçaient dans l'égarement le plus total. Ainsi, ils pouvaient mieux les exploiter et jouer le rôle dont ils s'étaient auto-investis. Ces faux Moqadems et autres étaient des irresponsables de leurs propres vies, de leurs propres existences et, pour se justifier, embrigadaient des hommes et des femmes ignorants ou avec des ambitions floues, et les maintenaient dans ces états, le plus longtemps possible. Muezzin comprenait tout cela, mais il était obligé de faire comme tous les autres, pour la survie. Pour la survie, les gens faisaient semblant. Pourtant, cela n'arrangeait pas du tout Muezzin. Il avait des désirs secrets, mais il ne voulait pas les assumer. Sinon, il allait perdre le privilège d'être celui qui faisait l'appel à la prière du matin. Pour le privilège, il préférait l'hypocrisie, le mensonge, en se disant que Dieu allait lui pardonner.

Qui peut faire du mal à Dieu ?

Dieu est en nous !

Et Dieu ne connaît pas le mal !

Les désirs secrets de Muezzin étaient qu'il voulait faire partie intégrante de la rue Félix-Faure. Muezzin voulait être un habitant de la rue Félix-Faure. Avec ses deux épouses, c'était dans le noir qu'il fouillait. Il devinait des choses qu'il n'avait jamais vues. Alors qu'avec les filles de la rue Félix-Faure, ces choses-là étaient presque dévoilées avec une pudeur plus excitante encore. Son sexe, à chaque fois qu'il se trouvait dans la rue Félix-Faure, se soulevait sous son pantalon. Comme Muezzin ne connaissait pas l'usage d'un slip qui l'aurait retenu, son sexe se laissait aller et se tendait, prêt à tirer. Là il ne fallait pas frôler Muezzin. Même pas le vent ! Mais quand le désir atteignait son paroxysme, quand une fille riait aux éclats, là devant un portail, il éjaculait avec violence, les yeux fermés en serrant très fort son chapelet dont les perles geignaient sous la forte pression. Presque tous les soirs, Muezzin prenait ainsi son pied, quand il ne pouvait plus se retenir. C'était cela aussi la rue Félix-Faure. Une rue légère, légère comme les dessous des filles qui s'offraient au gré d'un petit vent !

Là où il se trouvait maintenant, Muezzin avait senti que ce n'était pas sur le corps de l'une des jeunes filles de la rue Félix-Faure qu'il s'était affalé. Ce qu'il aurait tant aimé, surtout à cette heure du matin où l'amour était si délicieux ! Muezzin s'était relevé avec empressement et avait remarqué, en se baissant à nouveau, qu'il était tombé sur un corps découpé en morceaux. Muezzin ne savait pas que ce corps découpé en morceaux était celui d'un lépreux, d'un grand lépreux au ventre bombé, dont les yeux riaient. Muezzin n'avait pas remarqué que les yeux du grand lépreux riaient. Les lumières des mèches des quatre lampes-tempête, placées aux quatre points cardinaux tout autour du corps découpé du grand lépreux, étaient de plus en plus hardies. Muezzin avait levé la tête vers les dernières étoiles qui s'attardaient pour assister au spectacle. Il avait scruté le ciel pour voir si Dieu était là et s'il le regardait et s'il voyait le spectacle. Pendant ce temps-là, les yeux du grand lépreux riaient et son ventre bombé était secoué de spasmes tant le rire l'étranglait. Et Muezzin ne faisait toujours pas attention aux yeux du grand lépreux qui se tordaient de rire. Muezzin avait peur. Il faisait frais. La rue Félix-Faure était calme, presque déserte à cette heure-là. Quelques noctambules s'attardaient encore dans des coins et recoins, retenus par des muses invisibles mais attachantes. Ces retardataires cherchaient dans ces coins et recoins de la rue Félix-Faure, des complices pour étancher leur ardent désir de s'abandonner dans le néant à la rue Félix-Faure, ce néant vertigineux où nul n'essayait plus s'accrocher. Muezzin était affolé. Il tournait la tête dans tous les sens. Il semblait chercher de l'aide. À cette heure, à part ces derniers disciples de Bacchus, d'Épicure et d'Éros, il n'y avait personne d'autre dans la rue Félix-Faure et tout était silencieux. Seul un fond de musique lancinante de violon coulait du salon de coiffure fermé, Chez Tonio. Muezzin écarquillait les yeux pour distinguer quelque chose d'autre ou quelqu'un d'autre dans la rue. Dans ce silence qui l'inquiétait, il lui semblait entendre des bruits. Les bruits ne venaient pas de loin. Muezzin s'était laissé guider par les bruits et s'était retrouvé dans un couloir interminable, tortueux, sinueux, avec des flaques d'eau dans lesquelles ses pieds, engoncés dans des babouches, s'enfonçaient avec dégoût. Muezzin était happé par le couloir qui s'enroulait autour de lui comme un tourbillon. Enivré, il s'enfonçait de plus en plus dans le couloir et s'était retrouvé tout d'un coup dans une petite cour. C'était cela la rue Félix-Faure. Derrière les façades du jour, il y avait un univers de cours et de courettes, à travers des dédales de couloirs. Ces cours et courettes étaient entourées de petites maisonnettes avec des toits en tuiles rouges. Il y avait des maisonnettes en dur, des maisonnettes en bois et des maisonnettes en carton, mais les tuiles rouges étaient toujours là. Les tuiles rouges faisaient partie de la rue Félix-Faure. De jeunes arbres poussaient dans ces cours et courettes, au milieu d'arbres centenaires. Des moutons, des chèvres, des cochons y étaient parfois attachés à des pieux de fortune ou à des troncs d'arbres. Il y avait des bassines colorées contenant l'eau de lessive de la veille. Des petites fenêtres se faisaient face, se tournaient le dos, se boudaient, s'offraient, riaient comme des cadres magiques. Ces petites maisonnettes ressemblaient à des boîtes à magie ! C'était cela aussi rue Félix-Faure. C'était une rue magique ! Mais très bientôt peut-être, la rue Félix-Faure allait perdre sa magie avec les nouveaux monstres de l'immobilier qui allaient tout raser pour faire surgir des horreurs en béton et en verre. Alors la rue Félix-Faure montera au ciel avec Dieu. Muezzin logeait pour le moment dans une de ces arrière-cours de la rue Félix-Faure. Il avait trouvé une chambre-salon, pour ne pas être trop loin de la mosquée où il était chargé de faire l'appel à la prière du matin. Il faisait sombre dans cette cour où Muezzin se trouvait. Tout était silencieux, à part des bruits bizarres. Les bruits étaient des bruits de nuit finissante. Des bruits de fin et de recommencement. Comme si mille vies allaient éclore et que les vampires de la nuit allaient se cacher de la lumière de la rue Félix-Faure. Muezzin avait entendu des bruits furtifs et avait failli s'enfuir. Il s'était rendu compte qu'il s'agissait de gros rats. Ces gros rats profitaient de ces silences pour grignoter les miettes tombées des mains et des bouches de gens qui avaient avalé goulûment la vie, par appréhension de l'instant suivant. Les yeux de Muezzin s'habituaient à l'obscurité et voyaient un peu plus clair. Que fallait-il faire ? L'heure du dernier appel à la prière était imminente. Pourquoi s'inquiétait-il du dernier appel à la prière du matin, puisqu'il n'y avait pas eu de premier appel ? se disait-il. La mosquée était située un peu plus loin en tournant en haut de la rue Félix-Faure. Il lui fallait encore marcher un peu dans la rue avant de l'atteindre. Et en ce moment, il se trouvait dans des dédales de couloirs et de courettes, avec un corps découpé en morceaux qui l'attendait dehors, sur le trottoir ! Imam, l'homme qui dirigeait la prière à la mosquée, s'était-il inquiété de n'avoir pas entendu le premier appel ? Pendant que lui, Muezzin se levait tôt, pour le premier appel à la prière, Imam prenait son temps et arrivait juste quelques minutes ou parfois même quelques secondes avant l'heure. Peut-être que Imam allait penser qu'il y avait un délestage d'électricité ? Muezzin ne savait plus que penser et ne voulait plus penser.

Il était coincé.

Il ne pouvait plus faire marche arrière.

Il était condamné.

Il devait avancer.

Il devait continuer à s'engouffrer dans ces boyaux.

Qu'allait-il trouver au fond de ces couloirs, cours et courettes ?

Muezzin ne savait pas qu'il faisait déjà partie de l'histoire que les yeux du grand lépreux découpé en morceaux étaient en train de raconter sur le trottoir ! Muezzin avait vu une porte qui menait vers un autre couloir. Il s'y était engouffré, entraîné, emporté par un guide invisible. Il s'était retrouvé à nouveau dans une autre cour silencieuse, assoupie dans la fraîcheur de ce matin. Seuls de gros rats s'enfuyaient çà et là. Il ne distinguait pas très bien tout ce qu'il y avait autour de lui. Il écarquillait les yeux dans ces dédales de cours et courettes qui partaient dans toutes les directions. Il lui semblait entendre des souffles, non loin. Il avait dirigé son regard vers le côté d'où provenaient les souffles et il avait aperçu des formes sur des grandes tables en bois. Et tout autour, il y avait des lampes-tempête aux flammes timides. Muezzin s'était approché de plus en plus des formes et les souffles devenaient de plus en plus forts. Les souffles venaient des formes. Muezzin s'était encore approché un peu plus et avait posé une main hésitante sur une forme. Il avait entendu un bougonnement, et avait reculé de plusieurs mètres. Muezzin avait pu distinguer les formes installées sur des sortes de grandes tables et de grands bancs. Il cria : « Au secours, *waloussi lènema* !

—Qui est là ? » avait dit soudain une voix à la sonorité étrange.

Il lui semblait entendre une voix endormie depuis longtemps, une voix chaude à la sonorité étrange. Muezzin n'arrivait pas à localiser la voix, mais il la sentait tout près. Il tremblait d'effroi, mais il ne pouvait plus faire marche arrière. Il était comme hypnotisé. Il n'avait pas vu une main qui avait saisi une lampe-tempête à côté et en avait augmenté la flamme. Une lumière opaque baigna la cour d'un halo surnaturel. La voix chaude à la sonorité étrange appartenait à un corps, un corps assis sur un vieux fauteuil en cuir. Le corps était recouvert d'une grande couverture. Derrière la voix et le corps, une porte s'était ouverte timidement, et brutalement son battant s'était échappé et était allé frapper contre le mur en bois de la maisonnette. La flamme d'une lampe-tempête brillait au fond de la pièce et la silhouette d'une jeune fille se tenait sur le seuil.

« Va te recoucher, ce n'est rien », avait dit la voix chaude à la sonorité étrange et la silhouette avait disparu au fond de la pièce en psalmodiant un blues. Et son ombre dessinée par la lampe-tempête en avait obstrué les contours. La voix chaude, à la sonorité étrange, après un moment de silence qui n'avait duré que quelques secondes, s'était écriée:

—Qu'est-ce qu'il y a ?

—Il y a un mort, là, devant votre maison ! Dit Muezzin.

—Un mort ?

Devant ma maison ?

Où avez-vous vu un mort ici ? »

La voix chaude, à la sonorité étrange qui se voulait endormie, marmonnait quelque chose d'incompréhensible. Tout d'un coup, quatre formes voilées, qui semblaient se multiplier dans la pénombre, s'étaient soulevées dans un espace de la cour, comme un orchestre de symphonie macabre. Les quatre formes voilées qui semblaient se multiplier, se suivaient l'une derrière l'autre en longeant un petit couloir. Elles tenaient chacune une lampe-tempête et tout d'un coup, elles disparurent dans une encoignure.

Muezzin les avait aperçues au moment où elles disparaissaient. Muezzin arrêta de parler avec la voix chaude, à la sonorité étrange qui se voulait endormie, et qui maintenant était complètement réveillée. Muezzin voulait savoir par où étaient passées les quatre formes voilées qui semblaient se dédoubler. Il tournait la tête dans tous les sens, quand la voix chaude, à la sonorité étrange lui dit :

« Vous me parlez ou bien vous cherchez quelqu'un ? »

Le corps d'où sortait la voix étrange s'était soulevé légèrement et avec surprise avait regardé Muezzin qui se trouvait devant lui :

« Mais n'es-tu pas Muezzin ?

Que fais-tu ici à cette heure-ci ?

Tu n'es pas allé appeler tes gens à la prière ? »

Muezzin avait pris un peu d'assurance. Au moins la voix l'avait reconnu, mais lui, il n'avait pas reconnu la voix :

« Je me rendais à la mosquée quand je suis tombé sur un corps découpé en morceaux. J'ai pensé qu'il fallait chercher du secours.

Il n'y a presque personne dans la rue, à part les derniers vampires.

Je cherchais de l'aide et j'étais entré par la première porte, juste en face de moi. Je me suis retrouvé perdu dans des dédales de couloirs, de cours et courettes, jusqu'au moment où, tout d'un coup, j'ai entendu des bruits comme des souffles et j'ai vu des formes étranges sur des tables, par là. »

Muezzin pointait du doigt un espace non loin de la cour, où il se trouvait avec la voix chaude à la sonorité étrange.

« C'étaient des formes voilées.

Elles viennent de partir en se suivant l'une derrière l'autre.

Elles ont disparu par là. Elles tenaient chacune une lampe-tempête.

Vous ne les avez pas vues ?

Elles étaient là, quand je suis entré !

Je suis sûr que je les ai vues, ces formes voilées.

Mais qu'est-ce que c'étaient, ces formes voilées ? »

La voix chaude à la sonorité étrange avait repris :

« Écoute, mêle toi de ce qui te regarde; tu parles de formes étranges, maintenant tu parles de formes voilées. »

Muezzin jetait des coups d'œil tout autour de lui.

« Tu es venu parler d'un mort, ou bien tu es venu t'occuper d'anciens fantômes ? lui demandait la voix qui se voulait endormie.

—D'anciens fantômes ? S'était écrié, d'une voix affolée, Muezzin.

Ne me faites pas peur. J'ai bien vu ces formes voilées.

Je croyais en avoir vu quatre, mais il m'a semblé qu'elles se dédoublaient. Je sais qu'il y a de tout dans vos maisonnettes et courettes, mais ne parlez pas de fantômes. Et qu'appelez-vous "anciens fantômes" ?

Fantôme, c'est fantôme ! »

Il commençait à faire un peu plus clair. La lumière de la lampe-tempête, à côté du fauteuil en cuir, devenait de plus en plus incandescente. La voix chaude à la sonorité étrange s'adoucissait. Cette voix, à la sonorité étrange qui semblait endormie, s'était complètement réveillée et était devenue un visage.

Un visage de femme.

Une femme de petite taille.

Une femme ronde.

Une femme de teint clair.

Cette femme, c'était Drianké.

« Drianké, c'est toi ? s'était écrié Muezzin, surpris.

Je ne me rendais même pas compte que j'étais chez toi ?

Avec ces couloirs et courettes, je ne m'y retrouve jamais.

Je ne savais pas que je me trouvais chez toi.

Mais Drianké, que fais-tu là ?

Tu dors dehors ou quoi ?

Je ne t'avais même pas reconnue. »

Drianké, tout le monde la connaissait dans la rue Félix-Faure. Elle appartenait à la rue Félix-Faure. Bien que sa maisonnette soit située au fond des couloirs et des courettes, Drianké vivait dans la rue Félix-Faure. Drianké faisait partie à vie des fondations de la rue Félix-Faure, avaient décrété tacitement les habitants de la rue quand elle était arrivée ici, il y a quelques années, en boitant.

« Tu ne connais pas ma maison ?

Pourtant tu as pris ces couloirs des centaines de fois.

Arrête de raconter des histoires !

Un mort, tu as dit ?

—Oui, un mort !

—Un mort mort ?

—Oui, un mort mort !

—Un mort devant quelle maison ?

—Enfin, pas devant une maison !

Dans la rue, sur le trottoir, en face de Chez Tonio ! »

Le silence s'était fait entre Drianké et Muezzin. On n'entendait qu'un blues psalmodié à l'intérieur de la maisonnette. Un blues aussi lancinant que la musique du violon qui suintait du salon de coiffure fermé, Chez Tonio. Le silence entre Drianké et Muezzin durait et ce dernier se demandait s'il n'avait pas rêvé.

Finalement, il n'y avait pas eu de mort. Il n'y avait qu'un corps découpé en morceaux ! Finalement, rien ne s'était passé. Il n'y avait que quatre lampes-tempête placées aux quatre points cardinaux !

Muezzin était dépassé.

« Chacun finira un jour sa folle course ! » avait dit soudain Drianké.

Par ce silence brisé, Muezzin réalisa qu'il n'avait pas rêvé.

Finalement, il y avait bien un mort découpé en morceaux dehors, sur le trottoir.

Muezzin ne savait plus. Peut-être que le corps découpé en morceaux n'était pas celui d'un mort !

En monologuant toujours, Drianké s'était levée.

« Dans cette vie, tout s'achète, tout se vend, tout se paie.

Même la plus petite pensée, même la plus petite action.

Il n'y a pas un autre monde, une autre vie. Tout se passe ici et nulle part ailleurs.

Chacun récolte ce qu'il a semé, et Dieu n'y est pour rien. Dieu ne donne pas des prix à ceux qui se croient méritants. Chacun se donne son prix. Dieu a fini avec nous depuis la Création, depuis le reflet. Dieu a quitté l'Éden avec ses Images, Adam, Ève et Satan. Nous sommes tous dans la même barque, désormais et pour toujours. Et dans cette barque, nous nous sommes confondus. Chacun peut être Dieu ou Satan, Adam ou Ève, comme il veut. »

Drianké s'était levée, avait pris la canne posée à côté d'elle, et en s'appuyant dessus, sans boiter, elle s'était dirigée vers le portail. Muezzin l'avait suivie en jetant des coups d'œil tout autour de lui, et il avait pensé que Drianké qui n'arrêtait pas de parler, était en train de faire des prières de requiem pour le grand lépreux découpé en morceaux. Et Muezzin disait « amen, amen, amen », et n'avait pas remarqué que Drianké, qu'il voyait boiter depuis qu'il était arrivé rue Félix-Faure, ne boitait plus. Malgré ses amen, Muezzin tournait la tête dans tous les sens. Il avait peur et il tremblait. Il voulait s'accrocher à Drianké et celle-ci s'était arrêtée, appuyée sur sa canne et lui avait dit :

« Es-tu un homme ou quoi, qu'est-ce que tu as à trembler ainsi ? »

Drianké s'était dirigée vers le portail à travers les dédales de couloirs, sans hésiter. Ce fut à ce moment aussi que le Philosophe de la rue Félix-Faure franchit le seuil de ce portail, peut-être à la recherche des formes voilées qui se multipliaient. Ce qui pour le Philosophe pourrait s'avérer difficile. Ces multitudes de maisonnettes, de cours de courettes, de couloirs donnaient sur la rue Félix-Faure sous un seul portail. Dès qu'on franchissait un portail, c'était comme si on était happé par un monstre aux multiples tentacules. Drianké était toujours suivie de Muezzin accroché à elle comme un petit garçon. Le portail qui donnait sur la rue était en bois et il allait et venait au gré d'une main qui le toucherait. Quand le Philosophe aperçut Drianké et Muezzin, il rebroussa chemin. Quatre formes voilées qui semblaient se multiplier étaient passées par les mêmes couloirs quelque temps avant le Philosophe, et s'étaient retrouvées dans la rue Félix-Faure. Les quatre formes voilées qui se multipliaient n'avaient même pas jeté un coup d'œil ni sur les curieux, ni sur les apprentis philosophes, ni sur le corps découpé en morceaux du grand lépreux. Et les yeux du grand lépreux suppliaient les quatre formes voilées tenant chacune une lampe-tempête, de ne pas s'en aller ainsi. Les yeux du grand lépreux avaient vu les quatre formes voilées dès qu'elles étaient arrivées dans la rue Félix-Faure, et les yeux du grand lépreux découpé en morceaux pleuraient. Les yeux du grand lépreux découpé en morceaux avaient reconnu les quatre formes voilées. Les yeux du grand lépreux découpé en morceaux avec les petites parties sexuelles enfoncées dans la bouche connaissaient les quatre formes voilées. Les yeux du grand lépreux gisant dans une mare de sang d'un rouge indescriptible, suppliaient les quatre formes voilées de rester pour les écouter. Les yeux du grand lépreux ne comprenaient pas pourquoi les quatre formes voilées ne s'arrêtaient pas. Les yeux du grand lépreux entouré de curieux et d'apprentis philosophes, ne comprenaient pas pourquoi les quatre formes voilées s'en allaient sans les regarder. Les yeux du grand lépreux ne comprenaient pas pourquoi les quatre formes voilées s'éloignaient si calmement, comme si de rien n'était. Les yeux du grand lépreux voulaient que les quatre formes voilées s'arrêtassent, pour qu'ils leur racontent l'histoire.

Les quatre formes voilées s'en étaient allées tranquillement et avaient disparu au premier angle, dans la rue Félix-Faure, avec à la main des lampes-tempête dont les flammes montaient de plus en plus. C'était au moment où les quatre formes voilées disparaissaient, que les deux policiers étaient arrivés.

Qui avait averti les deux policiers ?

Qui leur avait dit qu'il y avait ce spectacle dans la rue Félix-Faure ?

Les deux policiers essayaient d'éloigner les curieux et les apprentis philosophes qui s'agglutinaient de plus en plus autour d'eux et ils n'y arrivaient pas.

Dans la rue Félix-Faure ?

Ailleurs, c'était possible ! N'importe où, c'était possible ! Mais rue Félix-Faure, c'était impossible !

La rue appartenait aux curieux.

Qui étaient ces curieux ?

Mais les propriétaires et copropriétaires de la rue Félix-Faure !

Il y avait les habitants de la rue Félix-Faure.

Il y avait aussi ceux qui n'habitaient pas rue Félix-Faure, mais qui faisaient partie de la rue Félix-Faure. Comme le grand jeune homme, le cinéaste Djib, à qui l'histoire que racontaient les yeux du grand lépreux devait être racontée pour en faire un film !

Ce n'étaient pas les propriétaires de la rue Félix-Faure qui avaient averti les deux policiers. Personne ne les avait avertis.

Les deux policiers tournaient dans ce quartier chaud et froid du Plateau, parce qu'ils s'y plaisaient et pour cause !

Brochettes de filles !

Brochettes de viande !

Brochettes de billets de banques !

Brochettes de plaisirs !

Brochettes de bouteilles de bière Gazelle Coumba !

Brochettes de verres de vin Kiravi Valpierre !

Ils n'avaient rien fait depuis qu'ils se trouvaient devant le corps du grand lépreux découpé en morceaux, dont les petites parties sexuelles étaient enfoncées dans la bouche. Les apprentis philosophes faisaient des analyses, des hypothèses, des postulats, des déductions. Mais les deux policiers qui avaient trouvé tous les prétextes pour se trouver rue Félix-Faure, en ronde, en tournée, en prospection, en prévention, étaient là, toujours debout, les jambes écartées, et ne disaient rien. La rue Félix-Faure n'avait jamais eu besoin, ni de policiers en ronde, ni de policiers en prospection, ni de policiers en prévention. La rue Félix-Faure avait ses propres règles et sa propre loi. Il n'y avait pas de traîtres à la rue Félix-Faure. Il y avait un code d'honneur pour habiter, vivre, passer, trépasser dans cette rue. Si ce grand lépreux avait été retrouvé découpé en morceaux rue Félix-Faure, il y avait bien une raison. C'était cela qu'il fallait trouver. Et la raison n'était pas loin. Elle se trouvait dans la rue Félix-Faure, d'une manière ou d'une autre. Mais la raison, les yeux du grand lépreux découpé en morceaux étaient en train de la donner et personne n'y faisait attention !

3

La rue Félix-Faure était située dans un quartier en plein centre de cette grande ville presque entourée par l'océan. Le quartier était appelé le Plateau. Il était le quartier des occupants, le quartier des collaborateurs. Il devint le quartier des bourgeois, le quartier des gens qui avaient les moyens, le quartier des gens qui avaient de l'influence, le quartier du cèdre et du sabre. Il était le quartier des gens qui avaient des ascendances et des descendances reconnues, le quartier des gens nommés d'office, citoyens. Le quartier était un quartier résidentiel. Il y avait de grands immeubles. Il y avait des bâtiments administratifs, le palais du gouverneur, devenu depuis le Palais, avec ses multiples annexes. Il y avait aussi des immeubles avec des appartements chics pour ceux qui avaient les moyens et les étrangers venus de loin et qui, à l'époque, avaient toujours les moyens. Il y avait des boutiques de haute couture pour ceux qui y habitaient. Il y avait des pâtisseries-salon de thé pour ceux qui avaient le temps et les moyens. Ce quartier n'était pas pour le petit peuple, qui n'avait ni le temps, ni les moyens. Ce n'était pas le quartier de ceux qui avaient été nommés d'office « indigènes ». C'était le quartier des occupants, des nantis et des citoyens. Les citoyens étaient le plus souvent nantis. Car les citoyens avaient de l'instruction, de la formation et tous les privilèges rattachés, ainsi que toutes les opportunités avec toutes les compromissions. Le peuple était logé plus loin, à la Médina. Entre le Plateau et la Médina, il y avait un quartier intermédiaire, qui partait d'un plus loin, en bas de la rue Madeleine, vers la rue de Reims et la rue de l'Abattoir. Ce quartier appelé Niayes Thioker, était occupé par les Aristocrates, les ancêtres de Bouna, le grand frère trotskiste du Philosophe de la rue Félix-Faure. Ces Aristocrates avaient refusé de se mettre et de se compromettre avec les non circoncis qui occupaient le Plateau avec leurs collaborateurs, compatriotes, voisins et amis. Quand le peuple avait commencé à recevoir de l'instruction et de la formation, pour servir comme sous-cadres, cadres intermédiaires ou moyens, avec des salaires, d'autres quartiers furent créés par une grande société immobilière datant de la période d'occupation. Les premiers lots de logements portèrent pompeusement les noms de Baobab et Liberté. Baobab I, Baobab II, Liberté I, Liberté II, Liberté III, Liberté IV, Liberté V, Liberté VI. D'autres lots de logements avaient commencé à porter des noms locaux, avec le déclin de l'occupation et l'avènement des années de libération. Dieuppeul I, Dieuppeul II, Dieuppeul III, Dieuppeul IV. Sacré Cœur I, II, III. Et pour le petit peuple, des habitations à loyer modéré furent bâties peut être par manque d'imagination ou par mépris, sur le modèle des cages à pigeon, pour la plupart d'entre elles. Avec la libération et la libéralisation, de nouvelles sociétés immobilières avaient été créées et les lots de logements avaient porté les noms de plus en plus typiques ou les noms des promoteurs qui ne plantaient pas d'arbres. La ville s'étalait et n'arrêtait pas de s'étaler, comme une pandémie. Les années de sécheresse propulsèrent des millions de personnes vers la ville et c'étaient des quartiers périphériques gigantesques avec des noms de plus en plus exotiques qui avaient vu le jour. Diamagueune, Guédiawaye, Yeumbeul. Et la ville devenait de plus en plus vaste en s'étalant de l'autre côté du quartier du Plateau, vers la mer qui longeait le pays vers l'intérieur. Le quartier du Plateau n'avait pas bougé pas. Il était vidé de certains de ses anciens occupants partis ailleurs, plus loin, et ceci avait laissé la place aux immigrés capverdiens, au Philosophe et aux apprentis philosophes de la rue Félix-Faure. Le quartier du Plateau était acculé sur ses remparts qui plongeaient dans l'océan et ainsi il avait gardé tout son cachet de quartier réservé. Et c'était dans ce quartier réservé, qu'il y avait la rue Félix-Faure avec ses bars ayant pignon sur rue, ses bars clandestins, ses tripots, ses restaurants sino-vietnamiens, ses restaurants français, ses salons de coiffure. Dans la rue Félix-Faure évoluait toute une population traitée de racaille, de marginale, de dépravée par les autres. Et pourtant les habitants de la rue Félix-Faure vivaient avec Dieu ! Les habitants de la rue Félix-Faure étaient une population qui vivait avec des codes d'honneur ! Une population dont une partie travaillait le jour et l'autre la nuit. Cette population était composée de nationaux et d'immigrés capverdiens essentiellement. Il y avait des Cap-Verdiens dans tout ce quartier du plateau. Rue Blanchot, rue Raffenel, rue de Bayeux, rue Carnot, rue Malenfant, rue Thiers, rue de Denain, rue Jules-Ferry, rue du Docteur-Thèze, rue Escarfait, rue Tolbiac, rue de Grammont, rue Paul-Holle ! Mais les Cap-Verdiens de la rue Félix-Faure étaient différents, parce qu'ils étaient rue Félix-Faure. Les Cap-Verdiens étaient, en général, discrets, et ne se mélangeaient pas beaucoup avec la population locale à cette époque-là, mais vivaient harmonieusement avec elle. Ils n'avaient pas pu aller plus loin qu'en face de leurs îles. Ils s'étaient arrêtés dans une presqu'Île. Peut-être était-ce pour cela ! Ils auraient voulu partir beaucoup plus loin, en Amérique comme les autres. Hélas ! Leur bateau avait échoué juste en face de leurs îles ! Les Cap-Verdiens étaient arrivés avec leurs familles. Ils étaient arrivés avec femmes, enfants, guitares et violons. Ils étaient de teint basané et si ce n'était pas leurs occupations comme coiffeurs, couturières, leurs manières de s'habiller à l'occidentale, la langue qu'ils parlaient, le violon et la morna de Cesaria Evora, ils seraient facilement pris pour des Kabyles, des Berbères ou des Grecs. Quand il faisait chaud, les hommes étaient en sous-vêtements et shorts et les femmes portaient des robes fleuries à bretelles ! La rue Félix-Faure avait la réputation d'être une rue chaude dans tous les sens. Pourtant les Cap-Verdiens ne tenaient ni tripots, ni bars clandestins dans la rue Félix-Faure. Les Cap-Verdiens faisaient seulement partie du décor.

Comme la musique de violon !

Comme les filles aux dos nus, couleur caramel !

Comme les salons de coiffure !

Comme la couture !

C'était dans leur petit salon-salle à manger que les femmes capverdiennes cousaient, avec des machines à pédale. Les essayages se faisaient dans un coin de chambre ou de salon-salle à manger, à côté d'une table où trônait parfois un plateau contenant des gâteaux qui sentaient bon et donnaient envie d'en prendre un ou deux. Deux sûrement ! Les femmes capverdiennes faisaient bien la couture. Il y avait de la finition et elles demandaient plus cher que les couturiers locaux, ce qui était normal. Dans la rue Félix-Faure, Il y avait aussi les bijoutiers maures qui vendaient des trésors en argent. Des chaînes, des bracelets, des cuillers ciselées, des pipes, pour ceux qui raffolaient de choses différentes. Il y avait quelques magasins, quelques boutiques de première nécessité où on pouvait acheter un sandwich pain-thon délicieux. Mais ces quelques boutiques dans la rue Félix-Faure passaient inaperçues. Rue Félix-Faure, c'étaient les salons de coiffure des Cap-Verdiens. Rue Félix-Faure, c'étaient les restaurants, les bars, un hôtel-restaurant, qui n'appartenaient pas toujours aux habitants de la rue Félix-Faure, mais les habitants de la rue Félix-Faure pouvaient y travailler. Dans la journée, tout cela était d'apparence normale.

La rue Félix-Faure était une rue masquée, une rue voilée. C'était la nuit que la rue Félix-Faure se dévoilait vraiment.

Tous les soirs, il y avait un ou deux policiers dans les alentours pour le prétexte. « C'est une rue chaude ! » disaient-ils.

La rue Félix-Faure n'était pas une rue chaude, comme cela s'entendait. La rue Félix-Faure avait la réputation de ce qu'elle n'était pas. Les autres disaient du mal de cette rue sans la connaître. La rue Félix-Faure était la rue de la vie, de l'espérance doublée de patience, la rue de Dieu. Mais il n'y avait pas de temples pour prier Dieu. Il y avait la rue pour vivre avec Dieu. Les habitants de la rue Félix-Faure ne priaient pas Dieu. Ils vivaient Dieu avec Dieu. Et cela les gens ordinaires, très nombreux par les temps qui couraient, ne pouvaient pas le comprendre. Ces deux policiers ne devaient pas être là, c'était tout, disait un apprenti philosophe. Mais les deux policiers étaient là, pour la réputation de la rue Félix-Faure.

Tout le monde voulait être rue Félix-Faure.

Tout le monde devait être rue Félix-Faure.

De jour comme de nuit.

Le jour c'était une autre vie. La même vie que celle de la nuit mais la variante était que le jour, les habitants de la rue Félix-Faure portaient des masques, et la nuit, des costumes. Le jour, certains habitants de la rue cachaient leurs visages sous des chapeaux, des ombrelles, des foulards, des mains en visière, derrière des persiennes. Ils ne voulaient pas être découverts. Il ne fallait pas qu'on voie leurs vrais visages. Leurs vrais visages n'étaient pas ce qu'on pouvait croire. Leurs visages n'étaient pas des visages d'êtres communs. Leurs visages étaient des visages de supraterrestres, des visages divins. Les habitants de la rue Félix-Faure étaient des gens supra. Ils ne voyaient pas ce que nous nous voyions. Nous, nous voyions la merde, la misère, la crotte, la bêtise, la méchanceté, la laideur, la violence, le mal partout et tout cela se lisait sur nos visages. Nous voyions le désespoir, la jalousie, l'envie, l'hypocrisie et cela se lisait sur nos visages. Les habitants de la rue Félix-Faure eux, voyaient ce que nul ne pensait voir rue Félix-Faure. Ils voyaient Dieu directement et lui les voyait. Ils voyaient Dieu dans son œil.

Les habitants de la rue Félix-Faure étaient différents de tous les habitants de cette ville. Quand la nuit enveloppait la rue Félix-Faure, il fallait voir comment ils étaient costumés ! Des costumes d'une telle magnificence ! Ils arboraient des tenues d'un peuple venu d'ailleurs, de très loin. Des tenues chatoyantes, osées, aux couleurs vives. Il y avait aussi des volants, des rubans, des bretelles, des nœuds de toutes les couleurs. Les visages étaient lumineux et rappelaient certains visages mystiques de Vélasquez. Ainsi la première partie de la nuit la rue Félix-Faure était abandonnée à sa population. Ceux qui ne pouvaient pas se passer de la rue venaient plus tard. Ceux qui disaient du mal de la rue Félix-Faure, ceux qui la dénigraient, ceux qui médisaient sur elle, n'y venaient pas la nuit. Il n'y avait que les téméraires, les sympathisants d'une autre vie qui osaient venir rue Félix-Faure. La plupart des gens de cette ville, surtout de ce quartier réservé, pensaient que la rue Félix-Faure était la rue de la dépravation, de la débandade générale, de la débauche. Les gens qui se disaient bien, en rentrant chez eux en début de soirée, et devant passer rue Félix-Faure, hâtaient le pas. Ils ne voulaient pas s'attarder car les gens de la rue Félix-Faure allaient envahir leur rue avec leurs costumes magnifiques. Il était difficile de distinguer un homme d'une femme, un vieux d'un jeune, tant les costumes donnaient à chacun une autre allure, un autre air, une autre attitude. Ils étaient comme invités à un bal. Un bal où Dieu les aurait conviés, et vice versa. Ils marchaient doucement, s'arrêtaient, se miraient entre eux, s'appréciaient, s'embrassaient, s'aimaient. Et dès que la nuit avançait vers l'autre versant, dans sa deuxième partie, ils rentraient chez eux après avoir humé presque tout l'air frais de la rue. Ils abandonnaient ainsi la rue aux sympathisants et aux téméraires. C'étaient eux qui, dans cette autre partie de la nuit, occupaient la rue Félix-Faure pendant que les habitants s'étaient retirés avec Dieu.

Tout le monde se connaissait rue Félix-Faure. Et tout le monde connaissait Drianké. Et comme les autres habitants de la rue Félix-Faure, tout le monde la connaissait, mais personne ne connaissait son histoire. Dans la rue Félix-Faure, les gens ne cherchaient pas des histoires, mais chacun avait son histoire. La rue Félix-Faure camouflait les histoires de chacun et lui fabriquait une nouvelle histoire, avec l'espérance doublée de patience, avec Dieu. Drianké la femme ronde, de petite taille, boitait légèrement quand elle était arrivée rue Félix-Faure, un jour. Et personne ne lui avait posé de questions. Elle était arrivée avec un blues dans la bouche.

Muezzin et Drianké, la femme ronde, de petite taille, étaient arrivés ensemble devant le spectacle, avec le Philosophe qui avait fait demi-tour et qui n'avait pas peut-être remarqué que Drianké ne boitait pas. À la vue des deux policiers, Drianké la femme ronde de petite taille et qui ne boitait plus, avait fait une moue de dédain. Un des deux policiers l'avait aussitôt interpellée :

« Drianké, toi qui connais cette rue comme les doigts de ta main, peux-tu nous dire ce qui s'est passé ici ? »

Drianké leur avait jeté un regard toujours méprisant.

« Est-ce ainsi qu'on parle aux gens ?

Vous parlez à qui ?

Même un chien, il faut le saluer !

(Surtout ! dirait un apprenti philosophe.)

Et pourquoi moi ?

C'est Muezzin qui est venu m'avertir, avait-elle dit.

« —Oui c'est moi qui suis allé lui dire qu'il y avait un mort, enfin un corps découpé en morceaux dans la rue », avait confirmé Muezzin, en sautillant.

« —J'ai trouvé Drianké dehors dans sa cour, installée dans son vieux fauteuil...»

Personne n'écoutait Muezzin.

Drianké n'avait pas regardé le corps découpé en morceaux du grand lépreux avec les petites parties sexuelles enfoncées dans la bouche. Elle baillait dans une extraordinaire sérénité, enveloppée dans une grande couverture dont les tons se mariaient avec la couleur de sa peau.

« As-tu vu ça ? » lui dit l'un des deux policiers, en lui désignant le corps découpé du lépreux.

Drianké s'était approchée un peu plus et avait aussitôt reculé, en titubant, comme dans une scène tragique d'un film latino. Drianké avait exercé ses talents de comédienne dans plusieurs films et pièces de théâtre. Un moment était passé et tout n'était que silence et elle avait dit doucement :

« C'est mon lépreux !

—Comment, c'est ton lépreux ? s'exclama l'un des deux policiers.

—C'est mon lépreux, c'est mon lépreux » psalmodiait Drianké.

Et Drianké s'était brusquement tue.

Après quelques instants difficiles à déterminer dans le temps et l'espace, elle s'était mise à chanter. De la gorge de Drianké était sorti l'un des plus beaux blues qu'on n'avait jamais entendu depuis le Cotton Club. Un chant sorti des dunes du désert, emporté par les vents de sable, vers l'océan lointain et proche ! Le chant de Drianké était revenu tremblotant sur le corps découpé

du grand lépreux dont le ventre bombé avait encore pris des proportions énormes. Quand la voix de Drianké retentissait dans la
rue Félix-Faure, les moineaux de la rue Félix-Faure, les pigeons
de la rue Félix-Faure, étaient heureux, les gens aussi, les hiron-
delles aussi. La voix de Drianké était la voix de la rue Félix-Faure.
De sa voix sortaient les entrailles de la rue Félix-Faure. Entrailles
de vécus de ces milliers de gens, descendants de familles, jadis
propriétaires des lieux, disséminés dans des centaines de maisonnettes, de cours et courettes. Avec des problèmes d'héritage,
de légitimité, d'illégitimité, d'inceste, tout avait été découpé en
petits morceaux, à main levée. Chacun s'accrochait à son petit
bout de propriété, comme à un dernier rempart avant le grand
tourbillon. Dans cette population d'arrière-cour, il y avait de
tout, mais en même temps il y avait très peu d'instruction, très
peu de formation, très peu d'opportunités. Quelques-uns travaillaient, tout le reste vivotait de petits métiers. Il n'y avait que les
immigrés capverdiens qui habitaient là, qui s'occupaient par tous
les moyens parce qu'ils devaient le faire. Ils étaient obligés. Ils
n'avaient pas quitté leurs Îles en face pour rien. Ils n'avaient pas
pu aller plus loin mais rêvaient, espéraient. Leurs filles, quant à
elles, dès qu'elles avaient atteint l'âge de décider, cherchaient tout
de suite à se placer quelque part, hors de ce milieu. Ce n'était pas
à la rue Félix-Faure qu'elles allaient trouver du travail, un mari,
fonder un foyer, avoir des enfants. Elles ne voulaient pas durer
rue Félix-Faure. Tout ce qu'elles souhaitaient, c'était de sortir de
cette atmosphère, qui représentait pour elles l'immigration, la
promiscuité, la coiffure, la couture, le violon, et les gâteaux de la
nostalgie. Elles avaient vécu dans des maisonnettes étroites ou de
petites chambres avec des pères coiffeurs, des mères couturières
pour les unes et les autres. Elles voulaient briser cette chaîne.
Elles étaient instruites dans leur nouveau pays et s'intégraient

plus facilement que leurs parents. Ainsi la plupart d'entre elles avaient épousé des autochtones. Et d'autres s'étaient mariés avec leurs concitoyens d'origine qui avaient évolué avec elles dans cette nouvelle vie.

La promiscuité, l'exiguïté, dans la rue Félix-Faure étaient indescriptibles. Tant de choses se passaient derrière les façades de la rue Félix-Faure. Des gens se brossaient les dents à leur fenêtre. Des gens se rasaient devant la porte de leurs chambres. Et les gens allaient et venaient tout le temps. Il y avait du mouvement rue Félix-Faure. Le soir les habitants se couchaient tard à cause de la chaleur laissée par ceux qui passaient rue Félix-Faure sans s'arrêter, parce qu'ils dédaignaient cette rue. Avec leurs voitures aux vitres fermées, ils roulaient vite sur le macadam et laissaient sur leur passage, leur aversion pour cette rue qu'ils calomniaient, avec la chaleur de leurs cœurs et de leurs véhicules, dont les moteurs étaient poussés à fond. La plupart des habitants de la rue Félix-Faure restaient dans la rue, assis sur des bancs, des chaises, debout, marchant, allant et venant avant que la nuit ne tombât et que chacun se préparât pour le grand bal masqué. Non seulement les gens cherchaient l'air frais, ils retrouvaient Dieu aussi. Dieu aimait le début de la nuit dans la rue Félix-Faure. Existait-Il toujours ? Allait-il tenir ses promesses aux derniers ? Pourquoi pas ? Si c'était ce que les derniers voulaient, au lieu d'essayer d'être les premiers tout de suite. Les promesses de Dieu pour les derniers, c'était pour tous ceux qui étaient victimes d'injustices et d'arbitraire et pour tous ceux qui ne vivaient pas d'espérance et de patience avec Dieu. Car ceux qui avaient commis ces injustices et ces arbitraires paieront tôt ou tard et ici-bas. Si la justice des hommes ne corrigeait pas les choses, leur conscience leur torturerait jusqu'à leur dernier souffle et s'ils n'avaient pas de conscience, une irascibilité perpétuelle les accompagnerait toute leur existence. Ils ne connaîtront pas la sérénité de ceux qui étaient en harmonie complète avec leur conscience. Les hommes de bien. Les hommes justes. Les hommes vertueux. Les hommes de Dieu. Comme les habitants de la rue Félix-Faure ! Pour les habitants de la rue Félix-Faure, ils ne se posaient même pas la question. Ils n'étaient pas concernés par des promesses. Ils étaient en Dieu à chaque instant.

« Je suis plus proche de vous que votre veine jugulaire.

Vous vous approchez de moi d'une coudée, je m'approche de vous de dix coudées », avait dit Dieu.

Les habitants de la rue Félix-Faure avaient Dieu et ils avaient le violon ! Le violon était un instrument divin, disait à chaque fois un apprenti philosophe quand il entendait jouer du violon. C'était l'instrument que les anges jouaient autour de Dieu, ajoutait-il.

En ces matins, comme ce matin, certains cherchaient aussi comment casser la croûte. La feuille de crédit chez le boutiquier du coin était déjà tellement allongée que celui-ci refusait d'en rajouter ! Parfois, il fallait avoir énormément de talent de séduction, de persuasion d'une probable rentrée d'argent, pour qu'il ajoute à la longue liste quelques morceaux de sucre, un sachet de café, deux ou trois cigarettes pour les fumeurs, un peu d'huile, des œufs, du pain-thon, du pain beurré, du pain au Chocolega, du pain simple, du pain nu. Dans cette promiscuité, les héritiers de la rue Félix-Faure trouvaient moyen de sous-louer des moitiés de chambre, parfois même des quarts de chambre. Propriétaires, héritiers et locataires immigrés se débrouillaient pour s'en sortir, pour rêver, pour espérer, dans de relents de bagarres et de disputes souvent vite maîtrisées. À la rue Félix-Faure, il y avait un code d'honneur, tout le monde le savait. Tout le monde n'avait pas ainsi le privilège de vivre dans une rue divine, une rue bercée par le violon, en plein centre-ville, au quartier du Plateau, le quartier réservé. Rue Félix-Faure, tout était en sourdine, comme Dieu dans leur vie ! Il n'y avait pas d'explosion dans la rue Félix-Faure. La rue Félix-Faure était une rue bien située, dans ce quartier réservé !

La rue Félix-Faure était à deux pas du Palais présidentiel !

La rue Félix-Faure était à deux pas de la Grande Église !

La rue Félix-Faure était à deux pas de l'Office de radio et télévision !

La rue Félix-Faure était à deux pas du Théâtre national !

C'était dans ce théâtre que Drianké, la femme de petite taille travaillait de temps à autre. Mais ce que Drianké savait mieux faire c'était chanter le blues. Elle voulait utiliser ses talents de comédienne comme une passerelle pour une grande carrière de chanteuse de blues. Elle n'y était pas encore arrivée, mais elle y arrivera, disaient toujours le Philosophe et les apprentis philosophes de la rue Félix-Faure.

La rue Félix-Faure donnait sur la place de l'Indépendance !

La rue Félix-Faure n'était pas loin du Centre culturel français.

La rue Félix-Faure n'était pas loin du Grand Marché.

Certains occupants privilégiés du quartier du Plateau étaient partis après le départ de l'occupant qui les avait privilégiés. Certains collaborateurs les avaient suivis. Les bourgeois et les nantis étaient allés s'installer ailleurs, plus loin vers la pointe extrême. Ils avaient créé des quartiers résidentiels, loin des immigrés, loin de tout le peuple qui commençait à monter vers le quartier qui leur était réservé. Mais comme la rue était stratégiquement située, il y avait quelques grands cabinets d'avocats, quelques grands cabinets de médecins, de consultants tenus par des gens qui n'habitaient pas rue Félix-Faure. Tous ces bureaux chics et précieux jouxtaient les salons de coiffure des Cap-Verdiens, d'où filtrait à chaque moment de la journée de la musique. Morna, biguine. Une musique lancinante, prenante, envoûtante, nostalgique, une musique des îles, non loin. Dès que le soir tombait, les habitants de la rue Félix-Faure qui s'étaient cachés de la chaleur du macadam, des voitures de luxe, des personnes tirées à quatre épingles, réoccupaient leur rue avec un autre monde, une autre race. Cet autre monde, cette autre race reprenaient la rue et ceci jusqu'au petit matin, alors que les habitants de la rue Félix-Faure s'étaient retirés au milieu de la nuit avec Dieu, pour s'endormir avec lui, au son de la morna.

Drianké continuait sa plainte complainte blues, devant le spectacle qui s'étalait sur le trottoir de la rue Félix-Faure en face du salon de coiffure fermé, Chez Tonio. Les deux policiers ne semblaient pas apprécier la voix de Drianké.

« Nous ne sommes pas au théâtre ici, lui avait dit l'un des deux policiers.

Connais-tu ce lépreux ? »

Drianké psalmodiait toujours le blues. Elle tournait la tête dans tous les sens comme pour dire non ! Non ! Non ! Ce n'est pas possible.

« Je le connais.

C'est mon lépreux.

Il dormait chez moi.

C'est moi qui l'y avais autorisé.

Je l'avais trouvé un soir dans l'avenue Maginot.

Je lui avais dit qu'il pouvait dormir la nuit, dans un espace de ma courette. »

Drianké avait cessé de murmurer le blues. Elle avait regardé le corps découpé en gros morceaux du grand lépreux, et avait repris son blues en le psalmodiant.

« C'est ton lépreux et ce matin, il est là sur le trottoir, découpé en morceaux, avec les petites parties sexuelles enfoncées dans la bouche ! Qu'en dis-tu ? »

Le policier qui parlait ainsi criait presque sur Drianké. Il était toujours debout comme l'autre, les jambes écartées.

« Laissez-la tranquille ! » dit un des apprentis philosophes.

—C'est ce que cela coûte de faire du bien !» ajouta Muezzin.

Les deux policiers essayaient de faire reculer les apprentis philosophes, et les curieux de plus en plus nombreux, en vain. Ce matin personne ne se préoccupait de la façon dont elle allait séduire le boutiquier du coin. Le spectacle avait suspendu tous les élans, tous les instincts, tous les désirs, toutes les envies. Drianké regardait toujours le corps découpé en morceaux du grand lépreux en psalmodiant le blues. Des larmes perlaient au bord de ses yeux brillant d'une lueur lumineuse. Son visage, à moitié recouvert par la grande couverture, faisait penser à la Madone regardant son fils, mort, pour ceux qui n'avaient rien compris. Le fils de la Madone n'était pas mort. Nous sommes le fils de la Madone ! aurait dit un apprenti philosophe.

Drianké s'était assise sur le rebord du trottoir et essuyait ses larmes lumineuses avec un pan de sa couverture, sa canne à côté d'elle. Muezzin ragaillardi par le blues psalmodié de Drianké, ému par les paroles de Drianké, bouleversé par les larmes de perles de Drianké, s'était avancé vers les deux policiers pour expliquer comment cela s'était passé :

« Je me rendais à la mosquée, comme d'habitude, pour l'appel à la prière quand j'ai vu cette chose terrible.

Je n'avais rien vu d'abord.

Je suis tombé sur une masse.

C'est quand je me suis relevé que...

Je ne savais même pas que c'était un lépreux.

Je n'avais même pas vu les quatre lampes-tempête... »

—Ça va, ça va, avait coupé court l'un des deux policiers aux explications de Muezzin.

—Comment, ça va, ça va ?

C'est moi qui ai découvert le corps découpé, ce matin.

Quand je suis tombé sur lui, vous n'étiez pas là et maintenant vous ne voulez pas me laisser parler ! Ce n'est pas possible !

Qui peut vous fournir des informations plus que moi ?

Dans ce pays, c'est toujours ainsi !

C'est moi qui ai trouvé le corps découpé en morceaux, c'est moi qui suis allé appeler à l'aide et maintenant je suis exclu, igno-ré, minimisé, rejeté de tout. Et on me dit ça va, ça va.

C'est mon corps découpé en morceaux, même si c'est le lé-preux de Drianké ! »

Muezzin grommelait et les apprentis philosophes l'approu-vaient et certains le soutenaient en lui tapotant l'épaule.

« Puisque c'est ton corps, dis-nous comment tu t'es trouvé là comme par hasard ? avait repris l'un des deux policiers.

Tu n'avais pas un problème avec lui ?

Ne serait-ce pas toi qui l'aurais, comment dirais-je, découpé en morceaux et qui lui aurais enfoncé les petites parties sexuelles dans la bouche ? »

Muezzin faillit suffoquer.

« Mais que racontez-vous là ?

Comment me suis-je trouvé là par hasard ?

Il n'y a pas de hasard. Tous les matins, je prends le même iti-néraire pour aller faire l'appel à la prière.

Comment pourrais-je tuer un lépreux ?

Comment pourrais-je le découper ainsi tout seul ? C'est vous qui m'avez aidé alors ?

Écoutez, arrêtez ces insinuations que je n'apprécie pas du tout.

Je n'ai jamais eu de problème avec personne. Dieu est mon témoin. »

Dans la foule, un apprenti philosophe s'était détaché et s'était approché de Muezzin et lui avait dit :

« Muezzin, as-tu oublié le problème que tu avais eu avec cet homme qui avait détourné ta fille aînée sous des prétextes de religion, de voie religieuse, de jours où il fallait aller faire des prières ? Cet homme avait abusé de ta fille aînée et t'avait extorqué, à travers elle, toutes tes petites économies. Tu avais raconté qu'au début il lui demandait de venir à son lieu de travail pour lui donner des conseils. Et il la faisait parler. Au début, ta fille aînée parlait, racontait sa petite vie, et elle ne se rendait pas compte que l'homme lui demandait de continuer à parler tout le temps, parce qu'il se masturbait en regardant sa bouche. Jusqu'au jour où l'homme l'avait entraînée là où il logeait et l'avait violée en lui promettant la purification et les bonnes grâces de son dieu ?

As-tu oublié cette histoire ?

—Je ne pourrais jamais oublier cette histoire, avait dit Muezzin et une lueur étrange brillait au fond de ses yeux.

Jamais. Cet homme se disait homme de Dieu, alors que c'était un vicieux, un intéressé, un malade, un déséquilibré qui, sous couvert de la religion et de sa voie, exploitait les femmes surtout. Mais cet homme n'était pas un lépreux. Cet homme se disait Moqadem. »

Muezzin était maintenant en sueur. Il suffoquait d'une rage qu'il avait du mal à contenir. Un silence s'était fait. Seule la musique de violon qui suintait du salon de coiffure encore fermé, Chez Tonio, envahissait tout. Le corps découpé en morceaux du grand lépreux avec les parties sexuelles enfoncées dans la bouche, gisait sur le trottoir et ses yeux dansaient à présent au son du violon. La rue Félix-Faure, à cette heure si matinale, avait encore les relents du grand bal masqué. Des petits nœuds en soie et des rubans de toutes les couleurs traînaient partout. Des cotillons étoilés roulaient doucement sur le trottoir et sur la chaussée, attendant que les pneus insolents des voitures de ceux qui dédaignaient la rue Félix-Faure viennent les écraser. Les apprentis philosophes, tout autour du corps découpé, essayaient de réfléchir comme le faisait le Philosophe de la rue Félix-Faure. Une main sur la bouche, une main dans une poche, parfois sur le front, sur la nuque, allant et venant. Les deux policiers aux ventres dodus, toujours debout, les deux jambes écartées, baillaient. Le blues psalmodié par Drianké avait pris un nouvel envol et était monté au ciel. Au même moment Muezzin s'était rappelé son devoir. L'heure était passée depuis longtemps. Il faisait presque jour. Mais le soleil n'était pas encore levé.

Qui avait pu aller à la prière ?

Dans cette rue de ce quartier réservé, dite chaude, la prière dans un temple n'était pas la chose la plus couramment partagée. Dans la rue Félix-Faure, la prière c'était la vie. Prier, c'était vivre, c'était aller tout droit ! disait souvent un apprenti philosophe. Dieu demandait que le droit chemin soit le chemin que toute créature devait emprunter pour arriver à lui. En tout cas, disait un autre apprenti philosophe, c'était le chemin le plus court. Pour les habitants de la rue Félix-Faure, inéluctablement et indéniablement, toute créature allait vers Dieu, mais eux, ils avaient emprunté le chemin le plus court, le droit chemin. C'était de la mathématique pure, aurait confirmé un autre apprenti philosophe.

Muezzin pensait déjà aux conséquences de son manquement de ce matin. Il avait pourtant fait une bonne action. Il avait découvert un corps découpé en morceaux très tôt ce matin et il était allé chercher de l'aide. Une bonne action aussi valait bien un appel à la prière. C'était même une prière. C'était la prière.

Les autres pensaient qu'avec la prière dans les temples, ils avaient fait une bonne action. Ils se trompaient. La bonne action, c'était à chaque instant. Mais Imam comprendrait-il ? C'était cela le problème. Dieu, lui, comprenait tout, ainsi que les habitants de la rue Félix-Faure, mais ceux qui se prenaient pour des intermédiaires et interprètes, les nouveaux prophètes, les faux Moqadems n'avaient rien compris, et sur terre, ils faisaient la loi et leurs dieux les laissaient faire. Qu'attendons-nous pour nous révolter contre ces monstres ?

Muezzin pensait qu'Imam qui dirigeait la prière allait le faire remplacer. Imam le soupçonnait depuis quelque temps d'être trop familier avec les habitants de cette rue dite chaude, pensait Muezzin. Pourtant Imam n'était pas au-dessus de tout soupçon. Toutes les jeunes filles de la rue Félix-Faure le connaissaient. Il aimait souvent venir flâner rue Félix-Faure bien qu'il n'habitât pas dans les environs. Et quand les jeunes filles l'appelaient Imam avec une certaine intonation dans la voix, il soulevait son chapelet et faisait des grognements étranges. On disait qu'il lui arrivait aussi de faire partie de la rue Félix-Faure, certains soirs. Et là, il devenait un humain, un simple humain, mais il avait peur de le rester. Nul ne pouvait habiter dans les environs de la rue Félix-Faure et ne pas vouloir en faire partie. Impossible. Muezzin pensait plutôt que lmam était jaloux de lui parce que lui, il habitait presque dans la rue Félix-Faure et n'étant pas un imam, il était un peu plus libéré. Et Muezzin pensait avoir trouvé un compromis avec Dieu puisqu'il habitait dans un fond de courette de la rue Félix-Faure, la rue de Dieu. Dans cette rue, Dieu et diable cohabitaient. C'était cela la force de la rue Félix-Faure. La cohabitation harmonieuse ! Dieu était en haut, le diable était en bas. Tous les deux étaient sur la même ligne. C'était ainsi que beaucoup d'intermédiaires comme les faux Moqadems, les nouveaux prophètes, croyaient être avec Dieu parce qu'ils croyaient être sur la ligne, alors qu'ils étaient avec le diable. C'était cela être avec Dieu par le bas. À chaque instant le bien et le mal se livraient une bataille. Et il y avait matière. Le voisinage, la promiscuité, les rancœurs étouffées, l'instant qui parfois n'était pas furtif, la survie. Parfois, l'instant traînait. Et les gens du rêve n'aimaient pas les instants qui traînaient ! Il fallait vivre, jouir, au fur et à mesure ! Il était vrai, que de nuit comme de jour, la rue Félix-Faure offrait toutes les palettes de toutes les formes de vies. Prostitution douce. Prostitution chaude.

Bars maison. Bars ruelles. Bars couloirs.

Bars fenêtres. Bars balcons.

Gargotes sur rue. Gargotes devantures.

Gargotes fond de cours. Gargotes fond de courettes. Gargotes arrière-cours.

Pourtant tout se conjuguait vertueusement parce que les habitants de la rue Félix-Faure avaient des codes de vertu. Le vice était dissocié de la vertu. Comme dans la rue Félix-Faure où il n'y avait pas de temples, mais où les gens croyaient vraiment en Dieu et vivaient avec lui en permanence. Il régnait tout le temps dans la rue Félix-Faure une atmosphère de relents d'alcools, de musique capverdienne. Cela aussi faisait partie de Dieu. Les habitants de la rue Félix-Faure n'étaient pas ceux qui étaient dans les bars, les restaurants. Les habitants de la rue Félix-Faure ne faisaient pas de prostitution dans leur rue. Les habitants de la rue Félix-Faure ne faisaient pas de beuveries dans leur rue. Ils n'en avaient pas besoin. Les habitants de la rue Félix-Faure s'enivraient avec Dieu. Les habitants de la rue Félix-Faure écoutaient de la musique de violon en compagnie de Dieu et ces musiques s'attardaient dans cette rue comme un bateau échoué dans un port jadis fiévreux.

La rue Félix-Faure n'était pas loin du grand port de la ville.

La rue Félix-Faure était en face des îles du Cap-Vert !

Les femmes capverdiennes cousaient au son du violon.

Les hommes capverdiens coiffaient au son du violon.

Les jeunes filles et les personnes âgées agrémentaient la rue avec leur élégance et tout cela en sourdine avec le violon et la guitare !

Les enfants nés de ces sons de violon et de guitare s'intégraient assez vite à la population locale, pour échapper à la rue Félix-Faure, parce qu'ils voulaient être des gens ordinaires. Les enfants voulaient changer de milieu, tout en conservant la rue Félix-Faure. Les femmes avaient une mauvaise réputation. Elles vieillissaient mal, disait-on, et étaient frivoles. Jalousie des autochtones ! Les Cap-Verdiens étaient appelés « Pourtouguès » ou « Pourtou Ngagna ». Leur teint ressemblait à du caramel, à du miel pur, à la couleur de leurs gâteaux. Les Îles du Cap Vert n'étaient pas loin. C'était juste en face du Continent. Mais le pays était terriblement sec. Et quand la nostalgie prenait les sens, les hommes jouaient du violon le plus souvent et de la guitare de temps en temps. Et les femmes fredonnaient. C'était à la rue Félix-Faure que la vie avait du son et du swing et tout le monde savait danser. Et il y avait toujours de la musique à la rue Félix-Faure. La rue Félix-Faure était aussi une rue nostalgique de la période d'occupation quand les militaires, les marins, la faune aventurière, les amateurs de mondes nouveaux arpentaient cette rue comme un lieu saint, comme un lieu de pèlerinage, comme un passage obligé. Les filles rieuses, la taille fine, offraient des corps vibrants de vie. L'alcool fort, la bière Gazelle Coumba, le vin Kiravi Valpierre mouillaient toute cette vie de débauche entre la pudeur bon enfant et le péché tout mignon.

Drianké, cette femme de petite taille, cette femme ronde qui boitait légèrement quand elle était arrivée, n'avait pas de bar avec pignon sur rue. Elle recevait chez elle, des hommes, des femmes, des jeunes filles en compagnie d'artistes, des jeunes femmes libérées, des femmes mariées, des gens venus d'ailleurs qui venaient boire, fumer et bavarder. Devant sa maisonnette, elle vendait des petits plats qu'elle mijotait pour ses clients, les admirateurs de sa voix, un blues à la bouche. Les gens qui voulaient faire partie de la tranche des évolués aimaient aller chez Drianké. Cela faisait même chic de se retrouver chez elle. La devanture de sa maisonnette, au fond de ces couloirs, cours et courettes, était l'endroit le plus branché dans cette rue, dans ce quartier, même dans cette ville. Le grand jeune homme, le cinéaste Djib à qui l'histoire que racontaient les yeux du grand lépreux découpé en morceaux devait être racontée, pour en faire un film, allait lui aussi chez Drianké. Il aimait beaucoup Drianké. Il venait plus pour Drianké que pour ses petits plats. Le grand jeune homme, le cinéaste Djib, n'était pas un gourmand. Drianké se demandait, malgré son amitié avec lui, si elle ne l'avait jamais vu manger. Le cinéaste Djib se nourrissait d'autre chose. Il se nourrissait de la nourriture de ceux qui avaient dépassé la survie.

Drianké continuait à psalmodier son blues, dans la rue Félix-Faure, à cette heure du matin où on n'avait pas entendu pour la première fois, depuis longtemps, l'appel à la prière ! Les yeux du grand lépreux découpé en morceaux avec ses petites parties sexuelles enfoncées dans la bouche ne disaient plus rien. Les yeux du grand lépreux ne riaient plus. Les yeux du grand lépreux découpé écoutaient Drianké psalmodier un blues, avec des reflets lumineux dans ses profondeurs. C'était comme si les flammes des lampes-tempête y flottaient. À un moment, un apprenti philosophe qui essayait de réfléchir, avait cessé d'essayer de réfléchir et avait regardé un des deux policiers en lui disant :

« Au fait, vous, il me semble vous avoir vu chez Drianké.

N'est-ce pas que vous y veniez quelque fois avec un collègue ?

N'était-ce pas avec vous que la masse d'ombre qui passait la nuit chez Drianké avait eu un problème qui aurait pu dégénérer ?

C'est bien vous. Je me rappelle maintenant. »

Le gros policier était gêné. Les gens tout autour le regardaient et se regardaient l'un l'autre. Le Philosophe se tenait à côté, toujours pensif. Depuis qu'il était revenu avec Drianké et Muezzin, devant le corps découpé du grand lépreux, il n'avait fait aucun commentaire. Il écoutait les deux policiers quand ils disaient exceptionnellement quelque chose. Il écoutait Drianké quand elle psalmodiait le blues. Il écoutait Muezzin quand celui-ci parlait. Il écoutait les apprentis philosophes quand ceux-ci discutaient entre eux. Il allait et venait de temps à autre, une main sur le front. Parfois il marmonnait :

« Le lépreux passait les nuits chez Drianké.

C'était le lépreux de Drianké.

Un jour, quatre formes voilées qui semblent se multiplier apparaissent dans la rue Félix-Faure.

Personne ne les connait.

Personne ne sait d'où elles viennent.

Et ce matin le corps d'un grand lépreux découpé en morceaux, les petites parties sexuelles enfoncées dans la bouche, est découvert par Muezzin sur le trottoir.

Il y a une histoire, une terrible histoire derrière tout cela.

Le corps découpé du grand lépreux ne représente rien d'intéressant.

C'est l'histoire derrière l'histoire qui est intéressante. »

Muezzin s'était approché un peu plus de l'apprenti philosophe comme pour le soutenir dans ses révélations au sujet de l'un des deux policiers.

« Si je suis venu une fois ou deux chez Drianké, cela fait partie de mon travail, avait dit le policier pour se ressaisir.

—Là je ne suis pas d'accord, avait repris l'apprenti philosophe, ragaillardi par sa mémoire qui s'activait.

—Nous, rue Félix-Faure, de façade, comme en arrière façade, nous n'avons pas besoin de policiers. Ici dans la rue Félix-Faure, nous n'avons jamais eu de problèmes avec les policiers. La loi qui gère la rue est plus rigoureuse que celle de la police. »

Drianké avait pris la parole et avait commencé à accabler l'un des deux policiers :

« Vous êtes bien venu chez moi, je me souviens maintenant.

Et vous êtes venus souvent. Ce n'est pas une fois ou deux.

Je me souviens bien de vous. Un jour, ah ! Attendez.

Voilà, je me rappelle. Un soir vous aviez pris un peu trop de Kiravi Valpierre et…»

Le policier essayait d'arrêter Drianké, en gesticulant. L'apprenti philosophe se sentait de plus en plus à l'aise. Il hochait la tête, soutenu par les curieux et les autres apprentis philosophes tout autour. Le Philosophe de la rue Félix-Faure souriait en regardant l'apprenti philosophe et Drianké parler de la sorte à l'un des deux policiers. L'apprenti philosophe était échauffé, et il avait continué à la suite de Drianké :

« Voilà, je me rappelle bien à présent. Ce soir-là, vous étiez complètement saoul. C'était la première fois que je voyais un gros policier aussi ivre. Vous vous êtes mis à danser la danse mayonnaise et la masse d'ombre qui était installée dans la courette au fond, riait en vous voyant danser. À un moment, vous vous étiez dirigé vers la masse d'ombre, en dansant, et elle s'était levée pour vous imiter. Et là tout d'un coup, personne ne savait ce qui vous avait pris, vous aviez sorti une arme et vous aviez menacé la masse d'ombre. Vous l'aviez traitée de tous les noms et vous aviez commencé à dire des choses incroyables :

"Vous ne savez pas qui je suis.

Je suis plus qu'un policier.

Je suis un superman.

Je suis grand, gros, beau, fort, et j'en ai."

Vous vous êtes déshabillé en disant :

"Je vais vous montrer que j'en ai du muscle, moi."

Vous continuiez à danser la danse mayonnaise. Un des clients vous avait empoigné, vous avait passé de l'eau sur la tête et vous avait aidé à vous rhabiller. Vous étiez ridicule, j'avais honte pour vous. Un tel spectacle nous n'en avions jamais vu rue Félix-Faure. En partant, vous aviez dit ceci :

"Je t'aurai, salaud, espèce de salaud. Voilà !"»

Le gros policier visé par l'apprenti philosophe s'était écrié:

« Mais il ne s'agissait pas d'un lépreux.

C'était une masse d'ombre...»

Drianké l'avait arrêté aussitôt:

« Cette masse d'ombre, c'est mon lépreux qui est là, découpé en morceaux. »

Le gros policier transpirait et tentait de s'expliquer.

« Ce n'est pas cela. Je suis allé une seule fois chez Drianké, car un indicateur nous avait dit qu'un lépreux vicieux était dans les parages de la rue Félix-Faure. Il mendiait dans les avenues mais en fait, sous le couvert de la mendicité, il y avait un subtil trafic avec des jeunes gens. Ce lépreux attirait ces jeunes, sous le couvert de la parole de son dieu dont il était proche quand il était faux Moqadem dans une autre vie. Il leur demandait de lui raconter des scènes obscènes de fornication et il se masturbait. C'était pour cela que j'étais allé chez Drianké pour savoir si quelqu'un en avait entendu parler et pouvait me fournir des informations sur ce pédophile vicieux. Je ne savais même pas qu'il y avait un lépreux chez Drianké. Même après cet incident je ne savais pas que cette masse d'ombre était un lépreux. »

Drianké, toujours assise sur le trottoir, avait interpellé le gros policier gêné, qui transpirait de plus en plus, et le regardant droit dans les yeux lui avait dit :

« Vous étiez tellement ivre que vous ne vous en rappelez plus, mais moi je m'en souviens, car vous n'aviez pas payé vos consommations. »

Drianké avait repris son blues psalmodié et attendait ce qu'allait dire le gros policier. Ce dernier n'avait rien dit.

« Vous me devez de l'argent » avait repris Drianké.

Je ne peux pas vous oublier. Je peux donner tout ce que je possède, mais je n'aime pas qu'on me doive un centime, fût-on policier ou chef des policiers. Cela aussi je le signalerai à ton Chef.

Ne dites pas que vous n'êtes venu ici qu'une seule fois. Vous êtes venu plusieurs fois. Même votre Chef vient ici. Mais lui, il est correct. Il boit ses doses, bavarde un peu, règle ce qu'il doit et s'en va. Un policier correct. Vous savez, à la rue Félix-Faure, nous savons apprécier les gens de qualité. Ici c'est la qualité avant tout. »

Muezzin, qui ne voulait pas rester à l'écart des événements, voulait prendre la parole, mais un apprenti philosophe s'était approché un peu plus du gros policier concerné.

« Ici les gens ne commettent pas des crimes, qu'ils soient crapuleux ou non. La rue Félix-Faure a une éthique de vie, de comportement, d'attitude. Depuis qu'elle existe, il n'y a jamais été signalé un seul crime ! Celui qui a commis ce crime n'est pas de la rue Félix-Faure », scandait l'apprenti philosophe.

Pendant ce temps, le Philosophe qui allait et venait, toujours pensif, parfois un sourire sur les lèvres, s'était arrêté et avait dit:

« Arrêtez de parler de crime.

Il n'y a pas de crime.

Il y a un spectacle.

Ce spectacle a été monté ici, rue Félix-Faure et nulle part ailleurs. Ceux qui l'ont monté ont été assistés par quelqu'un de la rue Félix-Faure ou quelqu'un qui se trouvait rue Félix-Faure. Il y a une histoire dans ce spectacle. »

Muezzin en avait profité pour se mettre en avant :

« Alors, Monsieur le gros policier, qu'est-ce que vous en dites ? Vous avez entendu ce que vient de dire le Philosophe ?

Les choses semblent assez claires, je crois.

Qu'en dites-vous ? »

Muezzin sautillait comme un ver de terre sur lequel quelqu'un aurait marché. À un moment, il s'était approché de Drianké :

« Drianké, qui savait dans la rue Félix-Faure que tu avais un lépreux chez toi ? Je passe de temps en temps chez toi pour prendre des nouvelles, mais je n'y ai jamais vu un lépreux. »

Drianké sans regarder Muezzin, dit :

« Je ne savais pas que la masse d'ombre était un lépreux

Elle était là depuis un peu plus d'un an.

Cette masse d'ombre, je n'avais pas vraiment vu son visage.

Elle était toujours emmitouflée dans sa grande serviette.

Elle arrivait tard la nuit et partait tôt le matin.

C'est hier seulement que j'ai appris des choses sur elle.

C'est depuis hier seulement que je l'ai mieux connue.

C'est depuis hier seulement que j'ai su qui elle était.

Et c'est ce matin que j'ai su que la masse d'ombre était un lépreux. »

Drianké s'était tue, et une lueur avait brillé dans son regard.

Le Philosophe regardait étrangement Drianké quand elle parlait. Dans la tête du Philosophe, l'histoire de ce grand lépreux découvert ce matin, découpé en morceaux sur le trottoir, les petites parties sexuelles enfoncées dans la bouche, allait se dénouer d'elle-même. Ce lépreux devait être impliqué dans le spectacle qu'il offrait ce matin, sur un trottoir de la rue Félix-Faure.

Drianké avait repris son blues psalmodié, rythmé par la musique du violon qui suintait du salon de coiffure toujours fermé, Chez Tonio.

C'était surnaturel, ce matin, mais c'était excitant.

Lépreux découpé, blues, violon, trottoir, Chez Tonio.

Et le soleil ne voulait toujours pas se dévoiler.

Le corps découpé en morceaux du grand lépreux semblait occuper de plus en plus le trottoir. Les yeux du grand lépreux continuaient à parler et personne ne faisait attention à ce qu'ils disaient. Les yeux du grand lépreux racontaient une histoire et personne ne les écoutait. Le Philosophe de la rue Félix-Faure ne regardait pas les yeux du lépreux. Le Philosophe évitait les yeux du lépreux. Tout autour du corps découpé en morceaux du grand lépreux, dont les yeux parlaient, il y avait de plus en plus de curieux. Le Philosophe de la rue Félix-Faure souriait à présent comme s'il avait élucidé l'énigme du corps découpé en morceaux du grand lépreux avec les petites parties sexuelles enfoncées dans la bouche !

« Bon, nous allons au poste informer le Chef et faire venir une ambulance pour transporter le corps découpé », avait décidé tout d'un coup l'un des deux policiers.

La rue Félix-Faure n'était pas loin des deux grands hôpitaux de la ville. La rue Félix-Faure n'était pas loin du ministère de l'intérieur. La rue Félix-Faure était vraiment bien située dans ce quartier réservé.

Muezzin s'était proposé pour accompagner les deux policiers. Le policier soupçonné, avait refusé, mais les curieux, les apprentis philosophes et Drianké s'étaient dressés contre lui :

« Pourquoi pas ?

C'est Muezzin qui a découvert le corps et maintenant vous voulez l'écarter !

C'est son corps découpé en morceaux, même si c'est le lépreux de Drianké ! Il faut qu'il aille lui aussi voir votre Chef pour lui expliquer comment cela s'est passé. Ou alors, nous allons tous chez votre Chef et nous allons lui dire ce qui s'est passé. »

Les deux policiers hésitaient.

Drianké avait pris la parole :

« Vous attendez ici, nous allons chercher votre Chef.

Ce corps découpé est l'affaire de la rue Félix-Faure. »

Le Philosophe de la rue Félix-Faure qui tournait tout autour, la tête baissée, silencieux, pensif, souriant parfois, avait été désigné pour aller chercher le Chef des deux policiers.

La rue Félix-Faure n'était pas très loin du commissariat central.

Pendant tout ce temps, les yeux du lépreux racontaient l'histoire qui devait être racontée au grand jeune homme, le cinéaste Djib, pour en faire un film. Tout ce qui manquait à l'histoire qui devait être racontée au grand jeune homme Djib, c'était la fin de l'histoire !

Et les yeux du grand lépreux voulaient raconter la fin de l'histoire aux quatre formes voilées qui semblaient se multiplier, et qui avaient disparu au coin de la rue, des lampes-tempête à la main !

4

Ce fut par un de ces matins comme celui-ci, où le corps du grand lépreux fut découvert, qu'était arrivée, il y a un an, rue Félix-Faure, chez Drianké, une jeune fille qui cherchait du travail. Mais comment était-elle arrivée ici ce matin-là, de si bonne heure ? Une heure à laquelle un apprenti philosophe pourrait se demander où avait dormi cette jeune fille pour être si matinale. Dans cette rue, il y avait bien longtemps que les gens ne posaient plus de questions. Il y avait tant de gens qui allaient et venaient ! Des gens qui venaient de partout, des gens qui venaient de nulle part. Les gens étaient là et puis c'était tout. La jeune fille bien potelée, de teint clair, était solidement bâtie. Ses cheveux courts donnaient l'impression qu'ils avaient été récemment coupés. Son mollet dépassant sous une jupe froncée était décidé. Elle était arrivée chez Drianké, en disant qu'elle cherchait du travail d'employée de maison. Quand Drianké, la femme de petite taille, l'avait regardée ce matin-là, elle n'avait rien dit tout de suite. Elle lui avait seulement demandé de s'asseoir. La jeune fille s'était assise sur un banc à côté, les yeux fixés devant elle, et n'avait rien dit non plus. Drianké continuait à la regarder. Quelque part, elles se ressemblaient un peu. Elles avaient presque le même teint, un teint fin, clair, mais un teint résistant. Elles semblaient avoir un air de famille. Drianké regardait la jeune fille et ne disait toujours rien. La jeune fille, figée dans son attitude, regardait toujours droit devant elle. Parfois, on pouvait observer au niveau de sa gorge l'ingurgitation qu'elle faisait de sa salive, et ce léger mouvement faisait bouger sa gorge, avec une sonorité étouffée. Ce silence entre les deux femmes était soutenu par une espèce de complicité indéfinissable.

« Pourquoi tu t'es levée si tôt pour chercher du travail ? avait dit soudain Drianké.

—J'aime me lever tôt », avait répondu la jeune fille sans regarder Drianké. À nouveau le silence s'était abattu entre elles.

« Sais-tu balayer, laver, repasser, faire le marché ? lui avait demandé Drianké.

—Oui, je sais tout faire, avait répondu la jeune fille en continuant à regarder droit devant elle.

—Tu sais tout faire ou tu peux tout faire ?

—Je sais tout faire et je peux tout faire.

—Quand peux-tu commencer ?

—Tout de suite, si vous voulez ! avait répondu la jeune fille, subitement excitée.

—Tu habites où ? lui avait encore demandé Drianké.

—Je viens d'arriver dans cette ville.

Je suis arrivée hier soir. Je n'ai pas encore trouvé là où je peux habiter. Mais ne vous en faites pas, je me débrouillerai. Je trouverai bien une place quelque part. »

La jeune fille avait levé la tête vers Drianké.

« Quelque part où ? continuait Drianké

—Je vais chercher, avait dit la jeune fille.

—Dans la rue ? Comment peut-on habiter dans la rue ? s'était exclamée Drianké.

Où sont tes parents ?

—Mes parents ne sont pas d'ici.

Je suis venue dans cette ville pour ma mère qui est malade, d'une maladie grave. »

Drianké avait marqué une pause et avait repris :

« Tu es d'où ? »

La jeune fille n'avait pas répondu comme si elle n'avait pas entendu Drianké. Celle-ci était revenue à la charge :

« Je te parle. De quel coin viens-tu ?

-—Nous ne sommes pas originaires de là où nous vivons depuis plusieurs années. Le coin s'appelle Hogbo.

—Hogbo, Hogbo, Hogbo ! répétait Drianké, pensive, le regard lointain, une lueur étrange dans les yeux, soudain.

—N'y a-t-il pas un autre nom pour désigner ce coin ? »

La jeune fille n'avait pas répondu.

Drianké avait renoncé, mais Drianké semblait troublée. Elle était revenue à nouveau à la charge:

« Et où as-tu dormi, puisque tu es arrivée depuis hier ?

—Je n'ai pas dormi, avait répondu la jeune fille.

—Tu n'as pas dormi ? Comment as-tu pu tenir, après un long voyage ?

—Je marchais dans la rue, avait répondu la jeune fille.

—Tu as marché dans la rue jusqu'au matin ?

Dans la rue Félix-Faure ?

Toute une nuit ? Eh bien !

Quelqu'un qui arpente une rue toute une nuit entière ! Et tu n'as pas sommeil maintenant ?

—Non, je n'ai pas sommeil ! avait dit la jeune fille.

J'allais et je venais dans la rue et je n'étais pas seule.

D'autres personnes marchaient aussi dans la rue.

—Eux, ce sont des habitués ! renchérit Drianké.

De plus en plus de gens sont dans la rue.

Mais toi, tu ne dois pas être habituée.

— Je sais m'habituer. Je sais m'habituer à tout.

Il n'y a pas de problème. Ne vous en faites pas pour moi.

Je vais trouver une solution si vous m'engagez. »

La jeune fille parlait d'une façon déterminée. Elle ne se laissait pas prendre en pitié. Elle n'avait pas hésité un seul instant en parlant.

« Si tu veux, tu peux dormir ici, cela m'arrange d'ailleurs, tu vas me tenir compagnie, je suis toute seule depuis quelque temps ! avait dit Drianké.

Eh bien ! C'est parfait, je t'engage et tu peux commencer aujourd'hui. Mais tu n'as pas parlé de salaire.

—Combien veux-tu gagner par mois ? avait demandé Drianké.

—Ce que vous me donnerez, avait répondu la jeune fille

Tu n'as pas de prétention ?

Et si je ne te donne rien ?

—Vous me paierez », avait dit la jeune fille d'un ton assuré.

Drianké était déroutée par cette jeune fille. Un sentiment étrange l'avait envahi. Un sentiment trouble, entre l'intrigue et la fascination. Drianké en avait pourtant rencontré, des jeunes filles, des femmes, de toutes sortes, de toutes les couleurs, de tous les caractères, mais celle-ci était vraiment différente.

« Comment t'appelles-tu ? avait demandé Drianké après s'être remise de la détermination, de l'assurance, de cette jeune fille.

—Muñ !

—Muñ ?

Ce n'est pas courant comme prénom.

Et ton nom de famille ?

—Muñ !

—Eh bien ! Donc, tu t'appelles Muñ Muñ ! »

C'était ainsi que Muñ avait commencé à travailler rue Félix-Faure, chez Drianké, la femme de petite taille qui boitait légèrement et chantait le blues.

La maisonnette en bois de Drianké était située au fond d'une cour composée de plusieurs courettes, comme la plupart des maisonnettes de la façade arrière de la rue Félix-Faure. Il y avait une série de maisonnettes éparpillées, accolées les unes aux autres, au milieu de cours et de courettes, à travers des couloirs. Le tout constituait une grande maison dont le portail en bois, en tôle ou en fer donnait sur la rue Félix-Faure. Dès qu'on franchissait ce portail, il fallait longer des couloirs interminables. Par endroits, il fallait sauter pour éviter un trou ou des flaques d'eaux usées. Dans la cour où se trouvait la maisonnette en bois de Drianké, un couloir longeait une espèce d'espace vague où il y avait quelques grandes tables et des grands bancs. Devant la maisonnette de Drianké, Il y avait des petits bancs, éparpillés çà et là. C'était sur ses petits bancs que s'asseyaient les gens parmi lesquels des femmes mariées, des hommes mariés, des jeunes filles, des jeunes femmes, des hommes qui venaient d'ailleurs. Ces hommes et femmes venaient se défouler chez Drianké. Ces hommes et femmes venaient pour l'interdit. Ces hommes et ces femmes venaient boire de la bière, du rosé, du vin rouge, d'un mélange d'alcool et d'une infusion de tabac, de poivre en grains et de piments rouges connu comme sangara, du Kiravi Valpierre, en parlant et en riant. Ce qui de plus en plus devenait un interdit parmi tant d'autres. Mais Kiravi Valpierre et les autres étaient là, heureusement, pour servir de garde-fous, sinon les hôpitaux seraient pleins de malades dont le seul mal serait qu'il leur était interdit de parler et de rire. Kiravi Valpierre avait baptisé la rue Félix-Faure. Kiravi Valpierre faisait partie des archives de la rue Félix-Faure ! Que de bars clandestins, de tripots, de maisons-bars, de cours-bars, de courettes-bars n'avaient-ils pas utilisé Kiravi Valpierre pour libérer des gens venus d'ailleurs ! Des hommes, des femmes, des imams, des muezzins, des cadres, des artistes, des lépreux guéris ou non. Des clients qui passaient comme de simples visiteurs et qui devenaient des amis ou même des parents ! Ces gens venaient là pour se servir du vice comme de la vertu selon leur humeur, pour la compensation, et tout cela sous le regard amusé, parfois pas amusé du tout, de Drianké. Ce qui faisait souvent que le regard n'était pas amusé, c'était quand le client avait le vin mauvais et qu'il commençait à passer outre les codes de la rue Félix-Faure. Mais c'était rare. Ces marginaux de la vie étaient en général des gens corrects, même saouls, même ivres, même morts, car ils mouraient souvent dans l'anonymat.

Drianké, ainsi que tous les autres comme elle, dans cette rue, avait apporté aux gens ce qu'ils réclamaient aux dieux des nouveaux prophètes et des faux Moqadems, depuis longtemps. Des moments d'évasion, des moments de joie, des moments de volupté, des moments de liberté, loin de cette existence où la plupart des gens se faisaient emmerder, encrassés qu'ils étaient, dans une misère morale, spirituelle, sans issue. Ces femmes qui venaient là étaient des femmes frustrées, battues, maltraitées, humiliées pour la plupart. Il y avait des hommes et des femmes brisés, méprisés par des systèmes sociaux, politiques, religieux, qui privilégiaient certains au détriment de la plus grande majorité. Quelques privilégiés avaient tout. Les grandes familles, les belles maisons, les belles voitures, les belles de tout, les honneurs, les compliments, tout, même si ce tout était le plus souvent de la farce, de la façade, du cinéma, du toc, de la merde. Mais ces privilégiés préféraient cette merde à toute autre valeur de la vie, la vraie vie. Et la grande majorité du peuple passait son temps dans les églises, dans les mosquées, dans toutes sortes de temples et lieux de prières pour prier un dieu qui était sourd, aveugle à leurs demandes. Dieu était sourd à ces demandes car ce n'était pas ce que Dieu avait demandé au peuple. La prière n'était pas pour Dieu. Dieu n'avait pas besoin de prières. Dieu se suffisait à lui-même. C'était dans une dynamique qu'il fallait se réaliser avec

Dieu. Et cette dynamique n'excluait pas l'action, l'engagement et le combat pour la vie. Mais des malins avaient pris Dieu comme bouc émissaire pour exécuter de basses besognes. Et sous le couvert de Dieu, ils faisaient du mal. Ces malins se disaient qu'à la dernière minute de leurs vies, ils pouvaient être pardonnés par Dieu. Mais Dieu n'était pas concerné par le pardon. Personne ne pouvait causer du tort à Dieu. Il était inaccessible aux vicieux, aux méchants et aux esprits tordus, aux hypocrites, aux pervers, aux personnes sans vertu, à ceux qui n'écoutaient pas du violon. Ainsi à travers les pays, de nouveaux temples, de nouvelles mosquées, de nouvelles églises, des lieux de prières pour des rencontres où la manipulation était la prière favorite étaient disséminés partout. Le peuple qui avait besoin d'exercer la notion de Dieu, l'idée de Dieu à travers l'amour s'était trouvé embobiné par des malins qui l'exploitaient dans son esprit, dans son mental, dans ses poches, dans son intimité. Alors que le peuple avait besoin de dispensaires, d'hôpitaux pour se soigner, d'écoles pour apprendre et enseigner, de maisons pour s'abriter, une rue comme la rue Félix-Faure pour être avec Dieu. Certains, parmi ces dépités, ces déprimés, ne sachant plus où donner de la tête dans ce monde absurde, avec ses multitudes de temples et de faux Moqadems, se ruaient sur le moindre plaisir, le moindre moment d'oubli de leur destin, et quand ils s'endormaient, ils remerciaient Dieu d'avoir créé la bière, le sangara, Kiravi Valpierre et des personnes comme Drianké.

Rue Félix-Faure il y avait un code d'honneur, on ne le répétera jamais assez pour ceux qui ne le savaient pas, voulaient l'ignorer ou passaient outre. Ici on ne faisait pas d'histoires. Pour ceux qui voulaient faire des histoires, il fallait aller dans les rues ordinaires vulgaires, hors de la rue Félix-Faure. Rue Félix-Faure, malgré la promiscuité, malgré quelques voix qui se levaient, tout le monde était uni. Ici il fallait faire front. Le seul affrontement dans la rue, c'était celui de Dieu et du diable. Parfois, on avait l'impression qu'il y avait un consensus dans cette cohabitation et la rue était illuminée. Il pouvait en être ainsi jusqu'au jour où un gourou arrivait dans la ville et promettait enfers et misère à ceux et celles qui ne se mettaient pas à supplier son dieu matin, midi et soir. Pourtant ce gourou, des fois, arrivait rue Félix-Faure, déguisé, pour assister au grand bal masqué. S'il était illuminé par la grâce de la rue Félix-Faure, il ne repartait plus. Il devenait un adepte de la rue Félix-Faure et jetait au loin faux chapelets, faux livres et prétentions. Il avait de la chance. Rue Félix-Faure, ce chanceux, faux gourou ou faux Moqadem dans une vie antérieure, devenait Dieu. Alors que les autres, dans le tourbillon de l'obscurité où ils étaient englués, continuaient leur chemin en racontant des balivernes aux gens. Les jeunes femmes, les femmes mariées qui venaient chez Drianké étaient très attirantes. Elles étaient toutes belles. Elles étaient là, libres, dégagées, à l'aise. Toutes les femmes étaient belles, disait le Philosophe de la rue Félix-Faure. Dès qu'elles se mettaient en valeur, elles pouvaient montrer qu'elles étaient des créatures divines et non des objets de consommation. Donnez le temps aux femmes de se faire belles et vous verrez Dieu ! Laissez-les libres, laissez-les être elles-mêmes, laissez-les s'épanouir ! Ceux qui avaient tendance à trouver certaines femmes laides, vieilles, avaient la laideur et la vieillesse dans leur âme. En plus, ceux-là ne respectaient pas la Création. Rien n'avait été créé dans la laideur. Dieu avait Créé les créatures à son image. Ceux qui voyaient la laideur dans la Création insultaient Dieu. Les femmes préféraient l'après-midi pour l'épanouissement de leur beauté. Quand le soleil déclinait, là-bas vers le large, les couleurs ocre, rouges, jaunes, qui peignaient les murs, l'air, le ciel, donnaient à leurs peaux et à leurs yeux des reflets mordorés et quand elles souriaient, l'or s'échappait de leurs bouches. A cette heure-là, pour celles qui avaient déjà bu une bière ou un verre de vin rosé, leur gaieté donnait envie de se mettre plus près d'elles pour saisir la lumière qui jaillissait de leurs yeux.

Muñ s'asseyait parfois à côté d'elles et les regardait sans sentiment. Elle ne leur parlait pas. Pourtant Drianké ne le lui avait pas interdit. Muñ n'était pas bavarde. Cela Drianké l'avait remarqué depuis qu'elle était là. Elle s'occupait de son travail, se concentrait sur tout ce qu'elle faisait. Muñ travaillait chez Drianké depuis un an, jour pour, quand l'événement s'était produit ce matin, rue Félix-Faure. Ce matin, où Muezzin s'était presque affalé sur le corps découpé en morceaux du grand lépreux, aux petites parties sexuelles enfoncées dans la bouche ! Muñ était déjà habituée au milieu et tout le monde semblait l'apprécier sans pouvoir dire pourquoi. Les gens ne pouvaient pas dire pourquoi, parce que les gens ne la connaissaient pas du tout. Les gens la voyaient là, c'était tout. Muñ ne parlait à personne. Drianké pensait qu'au fond, c'était mieux d'avoir une personne aussi neutre dans un tel milieu. Dans cette maison, toutes les nuits, quelque temps avant l'arrivée de Muñ Muñ, les grandes tables et les grands bancs qui étaient jetés çà et là dans un espace de la courette de Drianké attendaient un visiteur étrange. Ce visiteur, personne ne le voyait arriver, personne ne le voyait repartir peut-être. Chaque nuit, ce visiteur qui ressemblait à une masse d'ombre se glissait dans cet espace sans lumière et s'installait sur les grandes tables, sans bruit. Depuis qu'elle travaillait chez Drianké, Muñ balayait tous les matins cet espace que la masse d'ombre occupait la nuit. Elle y trouvait des mégots de cigarettes, des mégots de joints, des bouteilles d'alcool vides, des restes de viande grillée, des bouts de mouchoirs en papier utilisés et roulés en boule. Elle balayait tous les jours cet espace avec soin. Cet endroit l'attirait, comme la masse d'ombre qui l'occupait toutes les nuits. La masse d'ombre partait très tôt le matin. Drianké se levait elle aussi, très tôt le matin, quelle que soit l'heure à laquelle elle se couchait, et elle prenait une douche froide. Elle se levait bien avant que Muñ n'en fasse autant. Elle sortait silencieusement de sa chambre en boitant et elle s'installait à sa place habituelle devant sa maisonnette, devant ces petits bancs vides, où la veille, des gens avaient volé la vie au néant. Elle s'installait dans son vieux fauteuil en cuir et posait sa canne à côté d'elle. Elle regardait devant elle et parfois sifflait un blues entre ses lèvres, et dans ses yeux mi-clos, une lueur étrange brillait. Il en était ainsi tous les matins depuis que cette masse d'ombre passait les nuits dans cet espace de la cour. Avant, elle se réveillait toujours tôt, mais restait dans sa chambre après avoir pris une douche froide. Elle s'habillait élégamment, et les odeurs des parfums qu'elle mettait et les encens qu'elle brûlait s'envolaient avec les chants des oiseaux heureux de se réveiller rue Félix-Faure.

Muñ ne dormait que d'un œil et observait souvent Drianké par la porte ouverte. Muñ aussi se réveillait très tôt.

Drianké ne savait pas que Muñ ne dormait pas.

Drianké ne savait pas que Muñ ne pouvait pas dormir.

Et tous les matins Muñ observait Drianké à son insu. Drianké lui rappelait sa mère. Drianké ressemblait quelque fois à sa mère. C'était étrange. Sa mère, là-bas, avait parfois les mêmes attitudes que Drianké. Elle l'aimait bien, Drianké. Cette femme avait du caractère et était belle. Elle avait une belle bouche, une bouche large, avec des lèvres bien dessinées. Elle se battait pour s'en sortir. Tous les jours, elle préparait ses petits plats, se faisait renouveler à domicile son stock de bières, de vin rosé, de Kiravi Valpierre. Et elle chantait le blues parfois. Et elle murmurait le blues quelques fois. Et elle sifflait le blues souvent. Elle sifflait le blues plus souvent depuis que Muñ était là. Mais Drianké en réalité, sifflait le blues, depuis que la masse d'ombre passait les nuits chez elle. Et à chaque fois, la lueur étrange brillait dans ses yeux. Cette lueur étrange variait selon qu'elle chantait, murmurait ou sifflait le blues. Muñ à chaque fois qu'elle entendait Drianké chanter, rêvait de chanter le blues comme elle. Muñ avait remarqué que Drianké semblait détendue quand elle chantait le blues, mais dans ses yeux, toujours cette lueur étrange. Une lueur mystérieuse, qui faisait prendre d'autres teintes à ses yeux. C'étaient les rares fois aussi où Muñ prenait du répit dans la fièvre intérieure qui la brûlait. Muñ aurait aimé chanter le blues pour se dégager de cette chose qui était enfermée dans sa poitrine. Cette chose était une haine violente. Une haine née un jour devant sa mère. Elle avait tout essayé, mais cette haine était là. Elle avait prié, imploré Dieu et diable, la haine était toujours là. Cette haine l'étouffait. Elle en souffrait atrocement. Mais personne ne pouvait deviner ou soupçonner cette souffrance que la haine lui faisait subir à chaque instant de sa vie, en assauts violents.

Que venait chercher Muñ chez Drianké ?

Elle était venue dans cette ville, pour sa mère, malade, avait-elle dit ! Elle n'en avait pas dit plus à Drianké, mais celle-ci sentait que Muñ n'était pas venue dans cette ville et à la rue Félix-Faure uniquement pour cela. Enfin peut-être que personne ne se trouvait rue Félix-Faure uniquement pour se trouver rue Félix-Faure. Même pas Drianké. Ceux qui étaient nés dans cette rue, dans ces dédales et ces courettes, rêvaient de partir loin, ailleurs. Mais ceux qui étaient venus s'installer rue Félix-Faure et ceux qui fréquentaient la rue Félix-Faure y cherchaient autre chose, mais quoi ? La rue Félix-Faure était comme un tremplin pour un autre ailleurs. Un ailleurs ici dans la rue Félix-Faure, ou un ailleurs, ailleurs. Ce n'était précis dans la tête de personne, mais tous rêvaient. Tous les habitants de la rue Félix-Faure avaient des ambitions, des projets. Des ambitions d'être ou de devenir quelqu'un d'autre. Des projets de réalisation de grandes ambitions. Les habitants de la rue Félix-Faure étaient comme en transit, même pour ceux qui étaient morts là, même pour ceux qui étaient là depuis et qui n'avaient connu rien d'autre que la rue Félix-Faure. Ils étaient pleins d'ambitions et rêvaient. Tant qu'on vivait rue Félix-Faure, il fallait espérer. Espérer faire un avec Dieu dans une dynamique constante, une dynamique de chaque instant. La rue Félix-Faure était la rue de l'espérance doublée de patience. Les gens qui étaient riches d'argent seulement dédaignaient la rue Félix-Faure. Ils croyaient que la rue Félix-Faure était la rue de la débauche des pauvres, des moins nantis. Heureusement que les pauvres avaient cette possibilité d'avoir accès au moins à la débauche, rue Félix-Faure. La débauche n'était plus le privilège des riches. La rue Félix-Faure offrait aux moins nantis de ce monde, aux pauvres de ce monde, de s'embourgeoiser dans la débauche, avec du Kiravi Valpierre. Cette débauche était une débauche saine, une débauche d'espérance doublée de patience. La rue Félix-Faure était aussi la rue de l'esprit, de la pensée. Les habitants de la rue Félix-Faure vivaient en excitation permanente. Ils pensaient tout le temps. La rue avait un philosophe et beaucoup d'apprentis philosophes. On pouvait même dire qu'il n'y avait qu'un philosophe et des apprentis philosophes qui habitaient rue Félix-Faure. Mais ce philosophe et ces apprentis philosophes n'étaient pas cités dans les livres et les manuels philosophiques. Le Philosophe et les apprentis philosophes de la rue Félix-Faure tiraient aussi leur force et leur originalité du seul fait qu'ils n'avaient jamais lu aucun autre philosophe. C'était cela la philosophie, disait le Philosophe de la rue Félix-Faure. Certaines références détournaient parfois l'esprit des petits d'esprit. Et cela devenait de l'endoctrinement. Et de là, toutes les dérives. Il fallait vivre, vivre l'instant, c'était cela la philosophie, disait le Philosophe de la rue Félix-Faure.

Kierkegaard ? Kant ? Socrate ? Bergson ? Hegel ?

Jamais entendu parler ! Sauf Socrate !

Sartre ? Un peu.

B.-H. Lévy ? Un peu aussi, par Sartre !

Pendant que les gens pensaient ou rêvaient, Muñ à la dérobée, observait la masse d'ombre qui venait passer la nuit chez Drianké. Elle l'épiait dans ses moindres gestes. Elle avait essayé de saisir des bribes de sa vie, à travers les grognements qu'elle émettait parfois. La masse d'ombre était assez éloignée de la devanture de la maisonnette de Drianké. Depuis que Muñ travaillait chez Drianké, elle n'avait jamais vu la masse d'ombre dépasser l'espace où elle passait la nuit. Muñ essayait de deviner les pensées de la masse d'ombre. En s'endormant, elle essayait dans ses rêves de percer les rêves de la masse d'ombre.

Muñ avait suivi la masse d'ombre, le premier jour de son arrivée dans cette ville, un soir. Et c'était la masse d'ombre qui l'avait conduite à la rue Félix-Faure et chez Drianké. Muñ était liée à cette masse d'ombre, c'était sûr. Mais quel était ce lien qui la liait à cette masse d'ombre ? Muñ elle-même ne le savait pas, mais elle sentait au plus profond d'elle-même qu'il y avait un lien. Drianké ne savait pas non plus que c'était la masse d'ombre qui avait guidé Muñ chez elle. Personne ne pouvait deviner ce que Muñ venait chercher rue Félix-Faure. Pourquoi rue Félix-Faure ? Pour trouver un travail d'employée de maison, les quartiers des fonctionnaires étaient plus indiqués que la rue Félix-Faure. Rue Félix-Faure, il n'y avait pas beaucoup de fonctionnaires, surtout pas beaucoup de femmes fonctionnaires. Et c'étaient les femmes fonctionnaires, qui n'avaient plus le temps de s'occuper de leurs maisons, qui cherchaient des employées pour le ménage, la cuisine, avec quelques risques. Quand l'employée de maison faisait son travail à la perfection, il suffisait qu'elle tape dans l'œil du mari, et elle finissait aussi par bien faire son travail jusqu'au lit.

Des mois passèrent ainsi, chez Drianké. Muñ, toujours étouffée par une haine féroce, savait patienter puisqu'elle n'avait pas d'autre projet que de vider son sang de cette haine qui y bouillonnait. Muñ, contrairement aux habitants de la rue Félix-Faure, n'était pas en train d'espérer. Muñ ne vivait pas d'espérance. Muñ ne rêvait pas. Muñ avait un seul objectif. C'était clair dans sa tête. Elle ne savait pas quand elle atteindrait cet objectif, mais elle l'atteindrait, ou alors cette haine l'étoufferait jusqu'à la mort. Et cette haine gonflait, tous les jours, de plus en plus, dans sa poitrine. Elle vivait chaque instant comme une terrible souffrance. Muñ avait malgré tout quelque chose de commun avec les habitants de la rue Félix-Faure : elle savait patienter. Quand la masse d'ombre partait le matin très tôt, Muñ avait envie de la suivre. Mais elle ne pouvait pas. Elle travaillait. Elle se contentait du fait que la masse d'ombre passait toujours la nuit chez Drianké. Elle pouvait dire qu'elle habitait avec la masse d'ombre. Elle avait tout le temps avec la masse d'ombre. Elle avait toute la vie avec la masse d'ombre. Pourvu qu'elle ne parte pas définitivement d'ici ! Si elle devait le faire, Muñ savait qu'elle la suivrait. Elle n'hésiterait pas un seul instant. Mais comment le saurait-elle ? Pourquoi Muñ s'accrochait-elle à cette masse d'ombre dont elle ne s'était jamais approchée ? Et si la masse d'ombre décidait de partir un jour sans avertir Drianké ? Rien que de penser à cette possibilité, Muñ était contrariée. Il fallait que quelque chose se passât pour qu'elle puisse en finir. Elle avait rejeté l'idée que cette masse d'ombre puisse partir ainsi un jour.

Un matin, en balayant comme d'habitude l'espace où la masse d'ombre passait la nuit, Muñ avait trouvé un document contenu dans une chemise jaune. Le document était assez épais et ressemblait à un tapuscrit. Muñ avait longuement regardé le document. C'était un tapuscrit. Elle avait caressé la chemise de couleur jaune. Après un moment, elle avait posé avec précaution le tapuscrit sur l'une des grandes tables et avait continué à balayer.

Muñ était allée à l'école jusqu'au niveau supérieur. Cela Drianké ne le savait pas non plus. Drianké pensait qu'elle était allée un peu à l'école comme la plupart des jeunes, et qu'elle faisait partie des laissés-pour-compte, victimes de cette déperdition scolaire qui se généralisait. Dans les premiers plans de développement, la priorité était donnée à l'éducation, à la formation. À la rentrée des classes, c'était une grande joie et une grande fierté de voir toute cette jeunesse aller à l'école. Elle était joyeuse, cette jeunesse, à cette époque-là ! L'école était gratuite, les fournitures scolaires étaient gratuites. Pour les enfants des pauvres, des moins nantis, il y avait des bourses scolaires, des aides scolaires. Il y avait des bibliothèques dans les écoles, avec des livres. Il y avait des professeurs, des instituteurs, des salles de classes, des tables, des bancs, des portes et des fenêtres qui fermaient. C'était un plaisir d'aller à l'école. Des cadres étaient formés. Le niveau était bon et compétitif. Vers les années quatre-vingt, tout s'était écroulé. Moins de subventions à l'éducation, les abandons se succédaient, faute de moyens pour les moins nantis. Les filles étaient retirées les premières. Et la régression avait commencé. Combien de jeunes avaient dépassé, depuis les années quatre-vingt, le niveau primaire ou le lycée ? Combien de diplômés sans emplois déjà depuis les années soixante-dix ? Maintenant, depuis les années quatre-vingt, il n'y avait toujours pas plus de subventions à l'éducation, pas plus de recrutement dans la fonction publique. Il fallait privatiser, assainir, dégraisser, avaient décidé les grands argentiers du monde. L'enlisement économique et l'appauvrissement qui en découlaient, commençaient à pointer du nez. Les victimes étaient nombreuses, les rancœurs aussi. Muñ avait pu échapper à cette terrible crise de l'éducation dont les conséquences n'étaient pas encore palpables. Les conséquences que cela allait avoir sur le développement du pays n'étaient même pas appréhendées par les dirigeants. Le pays allait affronter une crise majeure. Une population sans éducation, sans enseignement, sans maîtres. Plus d'éducation traditionnelle avec le système d'initiation où le maître avait un rôle décisif dans la formation du caractère, de la personnalité et de la transmission des valeurs. Plus d'éducation moderne où les enseignants apportaient à l'enfant la connaissance et l'ouverture nécessaires. Plus de maîtres. Plus d'initiation, plus d'éducation. L'œuf était cassé à l'intérieur. Et les enfants occupèrent la rue et devinrent les enfants de la rue. Et cela créa des emplois pour des gens qui s'occupaient d'enfants de la rue. Enfin ne nous égarons pas, continuons notre chemin. Muñ avait pu faire des études jusqu'au niveau supérieur et elle suivait une formation professionnelle à l'étranger. Cela, Drianké ne le savait pas non plus. C'était lors de son dernier séjour, pendant les grandes vacances, qu'elle avait pris la décision de ne pas repartir. C'était au cours de ce voyage qu'elle avait vu dans quel état se trouvait sa mère. Elle avait décidé de tout arrêter et d'aller à la recherche de l'homme qui avait mis sa mère dans cet état-là. Muñ savait que sa mère ne souffrait pas seulement de problèmes de santé. Sa mère souffrait d'une autre souffrance. Cette autre souffrance l'avait métamorphosée. Elle était devenue méconnaissable. Sa mère ne disait pas grand-chose sur son état, mais vivait une grande souffrance à l'intérieur d'elle-même. Muñ ne pouvait pas supporter de voir sa mère sombrer ainsi vers la mort.

Sa mère disait seulement :

« C'est lui.

—Qui ? interrogeait Muñ.

—L'homme de grande taille, au teint noir, au gros ventre avec la cicatrice.

Le Moqadem. »

Et là Muñ s'était souvenue.

Ce fameux Moqadem !

Ce Moqadem ainsi que tous les autres nouveaux prophètes et faux gourous de son genre envahissaient la vie des gens sous le couvert de leurs dieux, et les manipulaient jusqu'à la déchéance. De plus en plus de pays étaient envahis par ces nouveaux dieux. Chacun d'eux voulait créer sa propre église, sa propre mosquée, son propre lieu de prière, son temple. Ils se constituaient en associations, en amis de Moïse, de Mohamed, de Jésus, du diable. Les temples poussaient comme des champignons à travers le pays. Pendant que la misère grignotait partout, des temples surgissaient, plus grands, plus majestueux. Là où les gens avaient besoin d'un habitat décent, un temple, un lieu de prière montait avec arrogance vers le ciel. Et tous les dimanches, et les vendredis, et les autres jours, et les matins, et les soirs, les gens se ruaient dans ces lieux de prières pour invoquer un dieu qui n'y était pas. Au lieu d'aller se détendre, de respirer l'air pur de la nature, de contempler les fleurs, les grands espaces, d'aller voir des amis, de lire, de méditer, de voyager, les gens se ruaient dans ses lieux de prières, ce que Dieu n'avait demandé à personne. Quand la répétition devenait abrutissante et que l'ennui s'installait, on improvisait dans la prière en musique pour aviver les causes perdues. Et de la musique, on passait aux troubles d'amour et on développait de nouvelles formes de névroses. Pour inhiber ces névroses, on recommandait de s'habiller d'une telle façon et les pauvres bébés qui avaient besoin d'habits confortables en coton se retrouvaient enturbannés, ou attifés d'une longue robe satinée avec un chapeau bizarre sur la tête. Ces nouveaux disciples, pieds nus, pieds dans des babouches, les têtes couvertes de voiles, de bonnets ridicules, peuplaient de plus en plus ce pays et d'autres. Il fallait souhaiter un noël en Sibérie à tous ces gens aux pieds nus, sauf aux bébés. Ils verront si leurs dieux allaient leur porter secours. Car c'étaient le faux gourou, le faux Moqadem, le nouveau prophète, l'envoyé d'un nouveau dieu, qui s'habillaient de la sorte mais dans des matériaux plus chers. Pour certains petits dieux, c'étaient des caftans blancs immaculés, avec des bonnets d'émir. Pour d'autres, c'étaient des robes longues en satin violet. Et les ouailles recrutées étaient là, devant ces hommes qui leur soutiraient leur argent, leur vie, leurs aspirations, leur énergie.

Muñ était arrivée dans cette ville où on disait qu'on pouvait trouver n'importe quoi et n'importe qui. Et c'était la masse d'ombre qu'elle avait rencontrée dans une rue, qui l'avait mené rue Félix-Faure, chez Drianké. Muñ avait trouvé cette masse d'ombre dans une rue en train de mendier, assise par terre, tenant un pot en plastique jaune lui servant à recueillir les pièces que des gens agressés, agacés, culpabilisés, parce qu'ils étaient différents, y jetaient. Dès que Muñ avait vu la masse d'ombre, elle avait senti qu'elle la mènerait vers son objectif ! Elle l'avait regardée et de ce seul regard, son cœur s'était emballé. Elle n'avait pas hésité à penser que cette masse d'ombre allait être son guide vers le destin terrible qu'elle poursuivait. Cette masse d'ombre dégageait quelque chose qui avait un rapport avec son destin, avec son objectif, avec cette haine qui l'encombrait partout. Dans ses pores, dans sa tête, dans son sang.

Drianké ne connaissait pas grand-chose de Muñ. Mais comme elle ne parlait pas beaucoup, ce n'était pas facile de savoir quoi que ce soit d'elle. Elle avait seulement dit à Drianké que sa mère était toujours en vie, mais malade, d'une maladie grave. Elle avait dit aussi que sa mère était apparemment condamnée. Drianké se révoltait à chaque fois que Muñ parlait ainsi de sa mère.

« Mais on peut faire quelque chose !

Il y a des hôpitaux !

On soigne toutes les maladies aujourd'hui !

Même le sida, on pourrait le soigner si les autres voulaient, même le paludisme, même la grippe, même la grippe espagnole !

Il faut faire venir ta mère.

Nous allons l'emmener à l'hôpital.

—Oui, j'irai la chercher », disait toujours Muñ comme pour couper court aux paroles de Drianké.

Drianké, la femme de petite taille qui boitait légèrement, se contentait de ces propos de Muñ avec un doute qu'elle ne pouvait dissimuler. Muñ savait que sa mère ne viendra pas. Muñ ne s'occupait plus de sa mère depuis qu'elle avait suivi la masse d'ombre. Muñ poursuivait un objectif et dans cet objectif, il n'y avait plus sa mère.

Muñ ne savait rien de Drianké, non plus. Depuis plusieurs mois qu'elle était là, Drianké représentait un mystère pour elle. Derrière son blues, à travers cette lueur étrange qui s'allumait dans ses yeux, de la manière dont elle boitait, Muñ pensait, sentait, qu'il y avait quelque chose d'autre.

Pourquoi Drianké boitait-elle ?

Depuis quand boitait-elle ?

Boitait-elle réellement ?

Et pourquoi avait-elle demandé si Hogbo n'était pas appelé autrement ? Muñ aussi était intriguée par Drianké. Et Drianké lui rappelait étrangement sa mère.

Le document que Muñ avait ramassé en balayant l'espace de la masse d'ombre était légèrement froissé mais était lisible. Il était tapé à la machine avec une encre grasse et noire. Après avoir fini de balayer l'espace de la masse d'ombre, Muñ se demanda ce qu'elle allait faire du tapuscrit. Allait-elle le prendre, ou allait-elle le laisser à sa place, ou allait-elle le remettre à Drianké ? Mais depuis que Muñ avait vu ce tapuscrit par terre, tout de suite, elle savait que ce tapuscrit, elle allait le prendre. Ce tapuscrit, elle devait le prendre, elle devait l'empoigner, elle devait l'avoir. Muñ sentait que ce tapuscrit n'était pas là par hasard, car elle ne croyait plus au hasard. Elle n'y avait jamais cru d'ailleurs. Muñ était une personne très pragmatique et très rapide dans ses décisions. Ce tapuscrit contenu dans une chemise jaune, elle devait le prendre. C'était comme une nécessité. La vue de ce document avait fait battre son cœur très fort. Elle n'avait plus hésité. Muñ avait pris le tapuscrit et l'avait dissimulé sous son habit. Elle avait remis tout en ordre dans l'espace réservé à la masse d'ombre et était retournée dans la maisonnette de Drianké comme si de rien n'était, comme si de rien n'avait jamais été, excepté son objectif qui avait occupé tout son cerveau. Elle cherchait comment cacher le tapuscrit. De toutes les façons, c'était une précaution inutile. Drianké ne s'occupait pas de papiers. Elle disait toujours qu'elle ne connaissait rien aux papiers et que les papiers créaient des problèmes. Moins on en savait, mieux c'était. Drianké ne savait ni lire ni écrire, mais elle s'exprimait très bien et comprenait beaucoup de choses par une logique empirique dénuée de toutes fioritures. C'était l'essentiel. Comprendre. Communiquer. Pour cela, elle en avait les capacités parce qu'elle avait l'esprit ouvert, et elle était disponible. Drianké savait écouter, ce qui devenait de plus en plus rare.

Muñ commençait à chercher dans la maisonnette de Drianké un endroit pour cacher le tapuscrit. Elle ne cherchait pas à le cacher à Drianké pour ce que Drianké pourrait en penser, mais Drianké pourrait lui demander de le remettre là où elle l'avait ramassé. C'était ce que Muñ pensait et pour elle, c'était exclu. Mais peut-être que ce tapuscrit aussi pourrait intéresser Drianké. Cette idée avait traversé rapidement l'esprit de Muñ qui ne pouvait pas expliquer pourquoi elle n'avait pas remis le tapuscrit à Drianké, ni pourquoi elle ne l'avait pas laissé là où elle l'avait trouvé. Ce qui l'avait poussé à cacher le tapuscrit, elle le sentait au fond de ses tripes. Dans les tripes de Muñ, il y avait cette haine indescriptible qui semblait la guider comme un fil invisible. Une haine qui la faisait énormément souffrir, mais qui était sa raison de vivre désormais. Elle ne pouvait plus se passer de cette haine. Cette chemise jaune aussi l'avait happée dès qu'elle l'avait vue par terre, dans l'espace réservé à la masse d'ombre. Elle ne pouvait pas expliquer ce qui l'attirait vers cette chemise de couleur jaune, mais cette chemise jaune comme la masse d'ombre qu'elle avait suivie un soir, faisait partie de sa haine et de son objectif.

Elle était excitée.

Elle frissonnait.

Elle tremblait.

Elle avait presque de la fièvre.

La couleur jaune de la chemise contenant le tapuscrit lui donnait de la fièvre. Une fièvre qui lui brûlait tout le corps. Et la haine grondait dans son cœur et cognait contre lui comme un marteau-piqueur. La haine contenue depuis si longtemps avait à présent la couleur jaune de la chemise qui contenait le document. Elle avait cherché un endroit dans la chambre de Drianké où elle dormait elle aussi, mais aucune encoignure ne lui inspirait confiance. Drianké était dans toutes les encoignures. Drianké posait partout ses pommades, ses produits de beauté dont elle raffolait. Par-ci des crayons pastel, par-là des vernis rouges. Il y avait des perruques lisses, des perruques tressées. Il y avait aussi ses pipes. Drianké fumait le tabac maure de ses origines. Drianké avait tout pour être une grande vedette, une grande chanteuse de blues. Pourquoi n'était-elle devenue pas cette grande vedette de blues qu'elle pouvait être ? Drianké ne parlait pas d'elle. Drianké ne parlait jamais d'elle. Muñ avait regardé dans la cour et les courettes. Il y avait trop d'allées et venues dans cette multitude de maisonnettes, de cours et de courettes. En pensant aux toilettes, elle avait réalisé brusquement que c'était le meilleur endroit pour garder et cacher le tapuscrit. Dans ces toilettes, il y avait un coin douche. C'étaient les toilettes de service comme on pouvait les appeler. Elles étaient situées au fond de la cour et à part Muñ, seuls les gens qui venaient chez Drianké y allaient, et c'était rare. À se demander comment ces gens faisaient avec tous les litres de bière, de rosé ou de sangara qu'ils buvaient ! Donc, on pouvait dire que ces toilettes étaient les toilettes de Muñ. Drianké avait ses propres toilettes où elle passait beaucoup de temps avant de s'installer dans la cour, devant ses fourneaux. Ces toilettes de service étaient l'endroit où personne ne penserait chercher quelque chose. Il y avait une chasse d'eau à l'ancienne. Cette marque de chasse d'eau ne se retrouvait que dans les maisons anciennes. La chasse d'eau était située tout en haut, et une chaîne en pendait et c'était elle qu'il fallait tirer pour que l'eau contenue dans son réservoir se déversât dans la chaise turque. Il y avait un long tuyau qui partait de haut en bas. Pour avoir accès à cette chasse d'eau, il fallait monter sur quelque chose. Muñ avait pu l'atteindre en grimpant le long du tuyau. Comme tous les matériaux de cette période, le tuyau était solide pour supporter une jeune fille aussi bien bâtie que Muñ. Les matériaux de cette époque étaient de meilleure qualité que ceux d'aujourd'hui faits pour être abîmés très rapidement afin de faire tourner la machine infernale de la production, de la consommation, du capitalisme. Mun avait soigneusement déposé le tapuscrit au-dessus de la chasse d'eau et s'était assurée qu'il était bien en place et ne risquait pas de tomber en glissant. Qu'est-ce qui attirait Muñ vers ce tapuscrit ? Quand elle l'avait trouvé dans l'espace des ombres, elle n'avait pas osé le ramasser tout de suite. Tout en balayant, elle avait pu lire le titre. Sur la chemise de couleur jaune, il y avait un titre écrit en gros caractères: VENGEANCE. Dès qu'elle avait lu ce titre, une fébrilité l'avait subitement envahie et elle avait tressailli. Muñ ne pouvait plus détacher ses yeux de ce mot. Elle était accrochée à ce mot. Le mot s'était infiltré dans ses veines, dans ses artères. Le mot avait fait le tour de son corps avec la circulation de son sang. Le mot avait envahi son cerveau, l'avait phagocyté. Le mot était parti impur et il était revenu pur, chargé d'oxygène. Le mot était devenu clair comme le sang oxygéné, débarrassé de ses impuretés. Le mot était devenu l'oxygène de sa vie. C'était ce mot « vengeance » qui avait poussé, dit, obligé, imposé, bousculé, acculé Muñ à prendre le tapuscrit. Les quelques lignes qu'elle avait pu lire lui avaient fait comprendre qu'il s'agissait certainement d'une histoire qui était racontée. C'était l'histoire que les yeux morts du grand lépreux découpé en morceaux, avec les petites parties sexuelles enfoncées dans la bouche, allaient raconter, un matin, sur un trottoir de la rue Félix-Faure.

Depuis que Muñ avait trouvé ce document, elle semblait plus concentrée sur son travail, à tel point que Drianké s'inquiétait.

« Muñ, pourquoi t'acharnes-tu ainsi ?

Prends ton temps, il n'y a rien d'urgent.

Et tout ce que tu fais là n'est pas nécessaire.

Tout ce que tu fais là, n'est pas urgent.

Viens t'asseoir, ou alors vas te promener dans la rue.

Toi, tu n'es pas comme les filles de ton âge ! »

Depuis que Muñ travaillait chez Drianké, elle n'était jamais allée quelque part d'elle-même ! Si elle sortait, c'était que Drianké l'avait envoyé. Elle allait faire les courses et revenait aussitôt. Elle ne traînait pas, n'avait pas d'amis, mais tout le monde semblait bien l'aimer. Elle n'était ni vraiment gentille ni vraiment désagréable. Elle avait une neutralité de caractère qui faisait l'indifférence et pourtant elle ne laissait personne indifférente. Il y avait quelque chose d'indéfinissable chez cette fille, quelque chose d'inquiétant.

Chez Drianké, elle s'occupait principalement du ménage et des courses. Elle balayait l'unique chambre de la maisonnette, faisait les deux lits qui se faisaient face, nettoyait les toilettes de Drianké, lavait les habits. Muñ ne faisait pas la cuisine. C'était Drianké qui faisait la cuisine. Drianké aimait faire la cuisine. Tout ce qui lui faisait plaisir, à part le blues, c'était quand elle avait ses casseroles devant elle avec les sauces qui y mijotaient, dans des relents d'oignons grillés, d'ail, de piment parfumé. En ces moments-là, Drianké semblait heureuse et elle fredonnait le blues. Drianké faisait la cuisine devant sa maisonnette. Elle n'en bougeait pas. Elle faisait venir tout ce dont elle avait besoin devant elle. Quand elle se levait de là, c'était qu'elle avait fini. Elle allait prendre une douche froide et elle se détendait avec une pipe en fer bourré de tabac maure. Entre deux longues bouffées, elle murmurait ou fredonnait un blues. Muñ connaissait le rituel par cœur. Ainsi tous les jours vers dix ou onze heures du matin, après avoir fait le marché, Muñ apprêtait fourneaux et casseroles et veillait à ce que les chats qui rôdaient dans les cours et courettes, ne s'emparassent d'un petit poisson trop tentant. En voyant ainsi Muñ, nul ne pouvait s'imaginer à quel point la démangeait le désir de commencer à lire le tapuscrit contenu dans une chemise jaune, intitulé « Vengeance ». Ce mot la fascinait.

Vengeance !

Un mot terrible.

Vengeance !

Sa sonorité à elle seule suffisait à en saisir tous les sens.

Vengeance !

Sa rythmique seule donnait envie de danser une danse funèbre.

Vengeance !

Un mot qui bousculait, perturbait, faisait frémir et jouir.

Vengeance !

Le mot que tout être avait ressenti ou souhaité et refoulé par peur. Peur de qui? Du dieu des autres ? Les nouveaux prophètes, les faux Moqadems et gourous disaient que leur dieu avait un enfer terrible pour ceux qui voulaient se venger ! Pour les habitants de la rue Félix-Faure, Dieu si bon, si clément, si miséricordieux, n'avait pas d'enfer et il ne se vengeait pas. Car personne ne pouvait faire du mal à Dieu, puisque Dieu ne connaissait pas le mal. Chacun construisait son enfer, son propre enfer et s'y enfermerait tout seul pour l'éternité, à moins de se repentir et se repentir était ce que les gens avaient le moins compris. Ce n'était pas la confession, ce n'était pas le fait de distribuer des sacs de farine, de nourrir des gens qui souvent n'étaient même pas des pauvres, d'envoyer les gens en pèlerinage, ce n'était pas le fait de demander pardon à Dieu pendant des nuits. Dieu, nul ne pouvait lui faire du mal ! disait le Philosophe de la rue Félix-Faure. Il nous était recommandé de pardonner, de freiner nos élans parce que ce n'était pas bien, d'après la morale, d'après les dix paroles. Non ce n'était pas dans les dix paroles. Ou alors c'était à vérifier ! La plupart des gens demandaient à Dieu de les venger. Dieu ne faisait du mal à personne. Beaucoup attendaient de cette justice divine la solution à leurs problèmes. Dieu ne dort pas, Dieu n'est pas aveugle, disait-on à tout bout de champ. Il aurait suffi que quelque chose arrivât à celui ou celle à qui on en voulait, et quelque chose de mauvais bien sûr, pour qu'on soit satisfait.

Dieu a fait ses preuves ! Dieu a fait sa justice, disait-on à tout bout de champ encore ! Il ne fallait pas mêler Dieu à toutes les sauces. Surtout que Dieu ne connaissait pas le mal et qu'il était inaccessible.

Vengeance !

Les syllabes du mot « vengeance » étaient sifflantes comme l'attaque du serpent à sonnettes qui se roulait sur lui-même quand quelqu'un lui marchait dessus. Le serpent à sonnettes se roulait sur lui-même pour ramasser toute son énergie en une boule et il se projetait comme un missile.

Vengeance !

L'ambigu, entre Dieu et diable !

La morale nous imposait des choses qu'il était si difficile de respecter ! Il fallait pardonner. Comment pardonner à quelqu'un qui vous avait fait du mal sciemment, sans regret ? Comme si faire du mal était la chose la plus banale qu'on puisse faire à quelqu'un et on disait qu'il fallait pardonner !

Dieu aime les gens qui pardonnent !

Qui a dit cela ?

Dieu, lui, a dit : Ne faites pas le mal.

Et que fait Dieu de ceux qui font du mal aux autres ?

Il s'en occupe aussi, diront certains.

Il n'a pas le temps, diront d'autres.

Tout cela est de la spéculation, dirait un apprenti philosophe.

Le mal fait, lui, il était là, concret, visible, palpable. La personne qui avait subi le mal souffrait, tout le monde le savait, tout le monde le voyait, tout le monde en parlait. Et il fallait pardonner. L'instant ne pouvait gérer une telle situation. À moins de vivre seulement en l'instant, de s'abandonner en lui. Il fallait se trouver au sommet de l'Himalaya, ou dans un monastère perché au-dessus de nuages. Muñ ne vivait pas au-dessus des nuages. Sa mère non plus n'avait pas vécu au-dessus des nuages. Elle avait vécu au-dessous des nuages où il y avait beaucoup de monstres monstrueux. L'instant que Muñ vivait à présent, c'était l'instant vengeance, au-dessous des nuages. C'était la première fois qu'elle avait senti une atténuation dans la violence de la souffrance qui bouillonnait dans sa poitrine. Muñ, elle, ce qui l'importait c'était son objectif. Qu'il soit dans l'instant ou dans le temps ou dans l'éternité, elle ne s'en préoccupait pas. C'étaient des notions dont elle ne s'occupait pas. Dans son cerveau, tout cela s'annulait. Il n'y avait que son objectif dans son cerveau. Muñ n'avait plus de cerveau d'ailleurs. Muñ n'avait qu'un objectif. Et le mot vengeance écrit sur un tapuscrit contenu dans une chemise jaune était venu tout niveler.

Quand Drianké avait fini de faire la cuisine, Muñ lavait les assiettes, les ustensiles. Ensuite elle débarrassait les fourneaux, rangeait les bols dans lesquels Drianké avait mis les plats préparés. Drianké ne vendait pas sa nourriture, pourrait-on dire. Elle aimait faire la cuisine pour voir la nourriture autour d'elle. Elle en mangeait peu, en offrait plus qu'elle n'en vendait aux visiteurs de toutes sortes. Clients, parents, alliés et amis. Muñ mangeait avec Drianké mais Muñ ne mangeait pas beaucoup. Souvent Drianké le lui reprochait.

« Qu'est-ce que tu as ?

Pourquoi tu ne manges pas ?

Ce n'est pas bon ce que j'ai préparé ?

Tu devrais être la femme du grand jeune homme, le cinéaste Djib qui ne mange pas !

Tu connais Djib ?

—Oui, je connais Djib », avait répondu Muñ.

Drianké était une fois de plus déconcertée par l'assurance avec laquelle elle parlait. Elle connaissait Djib, avait dit Muñ sans autre commentaire.

« Comment peux-tu dire que tu connais Djib ?

Je ne t'ai jamais vu lui parler.

Je ne t'ai jamais vu t'approcher de lui.

Il est vrai que tu ne t'approches de personne.

Enfin, avec toi, il faut s'attendre à des surprises.

—Je n'ai pas besoin de parler à Djib pour le connaître, avait dit Muñ, tranquillement.

—Je connais Djib et je le connais de mieux en mieux », avait-elle ajouté, d'une manière qui mettait encore plus Drianké dans l'hébétude. Drianké était déconcertée. Cette fille était vraiment spéciale. Comment connaissait-elle le cinéaste Djib alors qu'elle ne l'avait jamais vue lui parler et elle avait dit qu'elle le connaissait de mieux en mieux.

Qu'est-ce que cela voulait dire ?

« Mon souci actuel, c'est que tu ne manges pas assez à mon goût », avait repris Drianké après un moment, comme pour dire quelque chose, n'importe quoi pour dissiper sa déconcertation devant cette étrange jeune fille.

Tu es jeune, tu dois manger. Il ne faut pas tomber malade.

—Je ne tomberai pas malade », avait dit Muñ, en s'éloignant.

Drianké ne savait pas que Muñ avait faim d'autre chose. Tous les jours en début d'après-midi, Drianké faisait la sieste, après sa douche froide. Elle entrait dans sa chambre, fumait une pipe dont l'odeur du tabac sentait jusque dans la courette. Elle se reposait et il n'y avait pas encore de visiteurs. Les visiteurs ne commençaient à venir qu'en milieu d'après-midi pour les gens qui ne travaillaient pas ou pour ceux qui exerçaient une profession libérale. Les autres arrivaient en fin d'après-midi. Sinon, il n'y avait que Muezzin, qui de temps en temps, faisait une incursion rapide, prétextant avoir perdu son coq, et il n'en avait pas, pour passer rapidement chez Drianké.

« Je viens aux nouvelles, disait-il à chaque fois qu'il entrait chez Drianké.

—Quelles nouvelles ? demandait Drianké en riant.

Dis ce que tu veux et ne tourne pas autour du pot.

Moi je me repose. Je n'ai pas ton temps. »

Muezzin riait et en regardant dans tous les sens prenait rapidement un ou deux verres de Kiravi Valpierre. En sortant, il avalait un bonbon à la menthe bien forte et sortait son chapelet pour la survie. Muñ observait son manège et quand il s'en rendait compte, il cherchait quelque chose à dire et en passant, il saluait Muñ :

« La fille de Drianké, alors, comment vas-tu ?

Toujours enfermée chez ta mère ?

Tu ne veux pas sortir un peu et causer avec les filles de ton âge dans la rue ?

Tu es vraiment trop sage à ton âge, mais peut-être tu as raison.

Au fait, Muñ, Drianké m'a demandé si je connaissais un coin qui s'appelait Hogbo. Tu viens de là ?

Y a-t-il une autre appellation de ce coin ? »

Muñ avait regardé Muezzin dans les yeux et lui avait dit :

« Nous ne sommes pas originaires de là-bas !

Mais il y a d'autres noms.

Chaque ethnie pouvait donner un nom à ce coin.

Certains l'appellent Chada, d'autres Hogbo. »

Muñ n'avait pas attendu pas la réaction de Muezzin. Elle s'était éloignée. Muezzin aussi à cette heure-là, avec les quelques verres de Kiravi Valpierre qu'il venait d'avaler, avait d'autres projets dans sa tête. Peut-être même qu'il n'avait pas entendu les dernières paroles de Muñ. Il était légèrement ivre et se sentait léger. Il s'était retrouvé dans la rue, heureux. Le bruit des perles de son chapelet rythmait les éclats de rires des jeunes capverdiennes en shorts courts et espadrilles, qui à cette heure, étaient sorties, pour flâner dans la rue Félix-Faure.

La rue Félix-Faure était une rue mystique. Il fallait croire en quelque chose pour y habiter. La rue se trouvait à deux pas de la Grande Église, pourtant. La Grande Église était une grande bâtisse blanche où, à Noël, tous les croyants et les non croyants se retrouvaient. Les musulmans, les chrétiens, les juifs, les animistes, les fétichistes, les athées, les animistes, les habitants de la rue Félix-Faure, tous se retrouvaient à la Grande Église, les soirs de Noël. Les gens chantaient, dansaient et ne demandaient rien à Dieu. La Grande Église était le vrai temple de Dieu, à Noël. Tous les autres temples voulaient émietter Dieu alors que Dieu Est Un. Et la Grande Église à côté de la rue Félix-Faure, à Noël, servait Dieu. Tous les jours devaient être Noël dans la Grande Église !

A cette heure de début d'après-midi où Drianké faisait la sieste, dehors, des jeunes capverdiennes en shorts courts et dos nus riaient aux éclats. En sortant de chez Drianké, Muezzin les avait vues, et sous son pantalon bouffant quelque chose avait bougé. À cette heure-là, la chaleur était supportable et l'odeur de la mer s'engouffrait dans les narines. C'était une bonne heure pour l'amour aussi. Tiédeur et moiteur. Des moments excitants. Ce fut ce même jour, à cette même heure, que Muñ avait commencé à lire le tapuscrit ramassé dans l'espace de la masse d'ombre. Le tapuscrit contenu dans une chemise de couleur jaune ! C'était le début du mois de novembre. Cela allait faire presque un an que Muñ travaillait chez Drianké. Ce fut ce même jour aussi que le grand jeune homme, le cinéaste Djib, était arrivé chez Drianké, très excité. Drianké était dans sa chambre mais dès qu'elle avait su que c'était Djib, elle lui avait demandé d'entrer. Djib savait qu'il pouvait venir chez Drianké à n'importe quelle heure. Drianké aussi pouvait recevoir Djib à n'importe quelle heure. Quand Djib passait quelque part, il était toujours bien reçu. Djib n'était pas un farfelu qui cherchait à se faire apprécier par tous les moyens. Djib était apprécié pour ce qu'il était, et Djib était lui-même. Drianké était allongée sur son lit en nickel, dans sa chambre hétéroclite où il y avait toujours une ou deux lampes-tempête allumées de nuit comme de jour. Elle avait cette lueur étrange dans le regard. Et elle sifflait un blues. L'arrivée du grand jeune homme, le cinéaste Djib, l'avait sortie de cet état et son visage s'était éclairé. La chambre était remplie de photos. Des photos où Drianké était au théâtre. Des photos où Drianké chantait. Des photos où la troupe nationale était en tournée. Des photos où Drianké posait. Des photos de ses enfants et de ses petits-enfants. Dès que Djib était entré dans sa chambre, Drianké avait cessé de siffler le blues et la lueur dans ses yeux s'était évanouie. Elle avait accueilli Djib avec un rire et un regard sceptique. Le rire de Drianké était un rire à la sonorité bruyante mais qui manquait de naturel. Le cinéaste Djib ne venait pas habituellement chez elle à cette heure-là.

« Djib, qu'est-ce que tu as ? Tu as l'air étrange ?

Tu veux boire quelque chose ? »

Djib se trouvait au milieu de la chambre de Drianké. Il regardait tout autour de lui. Il s'était arrêté devant une photo de Drianké et l'avait longtemps contemplée.

« Cette photo, tu sais où elle avait été prise ?

C'était lors de la tournée à Tougal avec le Ballet national !

Quelle tournée ! Inoubliable », disait Drianké.

Djib avait souri avec cette douceur qui lui était particulière, tout en regardant la photo et tout d'un coup il avait dit, toujours debout:

« J'ai perdu mon histoire !

—Quelle histoire ?

Comment peut-on perdre une histoire ? » avait dit Drianké qui avait invité Djib à s'asseoir sur le lit en face. C'était sur ce lit que dormait Muñ. Djib était resté debout et regardait les photos tout autour.

« Tu sais, tu ne peux pas perdre une histoire.

Et de quelle histoire s'agit-il ?

Tu as des histoires pleines ta tête.

Si tu en perds une, tu en trouveras une autre.

Et puis tu ne peux pas perdre une histoire.

Tu vis tellement avec tes histoires qu'elles sont toujours en toi.

L'histoire que tu crois avoir perdue, elle est en toi, dans ton sang, dans ton cerveau. »

Djib, tout en continuant à regarder les photos sur les murs et au-dessus d'un bahut en bois rouge, avait dit comme en se parlant à lui-même :

« Non, je n'ai pas perdu une histoire. J'ai perdu mon histoire.

Cette histoire, je dois la retrouver, je ne peux pas la perdre.

Ce n'est pas une histoire. C'est une histoire qui doit être racontée. Cette histoire, c'est la masse d'ombre qui doit me la raconter. Mais elle n'arrive pas à la raconter. Donc, j'ai voulu raconter cette histoire à sa place et je l'ai perdue. »

Drianké avait jeté sur Djib un regard plein d'affection et lui avait dit:

« Tu sais Djib, ton histoire tu vas la retrouver.

Tu es un poète, tu es un artiste, tu es avec Dieu, comme tous tes amis, comme tous ceux que tu aimes, comme les gens de la rue Félix-Faure. Je ne m'inquiète pas pour toi.

De toutes les façons, la masse d'ombre est ici tous les soirs.

Viens la voir et tu retrouveras ton histoire. »

C'était un soir, quelques mois auparavant, chez Drianké, où il venait ces temps-ci avec une jeune femme de teint clair, aux cheveux courts et qui avait du chien dans sa beauté, que Djib avait fait la connaissance de la masse d'ombre. Djib avait été touchée par le geste de Drianké qui avait proposé à la masse d'ombre de passer la nuit dans un espace de sa cour. Djib en aurait fait autant s'il avait pu, mais il n'avait pas d'espace. Djib était son propre espace. Djib n'avait pas de lieu. Il était son propre lieu. Mais Djib aimait les marginaux, les marginalisés, les rebuts de la société. Djib aimait les petites gens. Ainsi ce soir de ce même jour, un verre de rosé à la main, il s'était levé de la devanture de la maisonnette de Drianké et s'était dirigé vers l'espace où la masse d'ombre s'installait. Elle n'était pas encore arrivée et Djib avait tourné dans cet espace, son verre de rosé toujours à la main, les yeux rivés par terre. De temps en temps il s'arrêtait et reprenait son manège. La jeune femme de teint clair, aux cheveux courts, qui s'était aussi levée en même temps que lui et l'avait suivi, s'était assise sur le rebord d'une des grandes tables qui se trouvaient dans l'espace. Elle avait un verre de vin rouge à la main et regardait Djib qui allait et venait dans l'espace. Un peu plus tard, dans la nuit, la masse d'ombre était apparue au bout du couloir. Elle marchait lourdement. On avait l'impression qu'elle traînait des pieds. La masse d'ombre était de grande taille mais il était difficile de distinguer son visage. Elle s'était couvert la tête avec une grande serviette qui dissimulait tout son visage. Quand elle était arrivée à la hauteur du grand jeune homme, le cinéaste Djib, et de la jeune femme de teint clair aux cheveux courts, elle avait émis un bruit étrange et s'était assise en soufflant bruyamment. Djib l'avait saluée et s'était présenté en lui tendant la main. La masse d'ombre avait répondu à son salut d'un ton nasillard, mais n'avait pas tendu pas la main pour serrer celle tendue de Djib. Djib n'avait pas insisté. Les mains de la masse d'ombre étaient enveloppées dans des vieux tissus. Aussitôt Djib avait entamé la conversation avec elle, sur les plantes mystiques, le cinéma. Ce fut ainsi que Djib avait lié connaissance et avait établi une relation avec la masse d'ombre. La jeune femme de teint clair, aux cheveux courts, qui n'avait rien dit, fut le témoin d'un destin qui venait d'être scellé, dont personne ne pouvait appréhender la suite. Et tous les soirs, le grand jeune homme, le cinéaste Djib, venait attendre la masse d'ombre. Et depuis qu'il fréquentait la masse d'ombre, il était intrigué. Il se demandait pourquoi Drianké avait invité cette masse d'ombre à passer la nuit dans un espace de la cour de sa maisonnette. Et depuis que cette masse d'ombre était là, Drianké avait commencé à avoir cette lueur de plus en plus étrange qui brillait dans ses yeux. Depuis que cette masse d'ombre passait la nuit là, Drianké sifflait le blues plus qu'elle ne le fredonnait. Depuis que cette masse d'ombre était là, Drianké avait encore plus de lampes-tempête dans sa maisonnette, dans ses cours et courettes. Il y en avait partout, sauf dans l'espace réservé à la masse d'ombre. Certaines étaient allumées jour et nuit. Certaines n'étaient pas allumées, mais étaient apprêtées. Le grand jeune homme, le cinéaste Djib avait posé la question à Drianké.

« Pourquoi toutes ces lampes-tempête ?

Tu as l'électricité ici !

—Les lampes-tempête me rappellent mon enfance. En même temps, ces lampes-tempête, j'en ai besoin », avait répondu Drianké.

—Tu en as besoin pour quoi faire ? »

Sans attendre de réponse de Drianké, Djib avait enchaîné avec l'autre question qui le préoccupait.

« Au fait Drianké, où as-tu connu cette masse d'ombre ?

—Djib, tu poses trop de questions ! » avait dit Drianké en riant.

Cette masse d'ombre, Drianké l'avait trouvée un soir au cours d'une promenade exceptionnelle. C'était par un de ces soirs exceptionnels où Drianké marchait un peu dans la rue Félix-Faure jusque vers l'avenue Maginot. Elle disait que son médecin, un habitant de la rue Félix-Faure, lui avait dit que de temps en temps, elle devait marcher un peu, sinon avec l'âge, elle aurait des problèmes.

« La marche c'est bon pour toi, Drianké.

Si tu veux vivre longtemps, il faut marcher.

La marche évacue.

—J'évacue avec le blues, avait répondu Drianké.

—C'est possible. Mais ajoutes-y la marche. Tu verras.

Tu te sentiras encore mieux et tu chanteras encore mieux le blues.

Tu verras », avait conclu son médecin.

Son médecin était un infirmier d'État, mais tout le monde l'appelait docteur. A la rue Félix-Faure, la promotion était vite donnée. Cet infirmier rendait plus de services qu'un médecin du grand hôpital qui n'était pas loin de la rue Félix-Faure. L'infirmier faisait de la médecine de proximité. Quand il rentrait de son travail à l'hôpital, il passait dans beaucoup de cours et courettes, pour prendre des nouvelles des personnes âgées, des enfants, prenait la tension des uns et des autres, donnait un conseil, faisait des soins et tout le monde était content de lui. C'était cela aussi la rue Félix-Faure. Donc, ce soir-là, au cours de sa marche, Drianké avait failli s'affaler sur une masse sur le trottoir.

« Que faites-vous là, sur le trottoir, vous ?

Vous gênez les passants !

Vous avez failli me faire tomber !

Qu'avez-vous ? »

La masse d'ombre était recroquevillée sur elle-même comme une boule, car à cette époque de l'année, on était au mois de novembre, il faisait frais. Il faisait même froid.

« J'essaie de dormir, avait répondu la masse d'ombre.

—Vous n'avez pas où aller ? »

—Je ne sais plus où aller, alors je cherche Dieu. »

—Vous cherchez Dieu parce que vous ne savez plus où aller ? Que vous est-il arrivé ? »

Drianké avait remarqué que la masse était un homme de grande taille.

« Depuis combien de temps dormez-vous ici ?

—Depuis quelque temps.

—Qu'est-ce qui vous est arrivé avec Dieu ? »

Drianké se disait qu'elle n'avait jamais fait attention à cette masse d'ombre auparavant. Cette masse d'ombre ne se trouvait pas ici depuis longtemps. Rien n'échappait à la rue Félix-Faure. Et personne ne pouvait échapper à la rue Félix-Faure. Si cette masse d'ombre se trouvait avenue Maginot, ce n'était sûrement pas par hasard. La rue Félix-Faure coupait l'avenue Maginot. Et la masse d'ombre lui disait quelque chose. Cette masse d'ombre lui rappelait quelqu'un, quelqu'un qui lui disait quelque chose. Elle était enveloppée dans une grande serviette, comme une momie. À ses pieds, elle portait des chaussettes. Avec les lumières des lampadaires de l'avenue Maginot, elle n'arrivait pas à distinguer le visage de la masse d'ombre. Mais Drianké sentait quelque chose de familier avec cette masse d'ombre. Même sous sa grosse serviette, Drianké pensait reconnaître en lui quelqu'un. Mais ce quelqu'un, elle ne voulait pas y penser, elle ne voulait plus s'en rappeler. Elle pensait à ce quelqu'un parfois, malgré elle, et à chaque fois, elle sifflait un blues pour passer sur ce souvenir. Un souvenir douloureux. Un souvenir qu'elle fuyait, un souvenir dont elle voulait s'échapper et ce souvenir l'alourdissait et elle boitait. Elle avait fui sa ville natale où elle avait vécu une histoire, une histoire qu'elle ne pouvait plus assumer là-bas. Cette masse d'ombre, avait-elle vécu dans son grand Nord d'où elle venait ? Elle ne voulait pas lui poser de questions dans ce sens. Elle n'osait pas non plus. Et cette période douloureuse, elle ne voulait plus s'en rappeler. Une sensation étrange avait envahi Drianké. Elle siffla un blues. Drianké sifflait le blues, quand les souvenirs douloureux d'une époque l'envahissaient et lui donnaient des envies étranges.

« Je ne vous ai jamais remarqué ici », avait dit Drianké, après un moment.

La masse d'ombre, arrangeant sa grande serviette avec ses coudes et la tête baissée, avait commencé à donner des explications à Drianké.

« Quand je suis arrivé ici, à la recherche de Dieu, je me suis arrêté et je n'en ai plus bougé. Enfin, je bouge dans la journée, mais tous les soirs, je suis ici. En ce moment, même s'il fait froid, cette avenue offre des recoins chauds, parce qu'abrités. Il y a beaucoup d'immeubles accolés les uns aux autres, ainsi il n'y a pas de trous d'air, pas d'espaces vagues et c'est assez chaud pour moi. Vous savez, quand j'étais jeune, j'ai fait une chute lors d'un match de basket et j'ai eu des problèmes à la colonne vertébrale.

Depuis lors, quand il fait froid, j'en souffre un peu.

« Faites attention, vous pouvez finir par être paralysé à la longue ! lui avait dit Drianké.

—Et vous, vous habitez ici ? avait demandé la masse d'ombre, en soulevant doucement la tête comme si elle voulait regarder Drianké.

Vous avez toujours habité ici ?

Vous n'avez pas vécu ailleurs avant de venir ici ?

Connaissez-vous...

Non rien. »

La masse d'ombre s'était tue et avait baissé à nouveau la tête. Drianké avait l'impression qu'elle aussi, elle rappelait quelqu'un à la masse d'ombre. La manière furtive dont elle l'observait de temps à autre, lui donnait l'impression que cette masse d'ombre l'avait connue, elle, Drianké. Peut-être à la télévision. Drianké passait de temps en temps à la télévision avec le Ballet national. Mais la masse d'ombre, dans sa quête d'un certain dieu, n'avait pas révélé à Drianké sa passion pour la télévision. La masse d'ombre ne voulait pas non plus parler de sa passion pour la télévision, car cette passion pour la télévision, c'était aussi une autre histoire. Drianké aurait aimé que ce soit à la télévision que la masse d'ombre l'avait connue. L'idée que cela pouvait être ailleurs et dans d'autres circonstances l'avait mise dans un état de fébrilité.

« Où avez-vous vécu avant de venir ici ? » Avait finalement osé demander Drianké.

« C'est une longue histoire que je dois raconter, mais...»

La masse d'ombre s'était tue au milieu de sa phrase, et Drianké devinait qu'elle pleurait. Drianké imaginait des larmes perlant au fond de ce qu'on pouvait appeler des yeux qu'elle ne distinguait pas bien. La masse d'ombre avait repris comme si elle se parlait à elle-même :

« Je veux voir Dieu !

—Qu'est-ce que c'est cette histoire ? avait demandé Drianké.

—Je peux vous rendre service si vous voulez, avait-elle ajouté. Je n'habite pas loin d'ici, dans cette rue que vous voyez là...»

Drianké n'avait pas fini sa phrase que la masse d'ombre avait dit :

« Est-ce la rue où je pourrais voir Dieu ?

—Vous êtes drôle, vous. Est-ce ainsi qu'on cherche à voir Dieu ?

Je ne sais pas si vous allez y voir Dieu, mais je peux vous laisser un espace pour la nuit, en attendant que vous voyiez Dieu.

C'est mieux qu'ici. Venez avec moi.

Vous pouvez dormir dans cet espace au fond de la courette, à condition de ne pas faire du bruit et de partir tôt le matin.

J'espère que vous avez bien compris.

Venez avec moi. »

La masse d'ombre s'était aussitôt levée. Drianké avait remarqué que la masse d'ombre était de grande taille, mais elle ne pouvait pas distinguer le visage sous la grande serviette qui avait dû être de couleur blanche à l'origine. En la voyant marcher lourdement, traînant les pieds, Drianké était convaincue que cette masse d'ombre avait quelque chose qui lui disait quelque chose. Drianké avait remarqué aussi que sous la grande serviette qui l'enveloppait, la masse d'ombre avait un gros ventre.

« Non, c'est impossible ! » se disait-elle en elle-même.

Drianké, qui en avait tant vu et avait tant vécu, ne voulait pas lui poser certaines questions. Tout le monde rue Félix-Faure était masqué le jour, costumé la nuit. Cette masse d'ombre enveloppée dans une grande serviette, les pieds dans des chaussettes, les mains dans des vieux tissus, ne cadrerait pas dans le décor de la rue Félix-Faure, pourrait-on penser. Mais cette masse d'ombre y avait une place, même si Drianké ne savait pas laquelle. Dans sa tête, l'impression de connaître la masse d'ombre la turlupinait. Et Drianké ne savait pas que la rue Félix-Faure était la rue que la masse d'ombre cherchait pour voir Dieu et raconter une histoire. Drianké ne savait pas non plus que c'était dans la rue Félix-Faure que la masse d'ombre allait voir Dieu et raconter une histoire. Drianké ne savait pas non plus qu'elle habitait dans la rue de Dieu. Drianké ne savait pas non plus, qu'elle avait quelque chose de divin.

Drianké ne savait pas qu'elle était Dieu.

C'était ainsi que la masse d'ombre était arrivée chez Drianké. Cette masse d'ombre que personne ne voyait ni arriver, ni partir. Mais tôt le matin quand elle partait, des yeux étaient fixés sur lui, des yeux d'où jaillissaient des lueurs étranges. La masse d'ombre passait la journée dans les rues de la capitale. Elle ne restait pas à la rue Félix-Faure. La rue Félix-Faure n'était pas une rue pour les ombres. C'était une rue de lumières, une rue de blues, une rue divine. La rue du violon et de la guitare ! La masse d'ombre arrivait chez Drianké la nuit, comptait les piécettes que les gens lui remettaient dans la rue. Parfois la masse d'ombre émettait un cri et Drianké tressaillait. Le cri que la masse d'ombre poussait, semblait sortir du plus profond d'elle-même. Un cri poussé comme pour évacuer quelque chose. Un cri comme pour hurler à la mort. Un cri étrange. Un cri qui rappelait quelque chose à Drianké. Un cri qu'elle avait déjà entendu. Un cri qu'elle connaissait.

• • •

Et depuis cette nuit là, où il avait fait la connaissance de la masse d'ombre, et toutes les nuits qui avaient suivi, le grand jeune homme, le cinéaste Djib, s'arrêtait au niveau de la masse d'ombre et n'en bougeait pas toute une grande partie de la nuit. Maintenant, quand le grand jeune homme, le cinéaste Djib arrivait, il lançait de loin une salutation bruyante à Drianké. Quand celle-ci se plaignait qu'elle ne le voyait plus comme elle voulait, il passait rapidement l'embrasser en lui disant :

« Je suis en train de m'immerger dans une histoire qui doit m'être racontée. L'originalité de l'histoire, c'est que la masse d'ombre qui veut me la raconter ne sait pas comment la raconter. La masse d'ombre dit qu'elle a des troubles de mémoire. »

Drianké se disait que sûrement, le grand jeune homme, le cinéaste Djib, voulait faire tourner la masse d'ombre dans un de ses films. Le grand jeune homme, le cinéaste Djib, aimait les gens bizarres, spéciaux, les marginaux, et c'était sûrement pour cette raison que le grand jeune homme, le cinéaste Djib s'intéressait tant à la masse d'ombre. Djib était l'un des plus grands cinéastes de son époque. Un artiste, un vrai, comme disait Drianké. Djib avait fait jouer Drianké dans quelques-uns de ses films et pensait à elle pour un grand rôle. Quand il venait voir la masse d'ombre, Djib fumait des herbes aphrodisiaques avec elle. La masse d'ombre lui disait que c'était bon pour la santé. La masse d'ombre avait dit à Djib que dans une vie antérieure, il était vendeur de médicaments.

« Pour survivre », avait-elle dit à Djib.

Ce qui l'intéressait vraiment, c'était de connaître le secret des plantes, les plantes qui faisaient lire dans la pensée des autres, des plantes qui donnaient des pouvoirs surnaturels, avait confié la masse d'ombre à Djib. Elle avait aussi révélé à Djib qu'elle avait fréquenté beaucoup d'astrologues, beaucoup de voyants, beaucoup de sorciers, beaucoup de charlatans. Elle disait qu'elle connaissait aussi quelqu'un qui utilisait des ordinateurs pour analyser les destins des gens. Elle avait dit aussi qu'elle avait eu à faire usage de beaucoup de ces croyances là.

« Pourquoi faire ?

Pourquoi vouloir lire dans la pensée des autres ?

Pourquoi vouloir des pouvoirs surnaturels ?

Pour en faire quoi ? », lui avait demandé Djib.

Et la masse d'ombre en riant, disait :

« Pour la puissance ! Pour le pouvoir !

—Quelle puissance ? Quel pouvoir ? lui avait encore demandé Djib, un peu inquiet.

—Je plaisante » avait-elle dit.

Le grand jeune homme, le cinéaste Djib, avait trouvé, depuis ce jour-là que la masse d'ombre avait une histoire à raconter. Djib venait toujours chez Drianké avec la jeune femme de teint clair aux cheveux courts. La jeune femme de teint clair aux cheveux courts avait ce genre de beauté naturelle, sans artifice, une beauté pure. Les gens disaient que cette jeune femme n'était pas belle, avec des fards, des couches de poudre, des roulements des yeux. Elle avait quelque chose d'authentique, de vrai. Elle plaisait sans qu'on puisse dire pourquoi. Elle avait un beau sourire, mais derrière ce sourire suintait une espèce de tristesse difficilement contenue. Quand elle souriait, les commissures de ses lèvres frémissaient. Elle avait quelque chose qui détonnait sur son visage. Elle donnait l'impression de quelqu'un qui avait contenu une grande souffrance. Une souffrance qui lui donnait parfois des envies qu'elle n'osait avouer, et de temps à autre dans son regard brillait une lueur étrange. Le grand jeune homme, le cinéaste Djib, allait ainsi toutes les nuits, voir la masse d'ombre avec la jeune femme de teint clair, aux cheveux courts. La jeune femme fumait aussi des herbes aphrodisiaques avec eux. Djib avait expliqué à la masse d'ombre que cette jeune femme était son amie. Certaines nuits, ils restaient là, longtemps. La jeune femme n'avait pas parlé à Djib de l'effet que la vue de la masse d'ombre avait fait sur elle. Elle n'osait pas. Elle avait l'impression que cette masse d'ombre lui rappelait quelqu'un ou quelque chose. Dès la première fois qu'elle l'avait vue, elle était certaine que cette masse d'ombre, elle la connaissait. Elle ne pouvait se l'expliquer, mais l'impression était là et devenait de plus en plus forte, jusqu'au jour où elle avait posé quelques questions à Djib :

« Pourquoi reste-t-elle dans le noir ?

Pourquoi ne bouge-t-elle pas d'ici ?

Pourquoi est-elle confinée dans cet espace ?

Avant, tu venais ici pour voir Drianké. Mais depuis que tu as fait la connaissance de cette masse d'ombre, tu ne t'intéresses plus qu'à elle ! » avait ajouté la jeune femme de teint clair, aux cheveux courts, qui avait du chien dans sa beauté.

Djib avait souri à la jeune femme avec douceur, et la prenant par la main affectueusement lui avait dit :

« Je m'intéresse à elle à tel point que je voudrais te demander une chose, s'il te plaît, et ne refuse pas.

Ce n'est pas pour aujourd'hui.

Ce sera pour une autre fois.

Mais, je te le redis encore, cette masse d'ombre m'intéresse. Cette masse d'ombre veut me raconter une histoire, son histoire. Elle a pensé que cela pourrait m'intéresser. Je dois la fréquenter encore, car la masse d'ombre ne sait pas comment raconter l'histoire. La masse d'ombre est incapable de raconter l'histoire alors que l'histoire est sa vie, sa propre vie. Elle dit qu'il faut presque inventer l'histoire de cette histoire. Elle dit qu'elle a des problèmes ou des troubles de mémoire. Ces troubles de mémoire, dit-elle, viennent de problèmes affectifs. Tu vois en ce moment, je suis en train de voir comment je pourrai construire cette histoire qu'elle veut me raconter. Je suis en train de voir comment je vais raconter cette histoire à sa place. C'est l'histoire de l'histoire qui manque. Je dois trouver l'histoire de l'histoire. Il faut que je trouve aussi la fin que mérite cette histoire. Je t'expliquerai. Mais pas de questions, c'est compris ? Tu es mon amie, ne dis plus rien. »

Le grand jeune homme, le cinéaste Djib, et la jeune femme de teint clair aux cheveux courts et qui avait du chien dans sa beauté vivaient ensemble depuis quelque temps. Six mois peut-être. Ils n'étaient pas des amoureux classiques. Ils n'avaient pas parlé d'amour quand ils s'étaient rencontrés un jour. Mais ils s'aimaient d'un amour d'affection, d'un amour d'amitié, d'un amour de tendresse. Le vrai amour, aurait dit un apprenti philosophe. Et ils ne s'étaient pas quittés depuis ce jour-là. Ils s'étaient rencontrés dans un bar-restaurant que la jeune femme de teint clair aux cheveux courts fréquentait. Le grand jeune homme, le cinéaste Djib, était aussi un habitué de ce bar-restaurant. Le couple homosexuel qui le tenait était ses amis. Les deux homosexuels étaient grands, beaux, de teint clair, et ils souriaient tout le temps. Ils étaient très élégants, portaient les mêmes habits, dans des camaïeux souvent. Ils aimaient beaucoup le grand jeune homme, le cinéaste Djib, et étaient toujours heureux de le voir. Le couple homosexuel avait longtemps vécu à l'étranger et, de retour dans le pays, avait ouvert ce bar-restaurant situé vers le port. La clientèle était diverse mais triée sur le volet. C'étaient les mêmes habitués qui s'y retrouvaient presque tacitement tous les jours et il y régnait une bonne ambiance. Il y avait de grands cadres, des hommes d'affaires, des politiciens, des artistes. La cuisine était raffinée et l'endroit était tranquille, malgré la proximité du grand port de la ville. La jeune femme de teint clair, aux cheveux courts, y avait été invitée une fois par un grand responsable politique local, lié à sa famille, et depuis ce jour là, elle y retournait souvent. La jeune femme était venue s'évader dans cette ville pour se fuir elle-même, pour échapper au souvenir d'un épisode douloureux de sa vie. Mais elle se disait qu'elle n'y arriverait jamais, avait-elle confié un jour aux deux homosexuels qui étaient devenus ses amis. Ceux-ci lui disaient toujours que tout finirait par s'arranger, que tout était question de temps. Le temps effaçait tout, le temps cicatrisait tout, ajoutaient-ils. Un jour le grand jeune homme était arrivé dans ce bar-restaurant et les deux homosexuels lui avaient présenté la jeune femme de teint clair aux cheveux court qui avait du chien dans sa beauté. En partant, le grand jeune homme l'avait emportée et depuis ce jour, ils étaient toujours ensemble. Le grand jeune homme, le cinéaste Djib, occupait une chambre dans un hôtel depuis plusieurs mois. Il travaillait sur un texte qu'il voulait adapter au cinéma. C'était l'habitude du cinéaste Djib. Il aimait s'isoler pour travailler. Il aimait changer de milieu, de cadre, de décor, de lieu pour réfléchir. Et les hôtels offraient ce changement, ce dépaysement, cet anonymat. Mais depuis la rencontre avec la masse d'ombre, il avait mis ce texte de côté. Il réfléchissait sur l'histoire que la masse d'ombre voulait lui raconter et ne savait comment la raconter. Djib essayait d'écrire à la machine l'histoire de la masse d'ombre dans sa tête. Djib avait beaucoup réfléchi sur le sujet. Désormais toutes ses marches dans la ville, toutes les heures passées dans les bars et les bistrots étaient entièrement consacrées à cette histoire qu'il construisait dans sa tête et qui le fascinait de plus en plus. Une nuit, il était rentré à l'hôtel avec la jeune femme de teint clair aux cheveux courts. Ils avaient fait l'amour. Après l'amour, Djib lui avait demandé de lui raconter une histoire, n'importe quelle histoire. N'importe quelle histoire qui lui passerait par la tête. Ainsi avait commencé l'histoire que le grand jeune homme, le cinéaste Djib voulait raconter à la place de la masse d'ombre. Et toutes les nuits après l'amour, la jeune femme de teint clair, aux cheveux courts, racontait une histoire à Djib. La jeune femme racontait l'histoire d'une jeune femme de teint clair aux cheveux courts avec un homme qui l'avait fait souffrir, un homme qui l'avait méprisée, un homme qui lui avait fait faire des choses terribles. Un homme qui l'avait exploitée. Un homme qui l'avait humiliée. Un homme qui lui avait fait beaucoup de mal. La jeune femme de teint clair, aux cheveux courts, racontait comment cette jeune femme qui lui ressemblait comme deux gouttes d'eau avait rencontré cet homme un jour. La jeune femme de teint clair aux cheveux courts, en racontant l'histoire de cette jeune femme, semblait s'identifier à elle. L'histoire que la jeune femme de teint clair, aux cheveux courts, racontait au grand jeune homme, le cinéaste Djib, semblait être son histoire. La jeune femme de teint clair aux cheveux courts et la jeune femme de l'histoire qu'elle racontait étaient la même personne.

« C'était un mois de novembre, je ne me rappelle plus de la date exacte, que j'avais fait la connaissance de cet homme. Nous nous étions connus par l'intermédiaire d'un homme-animal qui avait une terrible histoire dans sa vie. L'histoire d'un homme-animal à raconter aussi un jour. L'homme-animal avait peur des femmes, n'en avait pas et n'avait pas d'enfants. L'homme-animal vivait seul mais aimait présenter les uns aux autres. L'homme-animal aimait faire l'intermédiaire. Il aimait faire le maquereau. J'étais en mission pour le compte de mon gouvernement et un jour à l'hôtel, l'homme-animal que j'avais connu dans mon pays, m'avait présenté à cet homme. L'homme était grand, de teint noir, et avait l'air gentil. Il avait aussitôt commencé à me faire la cour. C'était un séducteur et il m'avait séduite. Il venait me voir à l'hôtel et nous restions ensemble jusque tard le soir. Peu de temps après, il commençait à me faire des propositions de mariage. Je venais d'un autre pays et j'étais d'une obédience religieuse différente de celle sous laquelle il s'affichait. Il m'avait même demandé de renoncer à ma religion pour la sienne car, disait-il, il était Moqadem d'une voie religieuse et il était responsable d'un groupe de prières. Je commençais à faire des plans de conversion à sa religion. J'avais de l'argent et j'étais alliée à une grande famille politique qui, à ce moment-là, occupait la direction de mon pays. Je ne m'étais pas rendue compte qu'il ne s'intéressait à moi que pour ma position politique et sociale. J'étais emballée par sa grande taille et son air gentil et pieux. Il disait que mon signe astrologique allait bien avec son signe. Il disait que nous étions faits l'un pour l'autre. J'y croyais et j'étais heureuse d'avoir trouvé l'homme de ma vie. Les femmes de mon niveau et de ma situation avaient de plus en plus de difficultés pour rencontrer l'âme sœur. Les hommes avaient peur des femmes qui étaient instruites, qui avaient une situation, qui avaient des responsabilités, des femmes qui prenaient des décisions, des femmes qui pensaient, des femmes qui s'exprimaient. Ce genre de femmes servait souvent de maîtresses à des hommes mariés avec des femmes qu'ils possédaient, dominaient, des femmes qui dépendaient d'eux à tout point de vue, des femmes qui ne pensaient pas. Des mois passèrent ainsi ; à chaque fois que je venais en mission, je restais avec lui. Il commençait à me présenter à des gens et je connaissais la plupart des membres de sa famille. Il avait fini par me demander de ne plus rester à l'hôtel quand je venais en mission. Je pouvais venir chez lui, dans sa maison où il venait d'emménager mais qui n'était pas achevée. Je ne savais pas à l'époque, qu'il avait construit cette maison avec la dîme prélevée sur la fortune de ses frères et sœurs. Il jouait au grand seigneur et commençait à m'exploiter sans que je m'en rende vraiment compte. Il m'avait fait acheter une voiture de luxe, de couleur rouge, que j'utilisais quand j'étais là et quand je repartais, c'était lui qui l'utilisait. »

Parfois, la jeune femme de teint clair, aux cheveux courts, marquait un arrêt dans son histoire. Elle avait une lueur étrange dans ses yeux.

« J'arrête, j'étouffe de haine, disait-elle

—De haine contre qui ? demandait Djib.

L'histoire que tu me racontes, est*ce ta propre histoire ?

—Elle aurait pu être mon histoire si je l'avais reléguée au fin fond de ma mémoire. Je ne te raconte pas mon histoire puisqu'elle n'est pas encore terminée. Je te raconte une histoire, c'est tout. »

Quand elle arrêtait de raconter l'histoire, elle se couchait, et tard dans la nuit, sanglotait dans son sommeil. Et Djib plongeait dans l'histoire à la place de la masse d'ombre qui ne savait pas comment la raconter et plongeait en même temps dans l'histoire que la jeune femme de teint clair aux cheveux courts lui racontait. Il était déjà très avancé, mais c'était la fin de l'histoire qui lui manquait. Il cherchait la fin de l'histoire. La jeune femme de teint clair aux cheveux courts semblait raconter une histoire sans fin. Cette histoire que la masse d'ombre voulait lui raconter méritait une fin digne d'elle. Djib déambulait dans les rues de la ville à la recherche de la fin de l'histoire. Mais il n'arrivait pas à trouver cette fin. Il se disait en lui-même que cette histoire allait trouver sa propre fin. Et c'était l'histoire, et la fin de l'histoire, que les yeux du grand lépreux, découpé en morceaux, avec les petites parties sexuelles enfoncées dans la bouche, allaient raconter un matin, sur un trottoir de la rue Félix-Faure. En face du salon de coiffure, Chez Tonio. Et toutes les nuits, la jeune femme de teint clair, aux cheveux courts, reprenait l'histoire qu'elle racontait à Djib et à elle-même.

« Je dépensais mon argent pour lui, sans compter. Je dépensais pour ses enfants, sans compter. Cet homme avait des enfants de plusieurs femmes différentes. Et je ne me rendais toujours pas compte qui était vraiment cet homme, qui, sous le couvert de son dieu, était un malade, un déséquilibré. Son problème, ou plutôt sa maladie, était le désir de puissance, le désir de pouvoir. Il voulait coûte que coûte être riche, être bien vu. Il voulait se faire valoir avec les autres et non avec lui-même. Je refusais toujours de me rendre compte qu'il ne faisait pas l'affaire. Dans ma tête tout était conclu, fin prêt pour notre mariage. J'en avais parlé à mes amis, à mes parents. J'étais heureuse. J'avais commencé à renoncer à beaucoup de choses et je faisais tout pour lui faire plaisir. Il passait son temps à prier et à invoquer le nom de son dieu à tout bout de champ. J'avais commencé à remarquer que cet homme n'était pas net. Il était léger et il parlait des autres avec envie. Je voulais me convaincre qu'il était seulement un peu étrange. Un jour, il m'avait proposé une chose terrible. Il m'avait dit que j'avais des problèmes d'impuretés et que je devais trouver de l'argent, beaucoup d'argent, qu'il devait remettre à un astrophysicien qui allait modifier ma vie par la rectification de mon signe astrologique. J'avais ramassé tout ce que j'avais, avais vendu une de mes maisons, avais pris de l'argent auprès des miens, avais même fait un prêt à la banque. Il me disait que j'allais tout récupérer au multiple, car ma vie allait changer. Je lui avais tout remis. Je me voyais déjà son épouse, bien, avec mon signe astrologique rectifié, donc avec mon nouveau destin. J'allais devenir riche, belle, célèbre. J'allais avoir avec lui les enfants les plus beaux, les plus intelligents. Le monde entier allait parler de nous. J'étais emportée et je planais déjà dans mon nouveau destin.

"Je suis un homme de mon dieu, tu verras, tu as de la chance de m'avoir rencontré. Tu seras la femme la plus heureuse du monde», disait-il, et il avait ajouté qu'il restait cependant un autre rituel. Je devais, pour me débarrasser de toutes mes impuretés, recevoir en moi l'Esprit saint. Cela me semblait un peu étrange mais au point où j'en étais, à ce moment où mon destin allait basculer, je lui faisais entièrement confiance. Il me disait même qu'un changement physique s'opérait déjà en moi, car l'astrophysicien avait commencé le travail. Je scrutais tous les miroirs et croyais voir que j'avais changé en mieux. Ce qu'il me proposait maintenant, c'était de me préparer à recevoir l'Esprit saint en moi. Ainsi un soir, chez lui, il m'avait demandé de prendre une douche, de m'apprêter en me parfumant le corps avec un parfum qu'il avait ramené d'un grand voyage mystique en Orient. Il avait

dit que pour le rituel, toutes les lumières devaient être éteintes.
Il n'y avait que les lumières de la nuit qui éclairaient la chambre
située au premier étage de sa maison et qui donnait sur un fleuve.
A un moment, il s'était introduit dans la chambre. Il était enveloppé dans une grande serviette blanche. J'avais l'impression
aussi qu'il y avait quelqu'un d'autre avec lui. Il n'avait pas parlé et
j'avais reçu la consigne de ne parler que quand je sentirai quelque
chose en moi, c'est-à-dire le moment où l'Esprit saint allait entrer
en moi. Il m'avait demandé de me mettre dans une position où
j'étais sur les genoux. J'avais senti en moi, tout d'un coup, un
petit sexe un peu mou que je reconnus comme le sien. Tout doucement il me disait à l'oreille:
    "Sens-tu l'Esprit saint entrer en toi ?
    Dis que tu le sens.
    Dis que tu le sens bien.
    Dis que tu te sens purifiée, dis que tu te sens renaître.
    Dis le fort.
    N'arrête pas.
    Parle, crie, hurle ! "
    Je l'entendais jouir et j'avais l'impression que quelqu'un
d'autre était dans la pièce. Il s'était retiré de moi et le sexe qui
était à présent en moi était différent du sien. Ce sexe était plus vigoureux. C'était peut-être le vrai Esprit sain. Quand le deuxième
sexe s'était retiré de moi, j'avais entendu comme deux souffles
aux rythmes différents, plus mon propre souffle, et j'attendais les
instructions. Il s'était approché de moi et m'avait pris la tête dans
ses deux mains. Ses yeux étaient brillants, il était nu. À côté de lui
se tenait un jeune homme que je n'avais jamais vu. J'avais regardé
le jeune homme qui lui ressemblait un peu. Le jeune homme
s'en était allé, rapidement, enveloppé lui dans une grande serviette blanche et je m'étais retrouvée seule avec lui. Il m'avait

annoncé avec solennité que j'avais reçu l'Esprit sain, que j'étais purifiée, sauvée et que j'allais connaître et vivre une nouvelle ère. Nous étions descendus au salon et il m'avait servi du thé au goût étrange, mais je me sentais bien. Mon destin allait changer. À un moment, il m'avait dit qu'il y avait aussi autre chose. L'Esprit sain revenait-il ? Il m'avait seulement dit :

"Il ne faut pas qu'on se voie pendant deux mois lunaires, le temps que tout le processus de rectification de ton signe astrologique soit achevé. C'est ce que l'astrophysicien a dit. "

Quand j'étais retournée dans mon pays, ayant fini ma mission, il avait demandé à l'homme-animal, de passage, de me dire que nous n'étions pas faits l'un pour l'autre et de ne plus chercher à le revoir, car je lui portais malheur, d'après l'astro-physicien. Je voulais quand même savoir qui était le jeune que j'avais rencontré chez lui. Je n'avais pas pu dire à l'homme-animal qu'il avait envoyé, tout ce qui s'était passé. Je lui avais fait la description du jeune homme et l'homme-animal m'avait révélé que ce jeune homme était un de ses fils, un fils qu'il cachait. J'étais stupéfaite. J'avais senti un frisson d'horreur parcourir mon dos. J'avais vacillé et avais eu envie de vomir. Et quand l'homme-animal m'avait demandé ce que j'avais, je n'avais pas répondu. »

La jeune femme de teint clair aux cheveux courts avait enfoncé sa tête dans l'oreiller et avait éclaté en sanglots. Le grand jeune homme, le cinéaste Djib, était resté silencieux. Il avait l'air grave bien qu'il ne soit pas quelqu'un qui laissait paraître ses sentiments, surtout quand il était contrarié, pour ceux qui le connaissaient vraiment. Cela faisait quelques mois que l'histoire que devait lui raconter la masse d'ombre traînait dans sa tête. Et il l'écrivait avec l'histoire sans fin que la jeune femme de teint clair aux cheveux courts lui racontait toutes les nuits après l'amour. Ce furent des mois durant lesquels, le grand jeune homme, le cinéaste Djib, était envahi par l'histoire de la masse d'ombre. Le lendemain du jour où la jeune femme de teint clair aux cheveux courts lui avait raconté cette partie de l'histoire, le cinéaste Djib était sorti de l'hôtel sans crier gare. Il était silencieux depuis son réveil. Il était plus silencieux que d'habitude. L'hôtel dans lequel il s'était installé était situé dans un quartier calme, la nuit. C'était dans un quartier situé non loin du centre-ville. Un grand marché réputé pour son architecture, qu'on appelait Kermel, se situait non loin de là, aussi. La jeune femme de teint clair, aux cheveux courts, qui avait du chien dans sa beauté, s'était précipitée hors de la chambre d'hôtel pour le suivre, comme tous les jours depuis qu'ils étaient ensemble. Elle prenait rapidement une douche et ne traînait pas pour s'habiller et se coiffer. Comme elle portait les cheveux très courts, cela lui faisait gagner beaucoup de temps. La jeune femme de teint clair suivait le grand jeune homme, le cinéaste Djib, partout. Elle ne faisait rien d'autre que le suivre. À l'hôtel, dans les bars, dans les bistrots, chez Drianké, chez ses parents parfois. La jeune femme avait pressé le pas pour rattraper Djib avec qui elle partageait ses jours et ses nuits sans poser de questions. Djib ne marchait pas vite. On pourrait même dire qu'il marchait doucement, mais ses grandes jambes lui faisaient faire de grands bonds. Elle l'avait rattrapé au bout de la rue avant qu'il ne bifurquât comme d'habitude, à gauche, dans la rue Dagorne. Comme d'habitude, ils avaient marché ensemble comme ces vieux couples qui s'aimaient encore ! Doucement, lentement, à pas réguliers, et en silence. Ce matin, la jeune femme de teint clair aux cheveux courts avait une lueur étrange dans ses yeux.

La rue Dagorne était l'une des plus vieilles rues de la ville. C'était une rue coloniale et elle l'était restée après les indépendances. C'était une rue étroite. Sa chaussée était étroite, son trottoir aussi. De belles bâtisses coloniales la bordaient de part et d'autre. C'étaient des petites maisons à étages avec des balcons stylés en fer forgé. C'était par-là que le grand jeune homme, le cinéaste Djib aimait passer, avant de faire le tour du marché Kermel. Dans la rue Dagorne, il y avait des restaurants et des bistrots, de l'époque coloniale aussi. Des bistrots ouverts dès le matin. Des bistrots où on pouvait passer la journée. C'étaient toujours les habitués qui étaient là. Des habitués coloniaux. Des habitués d'une époque, d'une vie. C'étaient les mêmes patrons, les mêmes clients et les mêmes putes. Des putes classiques, des putes coloniales. Des putes un peu usées par le temps, mais classiques. Des putes de classe, pourrait-on dire, tant elles avaient de l'allure ! Des putes qui avaient vécu tous les épisodes de la période coloniale, des putes qui en avaient vu. Des putes qui avaient des choses à raconter. Mais on ne leur tendait pas le micro. Le micro c'était pour les discours démagogiques des dirigeants politiques, des opposants, des transhumants, des faux gourous et faux Moqadems, les monstres des temps modernes. Le micro n'était pas tendu aux putes qui avaient vécu et qui savaient des choses sur la période coloniale. Des choses qui auraient aidé à mieux comprendre beaucoup d'autres choses ! Tant pis ! Le grand jeune homme, le cinéaste Djib, était très lié à ces putes. Djib aimait les putes aussi, comme les petites gens. Pourtant, Djib n'était pas un dragueur. Il ne courait pas les filles. Il ne cherchait pas des filles. Il n'essayait pas de séduire les filles. Et il était si beau, si élégant, si racé ! Mais Djib courait après autre chose. Djib courait après lui-même, après Dieu. Le Dieu qui n'était pas dans les temples pour se faire adorer. Le Dieu qui n'avait pas d'intermédiaires pour parler à sa place. Le Dieu qui n'avait pas besoin de faux Moqadems pour se faire connaître. La jeune femme de teint clair, aux cheveux courts, avec qui il partageait sa chambre d'hôtel, n'était pas une pute. Mais quand elle voyait comment Djib se comportait avec les putes, elle avait envie d'être une pute comme ces putes. Une pute de classe, une pute classique, une pute coloniale. La jeune femme de teint clair, aux cheveux courts et qui avait du chien dans sa beauté avait suivi Djib un jour comme une pute, et cela faisait presque six mois qu'ils ne s'étaient plus quittés. Ils ne s'étaient rien dits. Ils ne s'étaient pas fait des promesses. Ils ne parlaient pas d'amour, mais ils faisaient l'amour tous les jours.

Dans la rue Dagorne, Djib était entré dans un bar-restaurant, à côté d'une ancienne bâtisse où était inscrit tout en haut « Lacoste et Cie ». Là il avait trouvé des amis qui, eux aussi, étaient toujours dans les environs. Ce jour-là, il y avait la grande et belle Woré, en compagnie de Bousso, une jeune femme sublime. Bousso, dans sa splendeur, faisait penser à une princesse nubienne, échappée d'un palais pharaonique. Ils avaient discuté un moment et Djib les avait quittées pour se diriger vers le comptoir du bar. Avec son beau sourire, Djib avait embrassé une pute accoudée au comptoir. Il était resté à côté d'elle, l'enveloppant de ses grands bras. Il avait tiré la jeune femme de teint clair, aux cheveux courts par une main et l'avait gardée près de lui, tout en parlant avec la pute accoudée au comptoir. La jeune femme de teint clair souriait toujours aux filles que Djib côtoyait. Tacitement, Djib ne présentait pas la jeune femme qui avait du chien dans sa beauté. Mais tout le monde voyait qu'elle était là et savait qu'elle était avec lui. Djib n'avait pas pris pas un verre comme il faisait d'habitude, un ballon de rouge comme il aimait. Après avoir échangé quelques paroles avec la pute du comptoir, celle-ci avait décollé de son tabouret, avec son petit sac, qui ressemblait à une trousse de toilette. La pute avait fait signe au propriétaire des lieux et ce dernier avait soulevé une main et s'était remis dans ses verres. Tous les trois étaient sortis et avaient fait le tour du marché Kermel, non loin de là. Le marché Kermel était un endroit que Djib aimait beaucoup. Ces temps-ci, Djib manifestait un intérêt particulier pour le marché Kermel. Il tournait tout le temps autour. Il y avait un bar situé à l'intérieur du marché, chez Kamu, et il pouvait y rester pendant des heures, parfois jusqu'à la fermeture du marché. C'était dans ce bar qu'il s'était dirigé en compagnie de la jeune femme de teint clair, aux cheveux courts et de la pute au sac en bandoulière. Là, les deux jeunes femmes avaient bu du pastis. Djib n'avait rien pris. L'endroit était agréable. Les gens allaient et venaient dans ce marché couvert, avec son architecture coloniale d'époque. Les gens faisaient leurs courses avec du plaisir dans leurs voix. Les vendeurs de légumes, de fruits de mer, de fruits avaient chacun leur manière personnelle d'attirer les clients. Les uns dansaient, les autres chantaient. Chacun vantait sa marchandise avec son vocabulaire le plus alléchant. Tout cela au milieu d'une foule où les nouveaux colons étaient encore nombreux. Le marché Kermel était un marché qui resterait colonial, longtemps encore. Quand le marché fermait, c'était déjà l'après-midi. Dehors, les marchandes de fleurs ambulantes tournaient avec des bouquets de toutes les couleurs au-dessus de leurs têtes, et les autres dans leurs bras. C'étaient les femmes-fleurs du marché Kermel ! Djib cherchait-il la fin de l'histoire de la masse d'ombre dans le marché ? Quand il s'asseyait dans ce bar du marché, il n'en bougeait pas avant un bon moment. Il souriait, riait, fumait. Mais dans son regard fiévreux, il cherchait. Djib ne parlait pas beaucoup. Alors que, de nos jours, les gens parlaient beaucoup pour se justifier, pour s'expliquer, pour s'imposer, pour embêter les autres, surtout les faux gourous, les faux Moqadems, les nouveaux prophètes. Il y avait tant de bavards-bavards, qui aimaient parler pour impressionner, pour meubler l'air, pour se meubler.

« Ah si vous saviez, si vous saviez !

Mon dieu qui me parle, me dit des choses !

Ah si vous saviez ! »

Djib, lui, pouvait être là sans parler. Il occupait l'espace. Devant Djib, les gens étaient impressionnés et admiratifs. Pendant que les autres étaient impressionnés, comme toujours avec lui, Djib, lui, cherchait quelque chose dans ce marché. Djib cherchait quelque chose dans ce marché depuis le jour où il avait aperçu quatre formes voilées aux quatre coins du marché. Des formes étranges qui semblaient ne pas se connaître mais qui étaient identiques. Cela l'avait intrigué. Qui étaient ces quatre formes voilées dans ce marché ? Qui étaient ces quatre formes voilées qu'il avait aperçues aux quatre coins de ce marché ? Il s'était levé la première fois qu'il les avait aperçues. Mais dans la foule, il avait perdu leurs traces. Ces quatre formes voilées n'étaient pas venues dans le marché. Elles y avaient fait une apparition. Quand le marché avait fermé, Djib s'était levé et s'en était allé avec la pute et la jeune femme de teint clair, qui avait du chien sa beauté. Il était remonté vers la place de l'Indépendance avec les deux jeunes femmes, une à chaque bras. Il avait l'allure d'un seigneur. Il ne disait pas qu'il était un seigneur à tout bout de champ. Il ne parlait jamais de lui. Djib était un seigneur et il se comportait, marchait, vivait, entretenait des relations avec les autres, en seigneur. Avec les deux jeunes femmes, il avait traversé la place de l'Indépendance et avait pris l'avenue Roume, une avenue coloniale, malgré ses tentatives d'indépendance. C'était une avenue calme surtout en ce début du mois de novembre où il faisait un peu frais, par cette fin d'après-midi où le soleil avait commencé à fausser compagnie à la ville, pour aller se compromettre avec l'océan. Djib, les deux jeunes femmes accrochées aux bras, avait ensuite pris la rue Félix-Faure et s'était dirigé chez Drianké. À cette heure de l'après-midi, la masse d'ombre n'était pas encore arrivée. La masse d'ombre n'arrivait que la nuit. La masse d'ombre arrivait quand les ombres du jour et du soir s'étaient dissipées. Djib s'était installé à la devanture de la maisonnette de Drianké, ayant embrassé celle-ci avec affection, comme d'habitude. Drianké était heureuse. Ce grand jeune homme, le cinéaste Djib, était une lumière dans sa vie. C'était la seule personne dont elle était sûre qu'elle l'aimait pour elle-même et sincèrement. C'était rare d'être aimé tout simplement pour soi même. Aussitôt, on lui servait à boire, ainsi qu'aux deux jeunes femmes qui l'accompagnaient. Djib parlait avec Drianké, demandait des nouvelles sur sa santé, sur ses affaires. Drianké aimait fredonner le blues quand Djib était là. Mais ce blues était différent du blues qu'elle sifflait quand la lueur étrange s'allumait dans ses yeux. Et en souriant, Djib la taquinait en lui disant qu'elle avait un nouveau répertoire ! Elle sortait sa pipe et tirait quelques bouffées. Drianké était épanouie quand Djib était là.

La fin de l'après-midi s'étirait avec ces petits bonheurs de la vie. La plupart des gens qui venaient chez Drianké connaissaient Djib et l'appréciaient beaucoup. Djib était célèbre aussi. Les films qu'il avait déjà réalisés étaient des classiques du cinéma. Les gens appréciaient son talent, mais aussi sa grâce, son élégance et sa douceur. Djib ne criait jamais. Il parlait toujours avec douceur. Djib était vraiment divin. Alors qu'il y avait des gens comme les nouveaux prophètes, les faux gourous et les faux Moqadems, en mal de convictions, qui criaient sur les autres. Ils criaient sur les petites gens. Ils criaient sur leurs gardiens, sur leurs employés, sur leurs enfants. Ils se défoulaient sur les petites gens qui ne leur avaient rien fait. Ils criaient parce qu'ils n'arrivaient pas à la hauteur de ceux qui se battaient pour s'en sortir. Ils n'arrivaient pas à la hauteur de ceux qui se levaient tôt le matin pour affronter l'existence, pour mériter leurs vies. Ils criaient sur les petites gens qui trimaient juste pour s'en sortir. Insatisfaits de leurs vies où ils passaient leur temps à jouer aux grands seigneurs qu'ils n'étaient pas, qu'ils ne pouvaient pas être, ils criaient sur les petites gens et sur tout le monde. Et ni les petites gens, ni leurs enfants, ni personne, ne les respectaient. Ils parlaient derrière eux et doutaient d'eux, de leur foi, de leurs convictions. Ces faux Moqadems et faux gourous qui se prenaient pour des seigneurs se voilaient la face, et comme ils avaient du mal à convaincre, car eux-mêmes n'étaient pas convaincus, ils criaient sur les autres.

Dès qu'il avait commencé à faire nuit, Djib s'était levé et était allé s'installer dans l'espace réservé à la masse d'ombre qui n'était pas encore arrivée.

« Mais Djib, la masse d'ombre n'est pas encore arrivée, reste un peu avec moi », lui disait Drianké. Mais elle savait que quand Djib se levait, ce n'était pas pour se rasseoir. La pute et la jeune femme de teint clair aux cheveux courts, l'avaient suivi. Ils étaient restés là à fumer des herbes aphrodisiaques, en buvant du rosé. La nuit était complètement tombée et la masse d'ombre était arrivée lourdement en traînant ses pieds enfoncés dans des chaussettes. Il faisait très noir, cette nuit là. Il faisait tellement noir qu'on s'imaginait qu'il n'y aurait aucune lumière capable d'illuminer cette nuit. Et pourtant, plus tard, une boule d'une clarté violente avait aspergé la nuit et avait accentué son mystère car cette clarté semblait surnaturelle. La masse d'ombre s'était installée comme d'habitude sur une des grandes tables. Elle avait commencé à fumer les herbes aphrodisiaques avec les deux jeunes femmes et Djib. Ils buvaient du rosé et ne parlaient pas beaucoup. Cette nuit avait quelque chose de mystérieux. Djib avait poussé la pute vers la masse d'ombre. La pute avait obéi et s'était collée contre la masse d'ombre. Ils étaient restés là à fumer quand Djib avait demandé à la jeune femme de teint clair d'en faire autant, mais celle-ci avait refusé. Djib lui avait dit doucement d'obéir et la jeune femme avait crié :

« Non, il n'en est pas question. »

Drianké avait interpellé Djib.

« Djib, qu'est-ce qu'il y a ?

Je n'aime pas entendre du bruit ici, tu sais. »

—Non ce n'est rien. »

Djib avait attrapé la jeune femme de teint clair et l'avait attirée vers lui.

« Offre-lui un peu de plaisir, s'il te plaît. C'était cela que je voulais te demander l'autre jour. C'est mon ami et il m'a dit qu'il avait du mal à jouir. Et ceci, depuis longtemps. Je crois qu'il est bloqué. Il m'a supplié de lui trouver des filles. Pourquoi les autres jouissent et pas lui ? C'est injuste. Tout le monde a droit au plaisir. Ces plaisirs furtifs qu'on vole à la vie. Cette vie absurde où certains sont broyés sans pitié. La vie se moque de nous. La vie sait que la mort nous attend quelque part, et elle rit aux éclats. Laisse-toi tripoter. Laisse-le se masturber sur toi. Fais le jouir juste un peu s'il te plaît. »

La jeune femme obéit. Ce fut quand elle s'était trouvée tout près du souffle de la masse d'ombre et que celle-ci voulut l'attraper pour l'embrasser qu'elle avait découvert avec horreur que la masse d'ombre était un lépreux. Ses mains n'étaient que des moignons. La jeune femme voulait s'enfuir. Elle était au bord du coma tant elle était dégoûtée. La masse d'ombre l'avait coincée et l'avait maîtrisée, et s'était masturbée contre elle jusqu'à la jouissance. Une jouissance étouffée. La jeune femme se débattait de toutes ses forces.

Soudain un cri avait déchiré l'air.

« Que se passe-t-il ? » s'était écriée Drianké.

Le cri s'était évanoui et un silence terrible s'était fait. Chacun attendait qu'un autre cri vînt briser ce silence. Rien ne se passa. Il y avait du remous dans l'espace. Djib avait sauté de l'une des grandes tables sur laquelle il était assis. La masse d'ombre jurait :

« Salope !

—Ce n'est pas possible, ce n'est pas possible, ce n'est pas possible », disait la jeune femme, en reculant.

Djib s'était approché de la jeune femme et l'avait prise dans ses bras.

« Qu'est-ce que tu racontes ?

—C'est lui !

—Lui qui ? »

—Je le reconnais, je suis sûre que c'est lui.

Je l'ai reconnu par la cicatrice qu'il a sur son gros ventre quand il voulait me serrer contre lui et que je me débattais. J'ai touché son ventre et la longue cicatrice était là.

Et son odeur. Il a une odeur spéciale. »

La jeune femme de teint clair aux cheveux courts s'était enfuie à travers les couloirs, les cours et les courettes et l'écho de son cri revenait plus amplifié. Un des clients de Drianké s'était levé et s'était mis à parler à haute voix.

« Quelqu'un veut-il commettre un meurtre ici dans cette rue ?

Nous ne pouvons pas laisser faire.

Cette rue, c'est la rue du rêve et non du désespoir.

Tout le monde ici rêve.

Et puis, il y a l'espérance doublée de patience.

Il y a Dieu. Nous, nous vivons avec Dieu. »

Cet incident avait eu lieu quelques jours avant la découverte du corps découpé en morceaux du grand lépreux, avec ses petites parties sexuelles enfoncées dans la bouche. Les petites parties sexuelles de ce grand lépreux montraient qu'il n'avait pas joui d'une grande virilité et son pénis était tout petit. Peut-être que c'était la maladie qui le lui avait rongé. Non ! En général, les personnes de grande taille et qui utilisaient cette grande taille pour se faire valoir, parce qu'elles n'avaient pas autre chose à faire valoir, avaient toujours de petits pénis, dirait en riant un apprenti philosophe.

C'était le jour de cette altercation avec la jeune femme de teint clair et aux cheveux courts, que le tapuscrit contenu dans une chemise jaune était tombé dans l'espace réservé à la masse d'ombre. C'était au mois de novembre.

5

Muñ était enfermée dans les toilettes et venait de commencer la lecture du tapuscrit, ce même jour où elle l'avait trouvé, ramassé et gardé. Elle était entrée dans les toilettes avec un gant, un savon et une serviette de couleur jaune. C'était la seule serviette qu'elle possédait, et elle la lavait tous les jours. C'était Drianké qui la lui avait offerte quand elle sut qu'elle n'en avait pas. Muñ était arrivée chez Drianké, les mains vides, mais le cœur bouillonnant. Depuis qu'elle était là, Muñ ne touchait pas à son salaire. Elle avait demandé à Drianké de le lui garder. Les quelques achats qu'elle faisait, étaient si rares que Drianké ne les comptabilisait plus. Une petite robe, un savon, un slip. Muñ, décidément, n'était pas une jeune fille de son époque pour Drianké et pour tous les autres. Muñ, elle, ce qui l'intéressait désormais, c'était le tapuscrit. Le tapuscrit soigneusement posé au-dessus de la chasse d'eau qui surplombait une chaise turque, dans des toilettes où on pouvait aussi prendre une douche !

Ce jour de cet après-midi de ce mois de novembre où Muñ s'était emparé de son gant, de sa serviette, de son savon et avait enjambé le seuil des toilettes, allait marquer la rue Félix-Faure. Dès qu'elle avait fermé la porte des toilettes, elle avait grimpé le long du tuyau et avait attrapé le tapuscrit contenu dans une chemise de couleur jaune. Elle avait pris le tapuscrit avec soin et avait glissé tout doucement du tuyau pour descendre. Muñ était déjà dans un état second. Elle avait fermé les yeux et avait serré le tapuscrit très fort dans ses bras. Elle avait cherché où s'asseoir, mais il n'y avait rien pour s'asseoir. Elle était restée debout, et avait posé ses affaires dans un coin. Les yeux brillants, excitée par le titre du tapuscrit, elle l'avait ouvert avec fébrilité à la première page. Le tapuscrit se présentait sous la forme d'une lettre. Muñ avait commencé à lire l'histoire que les yeux du grand lépreux découpé en gros morceaux, les petites parties sexuelles enfoncées dans la bouche, allaient raconter, un matin de ce mois de novembre, sur un trottoir de la rue Félix-Faure.

C'est aujourd'hui 29 novembre, que je t'écris cette lettre.

Je t'ai rencontré un jour, un jour du mois d'août. Ce jour-là était le jour du dixième anniversaire de la mort de mon mari. La cérémonie avait lieu dans la maison où nous vivions ma fille et moi. C'était une très grande maison. Elle comprenait plusieurs pièces et il y faisait bon vivre. Tu étais arrivé avec un de tes neveux dont tu avais fait un ami, à défaut de pouvoir en avoir. Ton neveu, je ne pouvais pas dire que je le connaissais très bien, mais je le connaissais. Pourtant depuis tant d'années, il me fréquentait et j'avais eu à échanger avec lui des propos sur des choses de la vie, d'une façon superficielle.

Je t'écris cette lettre pour te rafraîchir la mémoire et la conscience si tu en as. Toi-même tu as eu à me dire que tu avais des problèmes de mémoire, suite à des problèmes affectifs. Heureusement pour toi, car tu réaliserais à quel point tu commettais des impairs et à quel point tu te ridiculisais devant les autres. Malheureusement aussi, car tu ne te rends pas compte de tout le mal que tu fais aux gens. Tu passes dans cette vie comme un fantôme, car tu dis que tu as des problèmes de mémoire. Tu passes dans cette vie en faisant abstraction de tout, pourtant, étrangement, tu ne faisais jamais abstraction de toi.

Donc, en ce jour d'août, vers la mi-août de cette période de l'année où il faisait bon vivre dans ce pays, et surtout dans cette ville située dans une vallée fertile, il y avait cette cérémonie. Il y avait beaucoup de parents et alliés, beaucoup de curieux, des gens qui ne savaient pas quoi faire ce jour-là, des gens sans programme, comme toi. Il y avait aussi des gens qui faisaient le tour des cérémonies pour manger. Les prières étaient dites par des personnes désignées pour la circonstance. Ces personnes, à force d'être désignées pour la circonstance, en avaient fait une profession. Et quelle profession ! Dès le matin, elles étaient là, avec leurs groupes de prière respectifs, bien organisés. Leur accoutrement était de circonstance. Des tenues spéciales de prière, qui se devaient sobres, en principe, mais là, ce n'était pas le cas. C'était plutôt dans des tenues grandioses, les têtes enrubannées, les babouches aux pieds, les boubous longs, et partout des rosaires, avec de gros livres, que ces professionnels de la prière se présentaient. À les voir, cela devait forcer le respect, hélas ! Ces professionnels de la prière, dans les cérémonies, en avaient fait une affaire florissante. Ils parlaient de leur dieu comme s'il s'agissait d'un méchant, qui faisait tout payer. Un dieu qui avait un enfer terrible. Ces professionnels de la prière faisaient verser des larmes aux gens. Ces professionnels faisaient frémir le cœur des gens. Et après leur prêche, les gens, affolés, remettaient tout ce qu'ils possédaient à ces professionnels de la prière. Ils avaient trouvé une manière de mieux faire donner tout ce qu'ils possédaient à ces gens. Dès que quelqu'un remettait une somme, il fallait dire le montant à haute voix dans un micro. Et le suivant était obligé d'en faire autant, sinon plus. Les gens s'endettaient, mentaient, volaient, trichaient, pour leur remettre de l'argent. Alors que chez eux, les enfants n'avaient pas bien mangé. Alors que chez eux, des personnes étaient malades. Et quand leurs malades mourraient faute de soins, les professionnels de la prière arrivaient pour faire des sermons et des prêches et soutiraient tout ce que ces gens avaient ou ce qui leur restait. Et ces spécialistes des prières qui dépossédaient les uns et les autres, surtout les pauvres qui voulaient aussi faire comme les riches, se construisaient de belles villas, roulaient dans des voitures avec chauffeur, épousaient plusieurs femmes, même parfois celles des autres qui divorçaient pour rejoindre ces proches d'un dieu qu'ils avaient créé de toutes pièces. Et de plus en plus de jeunes gens choisissaient ce métier de professionnels de la prière.

J'habitais avec notre petite fille unique dans la grande maison de mon mari depuis la mort de ce dernier. J'étais d'origine étrangère mais je l'avais oublié depuis très longtemps. J'étais dans une famille et une ville qui m'avaient acceptée et aimée. C'était ce que je croyais. Plus tard, je me rendis compte que la ville m'avait acceptée mais pas tous les gens, surtout une certaine belle-sœur que la jalousie et la méchanceté rongeaient comme un cancer. Enfin, c'était une autre histoire. Finalement dans cette vie, il n'y avait que des histoires qu'il faudrait toutes raconter. Les professionnels de la prière parlaient de leur dieu et tenaient à remercier les gens, dont certainement le chef de famille désigné, qui avait pu préserver depuis la disparition du défunt, tous ses biens avec autant de dévouement. Les professionnels de la prière disaient que, quand ils passaient devant la maison du défunt, ils pensaient qu'elle était vendue ou louée, mais n'auraient jamais pensé que des gens y vivaient et qu'elle était si bien entretenue. Les prières faites pour la personne qui s'en occupait ne lui furent jamais communiquées, car elle ne comprenait pas leur langue. Les prières furent récupérées par les autres. Je m'ennuyais un peu et voulais me retirer, quand on me dit que quelqu'un voulait me voir. J'avais renoncé à mon projet de m'en aller et étais allée voir la personne en question. Cette personne, c'était ton neveu, un de ces égarés dans une vie qui n'était plus la leur. Une personne sympathique qui avait des idées géniales de projets de vie, mais qui n'avait jamais pu vivre comme elle le souhaitait. Elle était tiraillée entre le désir de faire comme tout le monde et l'envie tout simplement d'être elle-même, mais le désir de paraître, de faire comme tout le monde l'avait emporté et elle avait succombé. Sa vie n'était qu'une longue complainte. Malgré tout cela, elle était assez sympathique. Je t'avais rencontré ce jour-là. Tu étais assis et tu semblais grand et tu donnais l'impression d'être un homme bien. Bien ! Que de crimes avaient été commis au nom de cette impression et de ce mot ! Que de souffrances avaient été infligées à cause de ce mot ! On disait toujours que ce mot menait au paradis, mais on oubliait de dire qu'il menait en enfer aussi, l'enfer le plus chaud, qu'aucun livre n'avait encore décrit ! Je m'étais toujours demandé comment pouvait-on croire que Dieu qui était si clément, si miséricordieux pouvait créer tant d'enfers aussi horribles les uns que les autres pour punir les gens ? Dieu ne pouvait pas faire consumer ceux qu'il avait créés à son Image. C'était insensé. L'enfer, c'était en nous, c'était nous, dirait un apprenti philosophe. L'enfer, c'étaient les autres, aurait paraphrasé un autre apprenti philosophe.

J'avais discuté avec toi de déstructuration de société, de la faute des uns des uns et des autres. Tu semblais intéressé par mes propos et je te remis un livre de réhabilitation, un livre fictif que tu bus comme du petit-lait en une nuit. Tu avais été à l'école mais tu n'étais pas un intellectuel au vrai sens du terme, au sens noble du terme. Tu savais lire et écrire, mais tu n'avais pas le sens du discernement d'après les commentaires que tu fis plus tard du livre. Deux ou trois jours après, tu avais commencé à me faire une cour assidue. Tu venais matin, midi et soir, tous les jours, même le dimanche. Pourtant, le dimanche c'était le jour où tu dirigeais une prière. Tu étais arrivé avec un dieu dans la bouche et un chapelet à la main. Tu m'avais parlé d'une voie religieuse que tu dirigeais. Tu m'avais dit que c'était toi qui avais rencontré le guide de *cette voie religieuse et qu'il t'avait désigné* Moqadem *pour tout le pays. Tu avais rencontré des membres de cette voie quelque temps après une cure psychanalytique que tu avais suivie pour des problèmes de complexes de personnalité, avais-je appris plus tard. Au départ, je n'étais pas très séduite par la grande personne de grande taille que tu étais, parce que tu manquais de charisme. Il y avait quelque chose qui émanait de toi, difficile à expliquer, mais quelque chose de malsain. Tu présentais bien mais en même temps, il suffisait de parler un peu avec toi pour découvrir qu'il y avait quelque chose qui n'allait pas. Une espèce de petit niveau intellectuel ou de petit niveau moral. En tout cas, quelque chose qui se sentait, comme un malaise. L'acharnement de la fréquentation m'avait ramené à d'autres sentiments. Le sentiment de se faire désirer par un homme, de se croire aimée. J'étais aussi seule. Je ne cherchais pas vraiment la compagnie d'un homme. Je cherchais sans chercher. Je disais que je cherchais quelqu'un d'évolué. Tu venais sous le couvert de ton dieu et je succombais à ton harcèlement religieux. Tu récitais des versets, des psaumes avec une telle ardeur que je tombais dans le piège. Mon employée de maison, elle aussi séduite par ta voix quand tu récitais des versets, me disait :*

« Voilà un homme bien. Tu devrais lui donner une chambre ici. »

Dès que tu franchissais le seuil de notre maison, l'employée de maison courait chercher tapis de prières, chapelets et eau pour les ablutions. Nous étions emportées, elle et moi. Tu arrivais, grand de taille et je ne voulais pas voir le petit esprit qui sous-tendait cette grande taille et je ne faisais pas attention à ton gros ventre qui contenait tous les vices que je ne découvrirai que plus tard. Tu nous accaparais de tous les côtés. Je faisais tout mon possible pour t'accueillir comme le seigneur que tu voulais être. Avec l'employée de maison, nous avions sorti tous nos talents de cuisinière pour te préparer les meilleurs plats, tous nos petits sous pour t'acheter ce qu'il y avait de meilleur. Un jour, tu étais arrivé grelottant de fièvre et tu avais dit que tu ne te sentais pas bien. Je t'avais recouvert avec une couverture ancienne, une couverture héritée de mes aïeux. Tu étais resté là, dans ce genre de fragilité attendrissante, et j'avais succombé. Quand j'avais repris la couverture héritée des aïeux et m'en étais couverte moi-même comme pour communier avec toi, dans ta fragilité accentuée par une fièvre religieuse manifestée à chaque fois que tu venais me trouver, j'attrapai le virus !

« Que Dieu te bénisse ! » disais-tu.

« Muñ, où es-tu ? » C'était la voix de Drianké.

Muñ grimpa le long du tuyau, rangea le tapuscrit contenu dans une chemise jaune au-dessus de la chasse d'eau, et sortit.

Muñ se présenta devant Drianké, fiévreuse et dit : « Me voici, j'étais dans les toilettes ! »

« Tu as duré dans les toilettes ! » dit Drianké.

Et tous les jours, et parfois plusieurs fois dans la journée dès que Drianké se retirait dans sa chambre, Muñ se ruait vers les toilettes et s'emparait à nouveau du tapuscrit.

« Et j'attrapai le virus sans m'en rendre compte. Tu continuais à venir me voir matin, midi et soir. Tu avais créé l'accoutumance. J'attendais tous les jours ta venue ou ton coup de fil. Quand tu ne venais pas, je t'appelais, souvent, tout le temps, jusqu'à ce que mon téléphone fût coupé car je n'avais pas payé la facture. Tout ce que j'avais passait dans tes plaisirs. La ruine commençait à frapper doucement à mes portes. J'avais pris un téléphone cellulaire et t'appelais uniquement pour entendre ta voix. C'était un jeu, au départ, amusant mais qui devenait de plus en plus dangereux. Tu me montrais que je t'intéressais et que tu souhaitais même une

union avec moi. J'hésitais. La partie semblait belle, mais j'hésitais encore. Comment un homme de si belle allure, de si apparente piété, qui avait une activité professionnelle, venait-il encore de divorcer pour la énième fois ? Comment un homme qui se vantait d'être désiré par les femmes, des plus jeunes aux plus âgées, pouvait-il encore à son âge, rester seul avec des enfants de plusieurs mères différentes ?

« Tu sais, il y a des lycéennes qui viennent à mon travail pour me faire des déclarations d'amour. Tu sais, il y a une femme très riche qui veut que je la marie. Mes sœurs essaient de tout arranger, mais moi, ce que je cherche, c'est une femme vertueuse, une femme apaisée, une femme de Dieu ! Car ce qui m'intéresse, moi, ce n'est pas la richesse, c'est Dieu ! »

À chacune de mes questions, tu trouvais un moyen de contourner mes appréhensions.

« Je n'ai pas encore la chance de trouver ce que je cherche. Moi, je cherche une femme apaisée », disais- tu.

Quant à moi, je te disais que je cherchais un homme bien, mais je cherchais aussi un père pour ma petite fille. Ma petite fille avait besoin de l'image d'un père. Tu venais chez nous, la parole de ton dieu dans la bouche, un chapelet toujours dans la main. Je me disais qu'avec un tel homme, il n'y avait plus de soucis à se faire. Cet homme qui avait un dieu avec lui n'avait besoin pas besoin qu'on lui dise quoi que ce soit. Son dieu lui avait déjà tout dit, ou son dieu allait lui dire tout ce qu'il devait faire. J'étais emportée. Je cherchais Dieu depuis toujours. Je ne remettais pas en cause son existence. Pour moi, Dieu devait exister. J'avais besoin de Lui. Quand tu t'étais ainsi présenté, j'avais pensé que toutes les prières faites étaient exaucées. Ce fut ainsi que, rassurée, je m'étais laissée entraîner dans une aventure incroyable. Je croyais trouver Dieu, je fis la connaissance du diable. Tu m'avais ainsi séduite. J'avais presque le même âge que toi. J'avais cet âge où la femme pouvait douter de sa jeunesse, mais tu avais réussi à me convaincre que ce qui t'intéressait, ce n'était pas l'âge, c'était la personnalité. En parlant ainsi, tu faisais allusion au prophète qui avait épousé une femme qui avait quinze ans de plus que lui. Tu continuais à venir me voir plusieurs fois dans la journée et je m'accrochais de plus en plus à toi. Tu arrivais toujours avec un dieu dans la bouche. Je voulais croire en Dieu, donc j'étais comblée. Tu essayais de me convaincre que pour accéder à ton dieu, il fallait passer par une voie. Tu disais que ton dieu avait délégué à certaines personnes un pouvoir et les autres devaient se brancher à ces personnes, pour accéder à lui. Moi qui croyais que chaque créature était une voie vers Dieu, je commençais à me poser des questions, en remettant mes acquis en jeu. Quand j'essayais de te dire que j'étais née dans une famille où il m'avait toujours été dit que chacun devait trouver Dieu par lui-même, tu me fis comprendre que j'étais sur la voie mais pas sur la meilleure. Il fallait que je m'inscrive sur ta voie et tu m'avais annoncé solennellement que tu en étais le représentant sur toute l'étendue du territoire national, et que tu en étais le Moqadem. Tu me disais que j'étais aimée de ton dieu pour avoir fait ta connaissance. Si tu t'intéressais à moi, c'était que ton dieu m'aimait. Tu allais me mettre sur la voie qui allait me mener directement à ton dieu, mais en passant par toi. Je doutais, mais en même temps le harcèlement était tel que je n'arrivais pas à résister. Je pouvais toujours essayer cette voie. Moi qui avais une vie un peu libérale, je commençais à me couvrir la tête et à surveiller mon habillement sur tes instructions. Tu disais que je ne devais pas laisser entrevoir mon corps. Que ton dieu n'aimait pas cela ! Tu te faisais vraiment passer pour celui qui allait me guider sur le droit chemin. Tu m'apportais des citations des Écritures saintes, me demandais de faire certaines prières. J'étais embarquée dans la voie du salut avec toi, me disais-tu. Tu disais que toutes les femmes qui t'avaient quitté n'avaient pas de chance. Mais moi, j'avais de la chance et je devais remercier ton dieu d'avoir mis un homme comme toi sur mon chemin. Tu n'avais demandé d'appeler les miens pour leur parler de ton désir de m'épouser. Moi qui ne m'attendais plus à ce qu'un homme du même âge que moi, pouvait laisser autant de femmes jeunes, belles et riches, pour m'épouser ! Je ne faisais pas attention quand tu me disais que des lycéennes prenaient rendez-vous avec toi pour te faire des déclarations d'amour. Toi qui avais une fille qui pouvait presque être la mère de ces lycéennes ! Si j'avais été vigilante, je me serais rendue compte que tu avais des problèmes. Car ton discours était différent de ton comportement. Tu te faisais passer pour un saint homme et tu ne parlais que de jeunes filles qui voulaient coucher avec toi, et de femmes riches qui voulaient t'épouser. Je te demandais parfois, pourquoi tu n'épousais pas ces femmes très riches et très belles qui voulaient de toi. Tu disais que toi, tu étais sur la voie de Dieu, sur la voie spirituelle et non sur la voie matérielle. Tu disais que ce que tu voulais, c'était une femme vertueuse. Je me laissais enivrer par tes discours. Petit à petit, tu m'avais fait couper les relations avec les gens que je fréquentais en disant qu'ils n'étaient pas conformes au genre de personnes que je devais fréquenter. Tu me disais que ton dieu te montrait les gens que je devais fréquenter. J'étais emportée et je cédais de plus en plus. Tu avais exprimé ton désir de m'épouser, et que la seule personne à qui tu ne pourrais pas résister, si elle n'acceptait pas, c'était ta mère. Quand tu lui en avais parlé, celle-ci n'avait manifesté aucune réticence. Tu lui avais demandé de faire faire la «vision» pour voir si cette union était bonne et elle t'avait dit que c'était bon. Tu lui avais demandé de faire faire une autre «vision», car tu ne voulais pas t'engager dans une énième union qui allait encore échouer. Ta mère t'avait confirmé que c'était bon. Tu étais allé trouver un ami d'enfance de ton père pour lui parler de moi, de ton désir de m'épouser et pour faire une» vision » aussi. Quand tu étais parti chercher les résultats deux jours plus tard, tu m'avais dit que l'ami de ton père avait été tellement ébloui parce ce qu'il avait vu, qu'il s'était levé la nuit pour faire deux prières de grâces à Dieu ! Tu m'avais dit de demander aux miens de faire aussi une «vision». Tous les jours tu me harcelais jusqu'à ce que je téléphone à un ami de ma famille. Moi, j'avais perdu mes parents depuis longtemps. Deux jours plus tard, je téléphonais à nouveau pour prendre les résultats. Là aussi, tout était merveilleux. Je ne comprenais pas pourquoi ton dieu ne t'avait rien dit à ce sujet. Ainsi, tu avais précipité notre mariage un mois d'octobre. Les premiers jours, c'était du délire. Nous étions faits l'un pour l'autre. Tu semblais réellement attentionné, affectueux, délicat et je quittais tous les soirs mon domicile principal pour aller passer la nuit chez toi, avec toi, mon mari désormais, devant ton dieu dont tu parlais tout le temps. Je ne faisais plus attention à ma petite fille dans cette relation. Elle était réticente, dès le début. Elle ne m'avait rien dit, mais je sentais que cette relation ne la satisfaisait pas. Moi-même, je me rendis assez vite compte que toi, qui prônais la bonté, l'amour, la miséricorde, tu ne prêtais pas beaucoup attention à ma petite fille qui était une orpheline. Je relisais la sourate du Livre sur les pauvres et les orphelins et ne comprenais que ton dieu ne t'ait pas inspiré dans ce sens-là. Cela m'avait paru un peu étrange et je t'en avais même parlé. Tu me disais que tu étudiais ma petite fille pour savoir comment l'aborder, comment établir une relation avec elle. C'était bizarre. Tu m'avais dit cela, mais tu n'avais rien fait pour faire avancer ton étude de ma petite fille. Ma petite fille âgée d'une quatorzaine d'années était abandonnée par une mère qui n'avait d'yeux et d'oreilles que pour le fameux cousin de son *défunt époux, le Moqadem. Un Moqadem, de grande taille, au teint noir, qui aimait faire le séducteur et raconter ses aventures avec de petites lycéennes.*

J'étais une femme qui avait voyagé à travers moi-même et à travers le monde. Je me cherchais et je m'étais cherchée partout. C'était ainsi que j'avais connu beaucoup de choses, fait beaucoup de choses, vu beaucoup de choses. Je n'avais pas eu la vie de toutes les personnes de mon âge, de ma génération, de ma famille, de mes amis. J'avais ma vie. Une vie que j'aimais. Mes amis me considéraient comme une personne spéciale, les gens de ma génération comme une personne à part, ma famille comme une personne anormale. Pourtant j'étais comme tout le monde apparemment. Je parlais, mangeais, dormais, riais, pleurais aussi. J'étais attachée à des valeurs fondamentales comme l'amitié, la justice. La seule chose qu'on pouvait me reprocher et que j'assumais, c'était la passion de la liberté. J'avais une autre idée de la liberté. Pour moi, la liberté, ce n'était pas de faire ce qu'on voulait, mais de voir si tout ce qu'on faisait, on le voulait vraiment, et pour soi-même, sans bien sûr porter préjudice aux autres. De toutes les façons, toutes ces élucubrations ne m'empêchaient pas d'être appréciée par quelques-uns. Finalement, je ne m'en portais pas si mal. Les derniers moments que j'avais passés avec mon mari mourant m'avaient aussi aguerrie. Mon mari était condamné et tous les deux nous nous veillions l'un sur l'autre. L'un veillait une personne qui allait mourir et qui le savait. Et l'autre veillait sur quelqu'un qui devait continuer à vivre et qui le savait. Tous les deux, nous étions en face la mort, mais nous ne parlions que de la vie. Au début, je pleurais, mais de plus en plus la vie et la mort se confondaient, et je ne faisais plus attention ni à l'une ni à l'autre. Parfois, j'avais même l'impression que la mort était comme un voyage et qu'arrivé à destination, il allait m'écrire, ou me ferait signe, ou même pourrait revenir. La mort arriva comme prévu et je me retrouvai à quarante-quatre ans avec une petite fille d'à peine quatre ans et une grande maison à entretenir. Des occupations dans un pays proche m'avaient fait faire des allers et retours pendant deux ans encore, et ce n'était qu'après cela que je m'étais installée avec ma petite fille dans une nouvelle vie. Une nouvelle vie, dans une petite ville coloniale, mais de toutes les colonies. Portugaise, française, afro-brésilienne et les autres colons que je ne connaissais pas, mais qui avaient laissé des traces, dans les beaux yeux bleus de notre voisin d'en face. Cette petite ville, je me rappelle la première fois que j'y étais venue, il y avait plusieurs années de cela, m'avait séduite. Ce qui m'avait d'abord plu, c'était qu'il fallait traverser un pont pour y arriver. Une ville d'eau, entourée par un fleuve calme, serein et la ville, dans ses couleurs ocre et son architecture coloniale, qui me rappelait deux autres villes de mon pays d'origine. Cela avait facilité aussi mon adaptation, car très vite, je m'étais habituée à cette ville. J'y étais venue la première fois dans le cadre professionnel, il y avait quelques années. J'y avais donné rendez-vous au futur homme de ma vie. Nous nous étions entendus sur ce rendez-vous dans cette petite ville, parce qu'il en était originaire. Il y était né, y avait vécu une partie de son enfance jusqu'à la disparition précoce de sa mère. Il y était attaché plus que tout. Ayant fait ses études secondaires et universitaires à l'étranger, cela n'avait fait que renforcer son attachement à cette petite ville par la nostalgie peut-être. La petite ville et le futur homme de ma vie se ressemblaient. Ils avaient la même couleur. C'était ainsi que quand j'étais venue m'installer là, des années après sa mort, tout se bousculait dans ma tête. Tout le vécu avec ce mari trop tôt disparu, hélas ! J'avais aussi l'impression que j'avais perdu non pas un mari mais un être important dans ma vie. Un être qui avait fait de moi, une femme, une épouse et une mère. Donc, quand tu avais commencé à me faire la cour d'une manière assidue, en priant pour mon défunt mari à chaque fois que tu priais, je me disais voilà quelqu'un qui, sûrement, serait un compagnon idéal. Ce qui avait fait que je n'avais pas trop résisté, c'était ton allure. Tu avais une bonne allure, plus qu'une belle allure. Quand je te regardais, je me disais que tu devais être bon, sain d'esprit, généreux et croyant. Surtout croyant. La foi chez quelqu'un traduisait toujours pour moi quelqu'un d'équilibré, quelqu'un d'honnête, quelqu'un de bon. Car Dieu est bon. Même si Dieu n'existe, la notion de Dieu est la bonté. L'idée de Dieu est bonté. Dans ma recherche, plutôt dans ma quête, d'un monde meilleur, par la voie de la spiritualité, dans une démarche sans dogmes, pour arriver à une harmonie des choses et des êtres, tu tombais à pic. Je t'identifiais à quelqu'un qui était profondément attaché à la quête de Dieu et tous les jours, la conversation tournait autour du Créateur. Cette approche me convenait. Et j'étais tombée dans le panneau. J'avais accepté de t'épouser. Dans mon excitation et mon bonheur, j'oubliais ma petite fille. Non pas que je l'aie oubliée physiquement. Nous habitions ensemble, je la voyais tous les jours. J'avais oublié de l'associer à mon projet de vie avec toi, l'homme de grande taille et au gros ventre. J'étais insouciante. C'est cela le drame des sentiments qu'on croit être de l'amour alors que l'amour devrait tout englober. Et toi, le grand homme imbu de son dieu, et non pas de l'idée que je me faisais de Dieu, tu n'avais pas tenu compte de ma petite fille. Tu ne tournais qu'autour de toi-même et le reste t'importait peu. Tu m'avais ensorcelée. Ma petite fille, le seul enfant que j'avais, comment avais-je pu envisager une vie où elle n'était pas associée ? Tu m'avais séduite mais, tu n'avais pas séduit ma fille. Elle ne t'intéressait pas encore. Tout ce que tu voulais, c'était me posséder sans ma petite fille. Elle vécut cette situation dans une grande douleur secrète.

L'arrivée d'une petite amie venant d'ailleurs l'occupa un certain temps, mais une mère était irremplaçable surtout à l'âge qu'elle avait, entre treize et quatorze ans. Ma petite fille souffrait et moi je ne m'en rendais pas compte. Tu m'avais envahie de toutes parts. Dès que tu arrivais chez nous, je n'avais d'yeux, d'oreilles que pour toi. Et ma petite fille souffrait en silence. Les jours passaient. J'étais toujours emportée dans ton tourbillon, et je voulais te faire confiance. J'étais en plein délire. Et ma petite fille souffrait de plus en plus. Ma petite jeune fille ne me faisait pas de remarque. Elle ne me disait rien, mais elle me parlait. Elle voulait me dire qu'il fallait peut-être faire attention à toi, l'homme de grande taille, au gros ventre. Elle me disait que peut-être qu'il fallait moins s'abandonner. Ma petite fille n'avait plus accès à moi. Alors que toute sa vie, elle n'avait vécu qu'avec moi, et maintenant, encore plus, depuis la mort de son père. Ma petite fille ne connaissait que moi. Tous les sentiments qu'elle pouvait éprouver pour un père et une mère, elle les avait déversés entièrement sur moi. L'arrivée d'une petite camarade venue d'ailleurs sembla la distraire. Mais au fur et à mesure, un autre sentiment s'était installé. Ma petite fille voyait en la camarade venue d'ailleurs un modèle, puisqu'il n'y avait plus le modèle de sa mère. Et l'homme au gros ventre qui avait envahi la vie de sa mère ne lui avait pas fait vivre la notion du père. Les manières de s'habiller, de se comporter de la camarade venue d'ailleurs, l'attiraient et surtout sa liberté de sortir, de parler avec les garçons, une attitude différente de celle qui était la base de sa culture et de celle du milieu où nous vivions l'avaient séduite. J'avais abandonné ma petite fille parce que je n'avais d'yeux que pour toi, l'homme au gros ventre. Ma petite fille suivait la camarade venue d'ailleurs comme une ombre et voulait singer tout ce qu'elle faisait et disait.

Comment avais-je pu être autant aveuglée ?

Tu avais ainsi précipité notre mariage en ce mois d'octobre, avant la période du carême. Je n'avais pas voulu tout de suite me marier avec toi, parce que tout semblait trop précipité et une voix intérieure voulait me faire signe, mais j'étais déjà foudroyée. Toi qui défendais les vertus de la chasteté conformément à la voie dont tu étais le Moqadem, tu avais même voulu avant le mariage, faire l'amour avec moi. Je n'avais pas voulu parce que j'avais peur. Cela faisait longtemps que je n'avais pas eu de rapports sexuels avec quelqu'un et puis qu'allais-tu penser de moi, si je faisais l'amour avec toi avant le mariage ? Tu étais si convaincu de tes croyances que dans tous les discours que tu me tenais, tu disais toujours que devant Dieu il ne fallait faire que des choses licites et faire l'amour avant l'union sacrée devant Dieu, était un acte illicite. Je ne te comprenais pas très bien, car souvent tu me révélais que tu avais des petites amies avec qui tu faisais l'amour. Aussitôt, tu te reprenais et tu me disais que c'était fini et que tu avais juré devant Dieu que tu ne voulais plus avoir ce genre de comportements illicites. S'il le fallait, ton sexe n'avait qu'à se tenir tranquille car toi, tu ne voulais plus commettre d'actes illicites. Et en t'écoutant, je me disais : Voilà l'homme qui allait me mener directement à Dieu. Les gens de la petite ville qui pouvaient encore me parler venaient me trouver pour me dire qu'il fallait que je fasse attention à toi. Les gens disaient que tu étais instable, lunatique et tu ne gardais pas les femmes. Les gens me disaient que si tu étais aussi bien que tu voulais en donner l'air, je ne t'aurais pas rencontré et connu seul. Pourtant, tu avais une situation professionnelle. Tu présentais bien, tu étais grand, tu avais de l'allure, mais dans tes yeux brillait un éclair étrange. Je ne voulais pas écouter ce que me disaient les gens, je ne voulais pas entendre les avertissements des gens. Pour moi, c'était ton dieu qui t'avait envoyé. C'était ce que tu avais fini par me mettre dans la tête. J'étais vraiment aimée de ton dieu, me disais-tu à chaque fois, et je finissais par y croire et je remerciais ton dieu dans toutes mes prières.

« Tu seras la femme la plus heureuse du monde ! » me disais-tu. Je me demandais ce que j'avais pu faire pour mériter cela. Quand tu me le disais, à chaque fois, tu avais un regard profond, lointain. J'étais aux anges. Pendant ce temps, ma petite fille suivait la camarade venue d'ailleurs dans des voies incroyables. Je ne me rendais compte de rien. Les jours passaient. Maintenant, je passais les nuits chez toi, le grand homme au gros ventre. Des nuits d'amour et de divin, et tu disais que l'amour aussi faisait partie du divin, que la jouissance c'était aussi Dieu. Je me disais que voilà l'homme idéal. Je commençais à découvrir de petites failles, mais je ne voulais pas y faire attention. Ces petites failles risquaient de m'enlever mon illusion de bonheur. Non, non, de toutes les façons, nul n'était parfait, donc je ne voulais pas m'attarder sur des petits détails. La première faille que je découvris était que tu ne te levais pas tôt pour faire la prière. Au début, tu le faisais, mais après deux ou trois fois, c'était fini. Toi qui avais ton dieu dans ta bouche, tu faisais la prière de l'aube à midi. Je voulais comprendre, en me disant que tu étais un homme déjà agréé de son dieu peut-être. De plus en plus, d'autres détails avaient commencé à me faire déchanter, et je ne voulais toujours pas m'y attarder. Seulement, les petits détails prenaient des proportions de plus en plus énormes. Pourtant, ton dieu était présent dans tout ce que tu disais et faisais. Mais les contradictions avaient commencé à jaillir. Je découvrais que tu parlais des gens qui avaient les moyens, des gens qui avaient réussi, comme des gens qui avaient échappé à la miséricorde divine. Tu disais que ces gens avaient tout sur la terre, mais n'avaient rien auprès de ton dieu. Je te disais : « Pourquoi pas ? » On pouvait être riche et être proche de Dieu. Je découvrais que tu étais un jaloux et un envieux. Tu étais

jaloux des gens dont tu parlais, surtout des gens qui étaient aisés. Tu leur inventais des histoires incroyables aussi bien dans cette vie que dans l'autre. Tu te consolais avec ton dieu. Je commençais à souffrir un peu de ces découvertes, de ces failles, de ces contradictions. Tu étais grand de taille mais ton esprit semblait devenir de plus en petit, chaque jour. Parfois, tu te rattrapais et traversais une période de grande illumination, et je me disais que je m'étais tout simplement trompée et que dans la vie, nul n'était parfait. Seulement, je ne voulais pas être plus parfaite que toi, car je cherchais chez toi la perfection, ou du moins la voie de la perfection. À partir de là, cela devenait un peu plus difficile. Je commençais moi-même à te remorquer un peu. Pour moi, cela devenait terrible. Tu étais un homme que je voulais admirer, que je voulais contempler, que je voulais servir. Je me rappelais, quand tu venais me harceler chez moi, tu me disais toujours que tu cherchais quelqu'un pour te servir. Naïvement, je te répondais que je voulais te servir. Je te disais que mon ambition était de servir quelqu'un qui servait Dieu. Ce ne fut que plus tard que je compris que nous n'avions pas la même interprétation du mot « servir ». Quand je découvrais les deux notions différentes que nous avions du mot « servir », c'était trop tard et je te dis que je m'étais méprise sur la compréhension du mot. Quand nous en parlions quelquefois, tu voulais toujours me laisser croire que c'était ma compréhension qui était la tienne, alors qu'en réalité, ce n'était pas cela. Ce que tu entendais par te servir, c'était de te remettre tout ce que j'avais. Mon argent, mes biens. De la sorte, j'allais arriver à ton dieu par le chemin le plus rapide. Tu nous avais trouvées dans notre grande maison, et je voyageais beaucoup, et tu te disais que j'allais faire l'affaire car je devais avoir les moyens. Ce que tu entendais par te servir pour atteindre ton dieu, c'était que je devais me dépouiller, me ruiner pour toi. Une autre faille que je découvrais chez toi fut ta mauvaise foi. Tu disais une chose, mais tu pouvais la retirer après. Dès que je décelai cela chez toi, je fus désemparée. Maintenant que j'étais si engagée, maintenant que j'étais allée si loin, croyant aller vers Dieu, je ne savais que faire. J'étais si déçue et j'étais si effrayée quand je m'étais rendu compte que j'allais vers le diable ! Mais le diable que je croyais était un petit diablotin, par rapport à tes autres facettes que j'allais découvrir. Je voulais malgré tout cela résister et essayer par la prière, la discussion, de te recentrer sur la voie de Dieu, mais de plus en plus, je découvrais tes faces cachées. Quand tu me parlais des femmes que tu avais connues, et à la manière dont tu décrivais vos relations, je me rendais à l'évidence que, grand sois-tu par la taille, tu étais un petit, et tu n'étais pas celui qu'il me fallait. Tout d'abord, je n'ai jamais apprécié un homme qui dit du mal de femmes qu'il avait connues. Tu disais tant de mal de la première femme avec qui tu avais vécu et avec qui tu as eu ton premier enfant, une fille âgée, à notre rencontre, d'une trentaine d'années ! Tu avais connu cette femme bien avant de terminer le cycle secondaire et tu voulais continuer tes études à l'université. Quand tu étais parti pour tes études supérieures, la femme, qui était déjà enceinte, avait accouché d'une fille un mois après, presque jour pour jour ! La femme aussi devait poursuivre ses études et avait l'ambition d'études supérieures. Peut-être croyait-elle qu'avec cette fille, cela ne ferait que renforcer votre relation qui durait depuis plusieurs années. Relation que ta famille, tes amis, même tes ennemis, avait cautionnée. Personne ne pouvait s'imaginer que ce n'était pas la femme que tu allais épouser. Dès que tu avais posé pied à l'étranger pour tes études, tu t'étais entiché d'une autre femme. Cette femme que tu avais rencontrée et qui n'était pas si belle que cela, toi qui parlais de beauté à tout bout de champ, suivait les mêmes études que toi et elle était assez aisée du côté de ses parents, donc de ce côté-là, tu étais tranquille. C'était facile de t'enticher d'elle. Quand celle qui venait d'avoir sa fille était allée te rejoindre plus tard, elle t'avait trouvé dans ta chambre d'étudiant en compagnie de l'autre. C'était ainsi que tu avais mis fin à votre relation, en la laissant dormir dans ta chambre sur ton lit cette première nuit, pendant que toi, tu avais dormi par terre, sur le tapis. Le lendemain matin, tu t'étais débarrassé d'elle en allant la confier à des amis pour l'éloigner de toi, et pour qu'elle aille s'inscrire dans une autre ville. Ainsi la femme qui t'avait fait ton premier enfant, une fille, était repartie le lendemain, avec sa valise, au départ lourde d'espoirs, de promesses et maintenant lourde de grande déception et de grande amertume. Ce premier fait que tu m'avais raconté toi-même, sans regret, sans remords, m'avait fait encore plus douter de ta droiture. Tu me racontais tout cela en riant d'elle, en te moquant d'elle. Tu n'arrêtais pas de me dire que tu ne pouvais pas vivre avec elle, car elle était une eau dormante et tu le disais avec tant de moquerie ! Depuis quand avais-tu découvert cela ? Cette femme, j'imaginais sa souffrance, sa déception, pour elle-même, pour sa famille, pour sa communauté car tous les deux vous apparteniez à la même communauté. Toute la communauté était déçue. Tu fus même menacé de rupture avec ta mère, et cela ne t'avait pas ébranlé. Tu étais déjà dans une autre race, une autre communauté. Je découvrais peu à peu que tu étais un aventurier avec toutes les histoires que tu me racontais. Tout ce qui t'intéressait, c'était de nouvelles aventures dans un but intéressé. Tu ne cherchais que là où tu pouvais trouver un intérêt matériel. Tu te dévoilais comme un aventurier, doublé d'un vicieux. Tu parlais de la femme à la valise presque en jubilant.

« Je lui ai dit de chercher quelqu'un d'autre. Je lui ai dit qu'elle était jeune, qu'elle pouvait même trouver mieux que moi ! Je prie pour qu'elle trouve quelqu'un de mieux que moi s'il le faut. Elle

a eu des aventures. Il paraît même qu'elle est sortie avec un gars du Nord. Il paraît aussi qu'elle attendait même un enfant, mais elle avait avorté. Peut-être espérait-elle encore que cela pourrait marcher un jour, entre nous. Tu sais, il y a deux ans quand je me suis séparée de mon énième femme, elle m'a fait appeler. Quand je suis allée dans son bureau, elle m'a proposé que nous reprenions à nouveau. J'ai ri, et je lui ai dit que je n'étais plus celui qu'elle avait connu. Que c'était impossible ! »

Et je te regardais, allongé sur ton lit, riant, satisfait de toi.

« Et puis tu sais, elle et sa mère passent leur temps à me faire du mal. Elles consultent tous les charlatans pour me créer des problèmes. C'est par un de mes gardiens que j'ai appris tout cela. »

Tu disais du mal de la mère de ton enfant avec tant de rage !

« Ô Dieu, me disais-je, sur qui suis-je tombée ? »

Et tous les jours, je m'enlisais de plus en plus. Je faisais tout pour te satisfaire. Je faisais tout pour te servir, parce que je cherchais toujours Dieu et tu étais un marchand d'un autre dieu.

Tu avais fini donc par épouser la jeune femme d'une autre communauté, pour te complaire dans la facilité, et tu t'en étais allé vivre avec elle bien des années après, dans son pays d'origine. À cette époque la femme n'était pas de la même obédience religieuse que toi. Tu t'en étais accommodée avec la promesse qu'elle allait embrasser ta religion, un jour. Mais ce qui t'avait attiré, c'était l'intérêt matériel. La femme appartenait à une famille qui avait les moyens. Le mariage s'était fait dans les deux religions et avait eu lieu, peu de temps après que tu avais fait la connaissance des personnes qui allaient te mettre sur une voie religieuse. Toi qui t'étais fait psychanalyser pour trouver un certain équilibre, tu pensais qu'à travers cette voie, tu allais trouver le bonheur absolu, surtout par l'argent, qui était la seule chose qui t'intéressait, avec le sexe. »

« Muñ, où es-tu ?

Tu es encore dans les toilettes ?

Qui peut me dire ce que tu fais dans les toilettes ? »

C'était Drianké qui appelait Muñ.

Muñ sortait et se présentait devant Drianké, qui la dévisageait d'une manière excédée. Et dès que c'était à nouveau possible, Muñ se ruait à nouveau vers le tapuscrit.

« Tu cherches toujours et tu cherches dans le désordre, car jusqu'à l'époque où je t'ai rencontré et jusqu'à aujourd'hui, ta foi est chancelante. Tu vacilles toujours. Mais si c'est cela la foi, alors je ne comprends plus rien. De toutes les façons, je continuais à chercher Dieu pour percer le mystère du dérèglement. Chaque chose avait été créée avec son contraire. Sans son contraire, la chose n'existait pas, ne pouvait pas exister.

Mais que fallait-il faire ?

S'abandonner dans le dérèglement et se dérégler soi-même ?

Mais alors, pourquoi la morale ?

Pourquoi recommander de faire du bien et ne pas faire le mal ? Devais-je comprendre que j'étais dans le mal déjà, et qu'il me fallait arriver à ne faire que le bien ?

Mais qui m'avait créée ?

C'était Dieu !

Pourquoi m'avait-il créée ainsi ?

Pour que je passe ma vie dans cette bataille intérieure entre le bien et le mal, en plus des incertitudes ! Passer son temps à se battre contre soi-même, au lieu de passer son temps, comme les anges, à adorer Dieu, à le glorifier avec un violon !

Dieu seul sait qui va en enfer ou qui va au paradis. Il interdit même qu'on dise que quelqu'un est bien ou que quelqu'un est mauvais. Dieu a dit que Lui seul sait. Mais alors, pourquoi encore la morale ?

J'avais toujours eu peur que ce dérèglement menât à la non croyance en Dieu. Peut-être, c'était ce que Dieu cherchait aussi ? Lui, Il n'avait pas besoin de ses créatures. Il était puissant, omnipotent, Il s'était créé lui-même, et il suffisait qu'il dise « kun » pour qu'une chose soit programmée et il suffisait qu'il dise « fa yakun » pour que la chose soit, définitivement.

Entre kun *et* fa yakun, *l'être humain avait la possibilité de changer la face du monde. Mais très peu d'êtres humains saisissaient ce moment, entre* kun *et* fa yakun. *À cette étape, c'était l'esprit qui était en action. La conscience était dépassée.*

Moi, tout cela ne me dérangeait pas. Je voulais seulement être convaincue que j'étais la manifestation de Dieu et que rien ne m'arriverait, que je fasse bien ou mal ! Je voulais être l'expression de sa volonté. Ce ne sera que bien plus tard, que je compris que sa volonté pouvait être la mienne ! »

« Muñ ! Muñ ! Où es-tu ?

Dans les toilettes ?

Que fais-tu encore dans les toilettes ? »

C'était Drianké qui appelait Muñ.

Muñ sortit précipitamment des toilettes, excédée. Ces temps-ci, elle n'avait même pas le temps de lire beaucoup de pages. Drianké l'obligeait à sortir des toilettes, mais elle prenait le temps de ranger soigneusement le tapuscrit contenu dans une chemise jaune au-dessus de la chasse d'eau.

« Ah, j'aimerais savoir ce que tu fais dans les toilettes, Muñ ! Tu mets des heures pour te laver ! As-tu la diarrhée, ou alors c'est la constipation ? Je ne sais même plus que dire !

C'est incroyable ! »

Quand Drianké parlait ainsi, Muñ ne disait rien. Muñ n'habitait plus avec Drianké. Muñ s'était noyée dans le tapuscrit. Et tous les jours, à chaque fois que Drianké finissait de faire la cuisine, avait pris sa douche froide, s'était retirée dans sa chambre en fumant sa pipe, fredonnant, murmurant ou sifflant un blues, Muñ s'envolait vers les toilettes et reprenait le tapuscrit contenu dans une chemise de couleur jaune.

« *Donc, je voulais prendre ma relation avec toi, l'homme de grande taille, au gros ventre comme la volonté de Dieu. En découvrant peu à peu qui tu étais, je m'étais mise au service d'une épreuve que Dieu m'avait envoyée. Et je me disais que Dieu pensait à moi. Il n'éprouvait que ceux qu'il aimait, comme on m'avait toujours appris. Pour m'arranger, je voulais prendre notre relation de cette façon-là. Mais pourquoi Dieu voulait-il m'éprouver ? Parce qu'il me réservait quelque chose de mieux ? Pour arriver à cette preuve, je devais passer par l'épreuve. Ah! La preuve par l'épreuve ! Par neuf ou par trois ? Par un ? Toujours le nombre impair qui était le chiffre de Dieu. Depuis l'unité ! Dans cette espérance, j'avais pris l'épreuve comme une étape et son poids fut moins lourd. Seulement, le temps passait et les failles s'amoncelaient comme des feuilles mortes, et cette fois-ci, on ne pouvait plus les ramasser à la pelle. Il fallait des brouettes, des pelleteuses, des bennes, des wagons, des cargos, des containers. Tu commençais à m'éblouir de moins en moins, car moi je cherchais Dieu et toi, tu m'entraînais dans tes fantasmes et tes dieux. Pour toi, les plus belles années de la vie semblaient être celles passées dans le bien matériel ou dans le sexe, de la manière dont tu parlais de ta vie d'avant, surtout dans ce pays lointain qui n'était pas le tien, où tu avais suivi cette femme que tu avais épousée et qui avait fait les mêmes études que toi. Tu parlais de cette vie comme d'un paradis perdu. Tu parlais de la maison où tu habitais comme celle que tu aurais pu trouver au paradis perdu. Tu parlais des paysages comme l'Éden que tu ne reverras plus, car tu en as été chassé par Dieu. Tu parlais des gens que tu y avais connus comme les meilleurs spécimens de la Création. Tu parlais des voitures que tu avais là-bas comme si toutes les industries automobiles ne pouvaient plus en faire de meilleures. Quand nous étions ensemble je repassais avec toi ton passé ou tes fantasmes ! Tu m'entraînais dans ton passé et dans tes univers. Comment tes enfants étaient nés, la soupe que la femme avait bue, avec tous les détails. Tu étais présent à tous les accouchements. Je passais ainsi mes jours avec toi, l'homme de grande taille, au gros ventre, tourné vers ton passé. De votre divorce tu n'avais pas beaucoup parlé, par contre. Toi qui aimais parler de ton passé, tu ne m'as jamais parlé des raisons de ton divorce. Toi qui aimais parler de tous les détails de ta vie avec cette femme de cet autre pays, tu n'avais parlé que du jour où le divorce fut prononcé et comment, malgré tout ce qui s'était dit dans le tribunal de mal sur toi, tu avais tenu à ce que ton chauffeur déposât ton ex-épouse dans ta propre voiture. Tu disais même que votre avocate commune en était abasourdie. Oui, gentleman jusqu'au bout de tout, pensais-tu de toi même. Mais pourquoi alors ne pas parler des raisons de ton divorce puisque tout semblait être le paradis ? Et tu n'avais pas avoué que tu avais aussi eu un enfant, un fils, avec une autre femme du même pays que ton ex-épouse. Un fils que tu cachais. Et moi, j'étais là à te regarder parler. Tu étais nostalgique et semblais heureux. Tu étais un homme du passé. Tu n'étais que le représentant de la déchéance d'Adam, et tu n'avais pas pu te relever comme Adam, car tu n'avais pas goûté à la grâce de Dieu comme Adam. Et dans ce passé, tu faisais abstraction de tout ce qui te concernait. Tu avais exploité cette femme. Tu avais vécu sur son dos. Tu étais entretenu. En plus de cela, tu la trompais et avais eu un enfant, un garçon, avec une autre femme de la même communauté qu'elle. Tu ne m'en avais jamais parlé. Et pourtant, tu jouais au grand croyant. Tu rendais visite à tous les religieux dont tu entendais parler. Tu t'habillais comme un émir et tu récitais par cœur des versets dont tu ne comprenais pas un seul mot. Tu n'en avais pas les capacités intellectuelles, morales et spirituelles. Tu n'en avais pas les possibilités de compréhension car ton esprit était un esprit vicié, tordu par essence. Tu ne voulais, pas non plus, essayer de te dépasser. Tu te complaisais dans le vice. Tu étais membre d'un club de sorciers avec qui tu expérimentais tous les aspects du vice qu'un homme pouvait exercer sur une créature humaine. Avec les hommes, tu étais mû par la jalousie et l'envie, envers ceux qui travaillaient et réussissaient. Pour les femmes, c'était comment faire pour les posséder et après satisfaction de tes vices, en trouver d'autres. Tant qu'il y aura des femmes avec des moyens matériels ou du vice !*

Je n'avais pas de vie avec toi. Tu ne voyais que les jeunes filles qui te cherchaient et les femmes riches qui voulaient t'épouser. Tu racontais aussi que des couples venaient te trouver à ton travail pour te parler de leur sexualité. Tu racontais l'histoire d'une femme qui mouillait trop et dont le mari n'arrivait pas à jouir, car le vagin de celle-ci ne serrait pas assez. Tu me demandais même si je connaissais un remède à cela. J'ouvrais de grands yeux, ébahie.

« Mais à quel titre vient-on te voir ? t'avais-je demandé.

—Je suis un conseiller, je donne des conseils aux gens », Répondais-tu. Mais les conseils que tu donnais et pouvais donner, c'était toujours par rapport au sexe. Il fallait que les gens viennent te parler de leur sexualité, de leurs rapports sexuels dans les moindres détails. Et c'étaient les moments où je pouvais dire que tu te sentais bien dans ta peau. Tu te gonflais avec tes atouts de séducteur, d'un séducteur dont tout le monde voulait. Quand

tu n'étais pas dans ses moments de jubilation, satisfait de toi, tu en voulais à tout le monde. Pourquoi les autres ne t'associaient-ils pas à leurs affaires ? disais-tu. Tu trouvais que les gens étaient méchants, qu'ils t'en voulaient. Tu disais que beaucoup de gens te devaient de l'argent. C'était terrible de voir un homme qui se faisait passer pour un homme de Dieu se comporter de la sorte en ne vivant que dans son passé où il était glorieux avec les moyens des autres. Mais aujourd'hui, et l'instant ? Ne disait-on pas que Dieu était dans l'instant. Pourquoi faire abstraction de l'instant, donc de Dieu ? Vivre l'instant, c'était cela la recommandation. Et toi, cet homme qui servait ton dieu, tu ne vivais que dans ton passé ou dans tes fantasmes. Un passé glorieux où tu avais été si glorieux que même tu avais laissé à ton ex-femme la maison que tu avais construite avec son argent, et qui était la maison du pa-radis. Donc, le paradis c'était là-bas, et il y avait longtemps ! Un paradis de mensonges, d'exploitation de cette femme, un paradis où tu trompais ta femme avec d'autres. Un paradis où tu profitais d'une situation. Mais en déséquilibré, tu avais encore et toujours besoin d'aventures. Tu te disais même aventurier ou chasseur, tigre d'après ton signe chinois. Ta fonction de Moqadem te donnait la possibilité désormais d'attirer les femmes sur la voie de ton dieu et de les exploiter jusqu'à l'os. Une exploitation physique, matérielle, morale. Cette dernière exploitation était après toutes les autres, la phase ultime de tes procédures. Tu réduisais les femmes à l'état de loques physiques, morales, matérielles, et tu prenais ainsi prétexte de cette situation pour te débarrasser d'elles. Et tu t'apprêtais pour une nouvelle chasse à la femme !

De plus en plus, je sentais qu'avec toi je n'avais pas de vie, je n'avais pas de projets, je n'avais pas de vécu, car tout ce que tu mangeais, tout ce que tu entendais, tout ce que tu voyais te rame-nait à ton passé et à tes fantasmes matériels et sexuels. Rien n'était *nouveau pour toi. Tout était par rapport à ton passé et à tes fantasmes. Tu comparais tout à ton passé. Tu me parlais d'une relation que tu as eue avec une de tes cousines. Cette fille, me disais-tu était une intellectuelle. C'était toi qui l'avais guidée sur la voie de ton dieu. Ses parents étaient des croyants mais ne pratiquaient pas. Elle ne connaissait rien de sa culture. C'était toi qui l'avais initiée, lui avais appris beaucoup de choses qu'elle ne connaissait pas, ni sur sa culture ni sur sa religion. Tu parlais comme si tu étais le messie que cette femme attendait. C'était toi qui lui avais appris tout ce qu'elle savait. C'était grâce à toi qu'elle participait à des débats à la télévision. Dans tout ce que tu faisais et disais, tu étais celui qui était le parfait. Tu n'avais aucun défaut. C'étaient toujours les autres. Et toujours le seigneur que tu voulais être ne se posait pas de questions !*

Ce que je trouvais étrange c'était que, tous les jours, tu ne me parlais que de ta vie. Comme si moi je n'avais pas de vie ! Il fallait que je t'écoute parler. De toutes les façons, tu ne supportais pas que je parle. Je n'avais qu'à être là et t'écouter parler. Quand je te disais que je ne pouvais pas placer un mot, tu me disais que je ne laissais pas les autres parler ! Je m'étais tue.

Et je m'étais tue. Définitivement.

La voie dont tu étais le Moqadem avait deux lieux de rencontres et de prières. L'un se trouvait dans la petite ville où nous habitons tous les deux, et l'autre dans une autre ville située non loin de là. Tous les dimanches, il fallait aller à la prière en commun avec les autres disciples. Ce qui m'avait surpris entre autres surprises, c'était que tu ne te levais jamais tôt. Au début de notre relation, quand j'avais commencé à dormir chez toi, je découvrais que tu pouvais dormir jusqu'à midi et que même parfois tu ne faisais pas la prière. Quand tu parlais de prières devant les autres, tu disais que c'était le lien qui liait le croyant à Dieu. Tu disais qu'il fallait prendre la prière comme un rendez-vous avec une belle femme. Comme si tous les croyants étaient des hommes ! Tu n'avais que les femmes dans ta tête. « Qui va rater un rendez-vous avec une belle femme ? » disais-tu. Mais alors, comment pouvais-tu rater tes rendez-vous avec Dieu ? Parce que Dieu n'était pas une belle femme ? Tout ce que tu disais n'était pas ce que tu faisais. Tu parlais, mais tu ne vivais pas ce que tu disais. J'étais si déçue ! Mais que pouvais-je faire ? Tu me parlais avec aigreur de tes frères et sœurs qui avaient mieux réussi que toi et tu en voulais à des tas de gens. Tu disais que tes frères et sœurs avaient réussi matériel-lement mais que c'était une réussite illicite. Toutes leurs activités étaient illicites aux yeux de ton dieu. Tu disais que toi, ton dieu te suffisait. Mais ton dieu, c'était le dieu tiré vers le bas.

Tu disais que c'était parce qu'on t'avait bloqué. Et qui t'avait bloqué ? « Mon oncle ! » disais-tu. Tu disais que ton oncle était allié avec le diable et qu'il était dans un club de sorciers, sinon tu aurais pu réussir. Tu disais que ton oncle voulait te détruire. Tu disais que cet oncle détruisait même ses propres enfants et qu'un enfer chaud l'attendait. Tu utilisais toute cette argumentation pour sensibiliser et recruter les femmes dans ta voie et justifier ce que tu avais appelé la malchance de ta vie. Alors que ta mal-chance, c'était ta paresse. Ta malchance, c'était de vouloir coûte que coûte profiter des autres, surtout des femmes riches, parce qu'il y avait l'argent et le sexe. Moi qui croyais que tu avais réussi avec ton dieu qui était dans ta bouche devant l'Éternel.

Si cette relation était une preuve, il faudrait que Dieu m'en Donne la preuve. La preuve par l'épreuve était devenue donc pour moi une autre manière de chercher Dieu. Car je cherchais Dieu à travers toi, l'homme de grande taille, au gros ventre, que je voulais servir pour qu'il serve Dieu, et qu'ainsi je puisse atteindre Dieu moi-même. Mais au point où j'en étais arrivée, je voulais *prendre notre relation comme une épreuve. Je m'en consolais et ceci m'avait donné des forces pour supporter mes souffrances. Mais ce qui devenait de plus en plus insupportable, c'était le fait que je découvrais qu'à côté de ton dieu, toi, l'homme de grande taille, tu avais d'autres dieux. Tu croyais beaucoup à la géomancie, aux visions, à tes visions et à celles des autres, à l'astrophysique, aux livres des rêves, à l'astrologie chinoise, aux sorciers. Au départ, je pensais trouver un homme cultivé, mais je me rendis vite compte que toute ta vie consciente n'était conditionnée que par cela. Tu aimais dire que ton père t'avait fait une recommandation :*

« Ne fais pas comme les autres, méfie-toi, n'oublie pas que tu n'es pas comme les autres. »

Dans ta salle de bains, la première fois que j'y étais entrée, j'avais eu l'impression d'entrer dans la salle de bains d'un chef sorcier. Il y avait des savons de toutes les couleurs dans les dégradés de noir, de marron foncé, de chocolat noir. Des savons dans des calebasses, dans des pots en plastique, dans des bouts de calebasses. Il y avait des gants de toutes sortes et des fruits et légumes mystiques. Tu te lavais avec des liquides noirs et visqueux, avec des feuilles mélangées à des poils d'animaux. Tu disais que tu étais poursuivi depuis plusieurs années par une ou deux personnes qui t'en voulaient à mort. Surtout, ton oncle. Parmi les personnes qui te voulaient du mal, il y avait aussi la femme avec qui tu avais eu ton premier enfant, la femme à la valise, que tu qualifiais d'eau dormante. Tu disais aussi que la dernière femme avec qui tu avais une petite fille, la femme de petite vertu, était très impliquée dans la chimie des sorciers. Tu disais qu'elle t'en avait fait voir de toutes les couleurs. Finalement avec toi, tous les autres passaient leur temps dans la magie noire et les fétiches. Tu n'avais que ces mots à la bouche, à côté de ton dieu qui semblait ne pouvoir rien faire pour toi. Ce qui était étrange aussi, c'était que tu passais la plupart de tes nuits en prières. Au début, tu me rappelais mon père. Tu me rappelais tous ces grands mystiques qui passaient leurs nuits à prier, pendant que les autres dormaient. Tu priais, mais tu ne priais pas avec Dieu. Tu priais avec ton dieu. Tu priais pour devenir riche, pour avoir des belles maisons, de belles femmes qui avaient de l'argent, des voitures, surtout les « quatre-quatre » pour parler de voitures à quatre roues motrices, et les Espace qui étaient à la mode. Tout cela, je le découvrais petit à petit. Quand tu parlais de tes frères et sœurs, tu en parlais toujours avec envie et jalousie. De toute ta famille, à part un frère, tu disais que tu étais celui qui était le moins nanti. Pourtant, tu avais fait des études, avais peut-être eu un petit diplôme, exerçais une profession qui pouvait te rapporter de quoi vivre honorablement et faire vivre tes enfants de plusieurs mères différentes. Mais cela ne te suffisait. Tu voulais être comme tes frères et sœurs, comme les autres qui avaient les moyens matériels, ou de préférence, être au-dessus d'eux. Tu trouvais que tu aurais pu réussir si ce n'était pas à cause des forces maléfiques que des membres de ta famille manipulaient autour de toi, particulièrement ton oncle paternel direct. Moi qui croyais que tu étais un homme de Dieu, là je découvrais que tu étais l'homme de tes dieux. Tu me disais qu'un de tes beaux-frères utilisait ton nom et ta profession pour s'enrichir. Tu allais jusqu'à dire que ta mère pouvait même être au courant, mais qu'elle ne dirait rien et qu'elle trouverait cela même normal. Quelqu'un qui était si jaloux des autres, comment pouvait-il dire qu'il ne croyait qu'en Dieu, qu'il s'en remettait à lui ? Quand tu prêchais, tu disais à tes ouailles :

« Ce que notre dieu a gardé pour nous est meilleur que ce que les autres ont sur la terre.

Ah ! Si vous saviez !

Ah ! Si les autres savaient !

Ce que nous sommes en train de faire en ce moment, en train de réciter des versets, est mieux que les gens qui s'occupent de containers et de comptes en banque ! »

Quand je t'entendais parler ainsi, je me disais que tu allais te convaincre toi-même de ce tu disais ! Mais non ! Dès que tu sortais de là, tu allais directement voir les charlatans et autres magiciens. Tu me disais que c'était pour te distraire. Pourtant quand tes frères et sœurs et les autres que tu enviais et dénigrais te donnaient de l'argent, tu ne refusais pas. Tu étais bourré de contradictions, sur ce côté et bien d'autres. Quand je t'entendais parler ainsi de ta famille, je m'inquiétais beaucoup. Car moi je cherchais Dieu en te servant. Et ma petite fille qui était mon enfant était abandonnée. Délaissée, ma petite fille avait fait toutes les bêtises qu'elle avait pu imaginer dans la phase d'adolescence qu'elle vivait. Tout d'abord, comme je ne dormais plus chez moi, ma petite fille restait seule là-bas avec une employée de maison et la fameuse petite camarade qui avait déjà fait son initiation avant de venir chez nous. L'employée de maison n'avait que deux passions, la cigarette et la télévision. Elle n'avait pas assez de force de caractère pour surveiller ma petite fille, et elle ne pouvait non plus combler le vide que j'avais laissé. Et ma petite fille avait sombré peu à peu dans une petite délinquance. Pendant ce temps, j'étais avec un homme de grande taille, avec un gros ventre, dont je me demandais qui il était vraiment. La situation était pénible à chaque fois que je retournais chez moi, j'avais tellement honte ! Je retournais chez moi très tôt le matin, avant le lever du soleil. Mais il y avait toujours quelques voisins matinaux qui me voyaient rentrer furtivement chez moi, comme un voleur. J'avais honte, car j'avais laissé ma maison pour un homme qui devenait de plus en plus ignoble et quand je regardais ma maison, c'était comme si elle me reprochait de l'avoir abandonnée, et j'avais encore plus honte.

Pendant ce temps, ma petite fille découvrait la vie avec la petite camarade venue d'ailleurs. Elle avait fumé, bu. Elle avait même essayé de faire l'amour avec un garçon. De tout cela, je n'étais pas au courant. J'étais absorbée par toi, l'homme de grande taille, au gros ventre, qui commençait à m'en faire voir de toutes les couleurs. Tu te souciais toujours peu de ma petite fille. Pratiquement, tu ne demandais pas de ses nouvelles, ne posais pas de questions sur ses études. Tu étais là seulement pour moi, plutôt pour ce que tu attendais de moi. D'abord manger, car tu étais un gourmand. Ainsi tous nos petits sous partaient dans les courses au marché. Tu aimais manger ce qu'il y avait de meilleur, et tu n'aimais pas dépenser. Moi qui croyais que la voie dont tu te vantais d'être le grand pratiquant et défenseur, et le même grand vizir, demandait qu'un homme de petite taille ou de grande taille subvienne aux besoins de sa famille, en matière de nourriture, de logement et d'habillement, bien sûr sans oublier toute l'assistance et toute l'affection qu'il lui fallait, et surtout de faire l'amour. Sur ce dernier point, toi-même, tu disais que c'était une forme de prière. Mais tu ne faisais pas bien l'amour. Je ne savais pas si c'était à cause de ta grande taille ou de bien ton gros ventre, ou bien ton petit sexe, ou bien tes petits testicules, ou bien les engourdissements dont tu te plaignais au niveau du bassin, depuis plusieurs années. Heureusement, c'était bien avant que je ne t'aie rencontré !

Je commençais sérieusement à m'inquiéter parce que je me rendais compte que tu n'étais qu'un homme vicieux et intéressé. Tu me posais indirectement des questions sur mes revenus, sans que je ne me doutasse un seul instant, que c'était pour savoir si j'avais de la fortune ou non. Une fois, tu regardais mes ongles et tu m'avais dit :

« Mais toi, normalement tu dois avoir de l'argent. Le bout de tes ongles a des tâches. C'est le signe des gens riches »

Naïvement, je te disais qu'effectivement j'étais riche, riche de Dieu, riche de tout ce que Dieu m'avait montré dans cette vie, riche de ma santé, riche de tout ce que j'avais par rapport à tant de gens qui souffraient de faim, de maladies. Je ne savais pas que j'étais en train de te décevoir. Toi, tu cherchais l'argent. Et moi, j'étais toujours à la poursuite de Dieu avec toi. Maintenant que je m'en souviens, la première fois que j'étais allée chez toi, tu semblais soucieux. Je t'avais trouvé à la terrasse de ta maison au premier étage. La terrasse qui donnait sur un cours d'eau. Sûrement, c'était le lieu idéal que tu avais chez toi, pour attirer les gens dans le filet de ton dieu. L'endroit pouvait être beau, mais c'était inconfortable à cause du soleil dans la journée et des moustiques dans la soirée. En plus, la vue était gâtée par le rebord bas du toit qui empêchait de se tenir droit pour mieux en profiter. Tu étais en peignoir d'un tissu local. Tu m'avais accueilli assez froidement et tu me posais des questions sur ma belle-famille :

« N'y aurait-il personne dans ta belle-famille qui voudrait t'épouser ? » La question m'avait prise à court.

« Non, tu sais, depuis dix ans que j'ai perdu mon mari, si quelqu'un voulait de moi ou si je voulais de quelqu'un, tu ne m'aurais pas trouvée. Par ailleurs, cette belle-famille n'est pas ma belle-famille, c'est ma famille désormais », t'avais-je répondu

Tu me regardais étrangement, les yeux en biais. Je crois que tu te demandais si je faisais l'affaire au point de vue matériel. C'était cela que tu te posais comme question. Mais moi, naïvement je pensais que tu voulais faire les choses licitement et ainsi éviter tout désagrément. Je me rendis compte plus tard que les premières failles avaient fait leur apparition plus tôt, mais j'étais aveuglée par ton dieu que tu me présentais et qui n'était pas le Dieu que je cherchais. De plus en plus quand je dormais chez toi, j'avais du mal à retourner chez moi tôt, comme je le souhaitais.

Mon activité professionnelle se passait chez moi. Parfois je passais presque la journée là. Une des raisons était que toi, l'homme de grande taille, au gros ventre, tu étais un paresseux. Tu ne te levais pas tôt et cela m'avait surprise. Car je pensais que ce que tu affichais comme dévotion n'était pas ce que tu étais en réalité. Les heures de prière que tu défendais comme des moments de rendez-vous important avec Dieu, tu les négligeais. Tu adorais plutôt Râ, le dieu soleil. Tu priais quand le soleil était là bien visible, bien brillant, bien dardant. Tu dormais aussi beaucoup pour un vrai croyant qui devait être un actif. On disait toujours que les vrais croyants ne dormaient pas beaucoup. Toi, tu dormais et tu ronflais en pétant très fort, comme si de ton ventre allait sortir un torrent de merde. Tu disais que tu étais du signe du tigre dans l'astrologie chinoise. Un tigre, disais-tu, tu étais, alors que tu ne savais même pas dans quelle partie du monde on trouvait le tigre. Tu étais chasseur, disais-tu, et tu devais être toujours en chasse.

Qu'est cela avait à voir avec Dieu ?

Et un chasseur devait se lever tôt ! »

• • •

« Muñ ! Muñ !» Drianké s'égosillait presque.

Muñ refermait rapidement le tapuscrit, grimpait le long du tuyau et le déposait au-dessus de la chasse d'eau. Elle s'aspergeait d'eau et sortait. Drianké la regardait en lui disant :

« Muñ, Muñ, toi, tu aimes tellement rester longtemps dans les toilettes !

Toi qui ne manges presque pas, qu'est que tu avales qui te fait rester si longtemps dans les toilettes ?

Hein ! Réponds-moi ?

Enfin, dans ce monde, on aura tout vu.

Tu fais partie des gens qui ont des passions.

Toi, ta passion, ce sont les toilettes.»

Muñ était là devant Drianké, mais ne l'entendait pas. Pour Drianké, le fait que Muñ s'enfermait dans les toilettes faisait partie désormais de son quotidien, mais elle n'arrivait pas à le banaliser.

« Muñ, à propos de ta mère, ne penses-tu pas qu'il faut envisager d'aller la chercher, depuis le temps que nous en parlons ?

Qu'en penses-tu ? »

Muñ ne lui avait pas répondu.

Elle était encore dans le tapuscrit. L'histoire de cette femme était incroyable, car elle ressemblait étrangement à une histoire qu'elle semblait connaître. Non, ce n'était pas possible. L'histoire qu'elle connaissait ne pouvait pas être racontée dans un tapuscrit contenu dans une chemise jaune, ramassé dans la courette d'une maisonnette, rue Félix-Faure.

Non, ce n'était pas la même histoire !

L'histoire que Muñ voulait connaître et reconnaître, était celle d'une femme très belle qui tenait un restaurant dans une petite ville, à l'intérieur du pays. La femme était la plus belle femme de cette petite ville, disait-on. Grande, les formes généreuses et proportionnées, elle avait le sourire facile. Elle tenait son restaurant à côté de la gare. Cette gare était une gare très importante dans la région. C'était une gare avec de plusieurs correspondances. Beaucoup de voyageurs transitaient par là. Un jour, un homme de grande taille, avec un gros ventre, était arrivé et avait commandé à manger. Cet homme était arrivé tenant un chapelet et répétant le nom d'un dieu à tout bout de champ. L'homme avait mangé gratuitement, car la femme pensait qu'en donnant à manger à un homme de Dieu, elle faisait une bonne action. Servez Dieu et Il vous servira. Quand l'homme avait fini de manger, la femme lui avait proposé de se reposer sur un lit qu'elle avait mis dans une pièce au fond du restaurant. Elle avait arrangé le lit et avait invité l'homme de grande taille à s'installer. Dès que l'homme s'était assis sur le lit, il avait tiré la femme par le bras brusquement, et la regardant dans les yeux, le chapelet à la main dressé devant elle, lui avait dit : «Vous êtes une femme bien, mais vous avez des problèmes dus à des impuretés qui bloquent vos chances dans cette vie. Vous êtes une femme qui a beaucoup de chance, mais des impuretés bloquent cette chance. Mon dieu me les a montrées. Je peux vous aider, et je veux vous aider. » La femme ne comprenait pas bien ce que l'homme au chapelet voulait dire.

« Pour tout ce que vous avez fait pour moi, étant donné que je suis en mission dans ce monde, je suis un Moqadem investi, je vais vous aider. Je vais vous purifier. Ne vous en faites pas, vous n'aurez rien à payer. Tout ce que je fais, c'est pour mon dieu que je le fais. »

Et ce fut ainsi que la femme s'était retrouvée dans le lit avec l'homme au gros ventre, pour une purification qui devait passer par l'acte sexuel. Quand il eut satisfait ses fantasmes en demandant à la femme de se mettre dans des positions inconfortables, il lui avait dit tout en proférant des insanités :

« Pour vous débarrasser de vos impuretés, je suis obligé d'utiliser ce procédé, c'est mon dieu qui me l'a inspiré. Car les impuretés sont entrées en vous par des voies aussi tortueuses. Que mon dieu vous bénisse ».

Après ce rituel de purification, l'homme avait demandé où il pourrait faire laver son caftan en gabardine. La femme avait proposé de le lui laver car il lui restait encore de la lessive. Elle avait pris le caftan en gabardine de l'homme de grande taille, au gros ventre, et l'avait lavé. Quand elle avait fini, elle l'avait mis à sécher au soleil. Ce soleil de cet après-midi-là, était chaud et vif. C'était un soleil d'hivernage qui brûlait, mais c'était bien, car le caftan en gabardine était lourd et était difficile à sécher en temps normal. Quelques heures plus tard l'homme de grande taille, au gros ventre avait remis son caftan en gabardine séché par ce soleil ardent, et ayant remercié la femme avec des prières, il était parti. Elle ne l'avait plus jamais revu. Et un beau jour, elle avait commencé à voir des tâches sur sa peau. Les tâches devinrent des zones insensibles. La femme avait attrapé la lèpre. Cette lèpre, elle l'avait attrapée avec le caftan en gabardine de l'homme grande taille au gros ventre qui avait mangé dans son restaurant. Avec son travail, elle avait les doigts gercés, entamés par les couteaux qu'elle utilisait pour écailler les poissons, couper les morceaux de viande qu'elle achetait en grosses quantités. En lavant le caftan, la lèpre s'était glissée dans ses petites plaies. Elle avait attrapé la lèpre d'un homme de grande taille au gros ventre, et qui avait disparu. Un homme sans nom, sans adresse, sans destination. Cet homme de grande taille, au gros ventre, n'avait pas l'air d'un lépreux. Il avait la lèpre et peut-être ne le savait-il pas lui-même encore. Personne ne sut jamais ce que cet homme était devenu. Tout ce dont la femme se rappelait, c'était un homme de grande taille, de teint noir, avec un gros ventre. Et il se disait investi d'une mission de son dieu. Il disait qu'il était un Moqadem. Et la belle gargotière n'avait pas pu faire soigner sa maladie. Au fur et à mesure, elle perdait ses orteils, ses doigts. La peau du visage était fripée et ses yeux avaient perdu tous leurs cils. Ses paupières lourdes tombaient comme de vieux chiffons. Elle occupait une chambre dans un coin de leur maison, retirée de la vue des autres, et entièrement recouverte de voiles. Elle avait de grands enfants et une de ses sœurs était restée avec elle depuis la mort de leur mère. L'homme n'avait jamais été retrouvé et elle répétait seulement qu'il était de grande taille, de teint noir, avec un gros ventre et il se disait Moqadem. Son entourage avait pensé qu'il fallait faire attention de nos jours. Il y avait de plus en plus de sectes et de plus en plus de temples avec des nouveaux gourous et Moqadems. Les temples traditionnels de Dieu, celui reconnu depuis le dérèglement, étaient désertés pour les nouveaux temples des nouveaux dieux qui demandaient aux femmes de se faire purifier physiquement en offrant à ces nouveaux prophètes, leurs corps soi-disant souillés, pour celles qui étaient mariées à des hommes qui n'étaient pas élus par leurs dieux. La femme qui avait attrapé la lèpre avec le caftan de l'homme au gros ventre avait honte de dire qu'il avait un petit sexe, de petits testicules et qu'il ne savait pas faire l'amour. Cette histoire, Muñ voulait la connaître. Mais pas une autre histoire, pas celle que les yeux d'un grand lépreux, découpé en gros morceaux, sur un trottoir de la rue Félix-Faure, allaient raconter un matin de novembre.

« Muñ, je te parle ! reprit Drianké.

—Excusez-moi, j'étais en train de réfléchir.

Je crois que ma mère ne voudra pas venir. Sa maladie est très avancée, et puis, tout a été essayé pour la soigner, en vain.

—Comment, en vain ? s'écria Drianké.

Quelle maladie ne peut-on soigner dans les hôpitaux, les cliniques ?

Tu sais, on peut tout faire ici, même dans cette rue.

Muñ, écoute, si tu ne veux pas y aller, je peux envoyer quelqu'un la chercher.

Comment disais-tu ?

Rappelle-moi le nom du coin ?

Hogbo ? C'est ça ?

C'est loin d'ici ? N'y a-t-il pas un autre nom pour désigner ce coin ?

Tu es tellement secrète que personne ne sait rien de toi.

Tu n'as pas d'amis, tu n'as pas de parents ici, rien.

Travail. Toilettes, toilettes, toilettes, toilettes, toilettes.

Pourquoi aimes-tu tant t'enfermer dans les toilettes ?

Tu ne préfères pas avoir des amis au lieu de t'enfermer dans des toilettes ?

Ou bien, c'est toi qui es malade ?

Si tu as des problèmes, il faut le dire.

Ici, nous sommes dans une grande ville. Il y a de bons hôpitaux.

Muñ, tu m'entends ? »

—Je n'ai rien ! dit Muñ.

—Avoue alors que tu aimes les toilettes.

Bon revenons à ta mère, moi je veux vraiment qu'elle vienne.

Qu'en penses-tu ? »

Muñ était là silencieuse, regardant Drianké dans les yeux, sans sourciller. Muñ regardait Drianké avec une telle fixité que celle-ci en avait légèrement tressailli. Muñ continuait à regarder Drianké ; pourtant, à y prêter attention, ce n'était pas Drianké qu'elle regardait, mais au-delà de Drianké. Elle voyait sa mère là-bas, assise au fond de la cour de leur maison, quand la chaleur la brûlait. Sa mère sortait de la chambre, entièrement recouverte de voiles. Elle marchait doucement vers le fond de la cour où un vieux fauteuil en rotin l'attendait et là, elle s'installait pour long-temps. Elle pouvait rester là jusqu'à la tombée de la nuit.

Drianké n'osait plus rien dire à Muñ, tant le regard qu'elle avait n'était pas un regard qui laissait poser des questions. Drianké était inquiète. Ce regard était un regard de haine, un regard violent, un regard dont elle ne voudrait pas connaître l'origine et la cause ou la raison. Et dans ce regard brillait une lueur étrange.

Drianké fut la première à baisser les yeux.

« Bon tu réfléchiras.

Quand tu voudras, nous ferons venir ta mère pour la soigner. »

Drianké, la femme de petite taille qui boitait légèrement, avait tourné le dos la première et s'en était allée vers la devanture de sa maisonnette où elle restait une grande partie de la journée.

Muñ continuait à fixer son regard au loin. Sa mère avait été une femme si vivante, si belle, si l'élégante, si joyeuse. Tout le monde l'appréciait pour son charme, sa gentillesse et sa vitalité. Elle aimait les enfants, respectait les gens et avait un mot ou un sourire pour tout le monde. C'était une personne qui avait vécu et qui était l'être auquel elle voudrait ressembler quand elle serait grande. Sa mère d'habitude si vivante était maintenant cette forme recouverte de voiles, qui, les après-midi marchait doucement vers le fond de la cour de leur maison et s'installait sur son fauteuil, ce vieux fauteuil en rotin sur lequel elle s'était balancée pendant tant de fois, avant de gâcher sa vie avec un Moqadem au gros ventre. Sa mère ne pouvait pas être cette forme, cette ombre. Non, ce n'est pas possible ! Muñ était née quand sa mère était vraiment dans la force de l'âge. Mûre, équilibrée, cultivée, passionnée. Elle respirait la vie et en dégageait. C'était un bonheur de la regarder. Elle était fière de cette mère quand elle avait commencé à grandir. Elle aimait qu'on la voie en compagnie de sa mère. Elle aimait sa mère. Elle admirait sa mère. Muñ n'avait pas beaucoup connu son père qui était décédé depuis plusieurs années, quand elle n'avait que quatre ans. Vers huit ans, elle prenait des photos de son père et s'isolait quelque part avec elles. Parfois en faisant un tour dans la maison, on pouvait trouver dans un coin, un tapis, un livre et une photo de son père. Son père lui manquait, c'était sûr. Peut-être se demandait-elle comment la vie serait avec son père et sa mère ensemble ? Quel rapport pouvait-elle avoir avec son père ? Quand elle entendait ses camarades parler de leur père, peut-être cela faisait un effet sur elle. Elle cherchait à connaître ce père qu'elle n'avait pas connu. Elle avait essayé de le connaître en posant toutes sortes de questions à sa mère.

« Comment vous étiez-vous connus ?

Que t'avait-il offert à votre mariage ?

Quelle robe avais-tu porté le jour de ton mariage ?

Montre-moi vos photos de mariage ?

Vous n'aviez pas fait de photos ?

Vous n'aviez pas organisé une réception pour vos amis ?

Comment t'appelait-il ?

Avez-vous été en lune de miel quelque part ?

Comment m'appelait-il quand j'étais petite ?

Me prenait-il dans ses bras ?

Chantait-il pour moi ?

Quand je pleurais, que disait-il? »

Et elle riait selon les réponses de sa mère. Elle était contente d'avoir ce père furtif dont sa mère lui parlait. La mère avait essayé de jouer le rôle de mère et de père, mais un père était nécessaire. À la mort de son père, sa mère avait continué à travailler et voyageait beaucoup jusqu'au jour où elle avait tout arrêté pour se consacrer à sa passion et à sa petite fille. Mais le père manquait toujours. Tout au début, elle avait voulu refaire sa vie, mais elle pensait qu'il fallait donner à son enfant des chances d'évoluer dans son milieu d'origine, le milieu de son père, auprès des siens, pour se fabriquer une personnalité dans ses origines paternelles. Refaire sa vie pour sa mère pouvait signifier un abandon de tout cela et une adaptation à un autre milieu. Il était préférable peut-être de vivre dans les origines paternelles, et ceci avait fait que sa mère et elle s'étaient installées dans le milieu de son père. Refaire sa vie ne signifiait pas non plus forcément se remarier. Refaire sa vie, pour sa mère, c'était aussi bien repartir chez elle ou partir ailleurs. Repartir chez elle ne poserait aucun problème pour elle.

Mais pour l'enfant, que pouvait entraîner un tel déménagement spatial ? Sa mère et elle avaient vécu un peu partout, dans plusieurs pays. Elles avaient ainsi vécu seules, loin du père, loin du pays d'origine de la mère, isolées culturellement, et elles avaient essayé de surmonter ces désagréments en se créant un mode de vie qui ne reposait sur aucun modèle. C'était pour cette raison que sa mère avait voulu rester dans les origines du père pour que son enfant s'imprégnât de son milieu, de son sang, de sa race. Et ce sera pour toujours, ce sera indélébile. Sa mère aussi indirectement avait profité de ce milieu pour intégrer une culture proche de ses origines et dont elle était elle aussi nostalgique. Et cela durait depuis plusieurs années. Muñ avait grandi ainsi mais personne ne pouvait savoir ce qui se passait dans sa tête. C'était une petite fille discrète, pudique, un peu renfermée. Sa mère pensait que c'était le lot des orphelins. Sa mère faisait tout pour lui rendre la vie agréable sans un père, et parfois elle en arrivait à oublier qu'un père était nécessaire.

Muñ était restée debout dans la cour, tout le temps qu'elle se rappelait de sa mère.

« Muñ, Muñ, qu'as-tu ?

Qu'est ce que tu fais là debout au milieu de la cour ? s'écriait Drianké, installée sur son vieux fauteuil en cuir.

« Je pensais à ma mère » avait répondu Muñ.

Muñ ne voulait pas croire que l'histoire contenue dans le tapuscrit allait devenir son histoire. Muñ avait voulu depuis plusieurs années oublier cette histoire. Elle n'en avait jamais parlé, jamais. Elle voulait que cette histoire n'ait jamais existé. Le tapuscrit ramassé dans la cour où la masse d'ombre passait la nuit contenait une histoire, identique à une histoire qu'elle connaissait, et maintenant elle avait peur qu'elle ne devienne son histoire. Son histoire, elle ne voulait pas qu'on en parlât, ni dans un tapuscrit, ni nulle part ailleurs.

Drianké ne savait pas que Muñ n'existerait plus tant qu'elle n'aurait pas fini de lire le tapuscrit. Drianké semblait un peu plus à l'aise avec Muñ, quand elle lui avait dit qu'elle pensait à sa mère.

«Ah ! Enfin !

Peut-être vas-tu te décider.

C'est bien. Bon, viens me sortir les plats et les verres.

Apprête les lampes-tempête aussi. Les amis vont bientôt arriver.»

Muñ ne comprenait pas pourquoi Drianké avait tant de lampes-tempête et y tenait particulièrement. Tous les jours, il fallait les nettoyer, mettre du pétrole et allumer certaines d'entre elles. Et les lampes allumées brillaient tout le temps. Les gens qui venaient chez elle, lui parlaient de ses lampes-tempête, et en riant ils lui disaient qu'elle leur ressemblait parce qu'elle était toujours lumineuse. Les gens en fait ne comprenaient pas le rapport de Drianké avec ces multiples lampes-tempête. Peut-être les utilisait-elle pour une protection mystérieuse ou pour le succès, un jour, comme chanteuse de blues. Drianké n'était pas dans ce genre de croyances et de superstitions. Drianké avait sa petite affaire, avec du vin rosé, de la bière, du Kiravi Valpierre et des petits plats simples, mais succulents. Quand les clients avaient un peu bu, ils achetaient les petits plats de Drianké, des plats épicés recommandés pour l'ivresse. C'étaient des plats de petits poissons frits avec une sauce très relevée, très épicée. On disait toujours que les gens qui buvaient beaucoup d'alcool aimaient les épices. La langue, assaillie par le tanin, appréciait les épices et aussi le tabac. Parfois, Drianké préparait des brochettes de viande, ou des soupes de pattes de bœuf, très appréciées aussi.

Enfin d'après-midi, on entendait des rires et des exclamations de joie tout autour de Drianké. Muñ lavait les verres, les assiettes au fur et à mesure mais ne se mêlaient pas aux conversations. Quand un client l'interpellait, c'était pour lui demander un verre d'eau, mais personne ne l'avait jamais agressée ou proposé quoi que ce soit. Muñ n'avait pas une tête à proposer quoi que ce soit. Muñ était une énigme pour tous ces gens qui venaient chez Drianké, et toutes sortes de gens venaient chez Drianké. Chez Drianké, les caisses de bières, les bouteilles de Kiravi Valpierre, étaient à l'intérieur, dans les appartements de Drianké. Mais Drianké connaissait les habitudes de chacun depuis le temps qu'elle avait cette activité. Dès que quelqu'un exprimait le besoin de boire quelque chose, sans le préciser, Drianké demandait à Muñ d'aller chercher ce qu'il voulait. Drianké connaissait les habitudes de chacun de ses clients habitués. Les boissons étaient servies dans des verres sombres. Ainsi personne ne pouvait savoir ce que l'un ou l'autre buvait. Tout était servi à l'intérieur. Muñ avait appris rapidement à reconnaître toutes les boissons que Drianké vendait. Drianké appréciait vraiment Muñ. Elle travaillait bien, était rapide et assimilait vite. Le seul problème qu'elle avait avec elle, c'était qu'elle n'avait pas d'amis, qu'elle avait une vie secrète, et qu'elle aimait les toilettes. Cette passion pour les toilettes l'intriguait.

« Enfin, l'essentiel c'est qu'elle fait bien son travail, qu'elle est correcte, discrète et qu'elle ne me crée aucun problème depuis qu'elle est ici. Finalement dans cette vie, que cherche-t-on ?

La paix ! Et elle fout la paix. »

Drianké ne travaillait pas tard. Les jeunes filles, les jeunes femmes, les hommes, les femmes mariées qui venaient chez elle repartaient en début de soirée. Certains rentraient chez eux, d'autres restaient dans la rue Félix-Faure qui se préparait pour le grand bal. Avant la nuit, la devanture de la maisonnette de Drianké se vidait de tout son petit monde. Muñ ramassait les verres, les assiettes qui traînaient çà et là, lavait et rangeait tout. Drianké n'aimait pas qu'elle balaie la nuit, mais Muñ ramassait tout ce qui traînait : mouchoirs en papier, mégots de cigarettes, brins d'allumettes. Drianké ne se couchait pas aussitôt. Elle faisait ses comptes tous les soirs en fredonnant un blues. De temps en temps, elle se mettait à chanter, surtout pendant les nuits de clair de lune. Drianké chantait des chansons nostalgiques, des chansons qui faisaient vibrer les sens enfouis. Elle chantait comme les chanteuses afro-américaines. Quand elle chantait pour un connaisseur, c'était parfois comme du Billie Holiday ! Elle avait une voix magnifique, une voix dont les origines berbères ou kabyles étaient perceptibles. À l'entendre, on se demandait pourquoi elle ne faisait pas de concert. Une fois, elle avait raconté à des clients qui avaient entendu parler de son blues de la nuit, qu'elle avait chanté dans un orchestre quand elle était jeune. Mais elle n'avait pas pu aller plus loin parce qu'elle avait eu un problème dans sa vie. Elle s'en arrêtait toujours là. Drianké avait aussi une histoire à raconter. Drianké avait une histoire qui peut-être était la raison pour laquelle elle n'avait pas pu devenir une grande chanteuse de blues. Mais l'histoire de Drianké, personne ne la racontera, avant un matin de novembre. Drianké ne voulait pas parler de cette histoire. Drianké avait été cette belle jeune fille née dans le grand Nord où les sables chauds étaient emportés dans des tourbillons de vents. Elle était très belle. Elle avait fait la connaissance d'un homme qui venait de loin. Il se disait Moqadem. Elle était tombée dans le panneau, ainsi que sa famille, et avait accepté de l'épouser, croyant avoir épousé un homme de Dieu. Ceux qui l'avaient connue à l'époque disaient que ce fut une grande déception et une grande souffrance. Cet homme qui se disait Moqadem l'avait méprisée, humiliée et avait fait d'elle une loque en très peu de temps. Le Moqadem avait commencé à l'humilier, en la trompant avec ses amies d'enfance au départ, ensuite avec ses sœurs et cousines. Il ne respectait rien et était allé jusqu'à vouloir coucher avec la mère de Drianké. Ce Moqadem, comme la plupart de ces nouveaux dieux, avait deux domaines d'intérêt : le sexe et l'argent. L'argent pour s'acheter des beaux habits comme les autres, des voitures comme les autres. Car ce que voulait ce Moqadem, c'était le pouvoir. Il voulait dominer. Il voulait être remarqué. Il voulait être puissant. Cet homme avait seulement la curiosité de Drianké. Il avait vu cette belle jeune femme et il voulait coucher avec elle, s'étant engouffré dans sa bouche quand il l'avait vue chanter le blues. La curiosité passée, il n'en voulait plus, car elle était une artiste et non une femme riche. Il avait donné comme excuse qu'un grand astrologue lui avait dit qu'elle portait malheur d'une part et que, d'autre part, son signe astrologique ne correspondait pas avec celui de Drianké et que la date de leur mariage avait été mal choisie. Il avait un paquet de justifications qu'il avait présenté aux uns et aux autres. Et Drianké n'avait pas pu rester dans sa ville natale. Elle était ainsi partie à la capitale et avait trouvé cette petite maisonnette rue Félix-Faure. Avec le blues toujours entre les dents, elle avait essayé de supporter ses souffrances et de se relever. Mais le mal fait était indélébile. C'était aussi pourquoi Drianké ne croyait plus en ce dieu utilisé par ces monstres des temps modernes. Elle voulait encore croire en Dieu, le Dieu comme elle se l'imaginait, mais elle ne priait plus. Elle avait renoncé à aller dans les temples, dans les rencontres de prières, à donner son argent à des faux gourous et faux Moqadems. Drianké avait choisi la rue Félix-Faure, car là elle sentait qu'elle allait y trouver l'espérance. Elle y trouva l'espérance doublée de patience. Elle y trouva Dieu. L'Unique. Drianké s'était remariée avec un homme avec qui elle fit des enfants. Un homme qui la comprenait, un homme qui l'avait secourue dans sa grande déception, mais la blessure ouverte était toujours là, chaude, palpitante, sanguinolente et elle boitait. Ainsi, pendant qu'elle se retirait dans sa chambre, son blues allant parfois jusque dans la rue, on savait que Drianké avait fini sa journée et qu'elle n'allait plus recevoir. Pour Muñ c'était une aubaine, car la nuit elle pouvait continuer à lire le tapuscrit jusqu'à ce que Drianké l'appelât pour fermer la porte. Elles dormaient dans l'unique pièce de la maisonnette. Mais Drianké ne faisait pas fermer la porte tout de suite. Il faisait chaud et elle n'aimait pas les brasseurs d'air. Elle laissait l'air frais passer à travers la porte grillagée. Quand elle avait fini de faire ses comptes, elle continuait à fredonner le blues en fumant une petite pipe en cuivre, assise sur son lit en nickel, avec une lampe-tempête allumée à côté, au milieu de plusieurs autres lampes-tempête. Muñ restait un peu dans la cour pour épier la masse d'ombre qui entrait lourdement dans la cour de la maison. La masse d'ombre se hissait sur une des grandes tables, ou parfois elle utilisait un des grands bancs comme trépied pour se hisser dessus. Muñ ne distinguait pas son visage, car il faisait sombre dans cette partie de la cour. La lumière des lampes-tempête allumées devant la maisonnette de Drianké ne l'atteignait pas suffisamment. Ce qui avait avivé l'intérêt de Muñ pour la masse d'ombre, c'était le tapuscrit qu'elle avait ramassé, un matin de ce mois de novembre, dans cet espace. C'était avec la masse d'ombre que Muñ avait découvert la maisonnette de Drianké. À son arrivée dans la ville, Muñ avait beaucoup marché. Elle ne savait pas exactement où aller, ni qui voir, ni avec qui parler. Elle suivait son instinct et s'abandonnait à lui. De toutes les façons, elle avait fait un choix. Elle était arrivée dans cette ville, et elle n'en repartirait pas tant qu'elle n'aurait pas trouvé ce qu'elle cherchait. Muñ cherchait quelqu'un. La nuit où elle avait vu la masse d'ombre se diriger lourdement vers la rue Félix-Faure, elle l'avait suivie sans réfléchir. Muñ avait fait le choix de l'instinct. Arrivée devant un portail, la masse d'ombre s'y était engouffrée et Muñ était perturbée et ne savait plus ce qu'il fallait faire. Pouvait-elle suivre la masse d'ombre encore ? Où allait-elle ? Mais elle ne pouvait résister à la terrible envie de la suivre. Elle s'était engouffrée elle aussi dans cette maison à travers un long couloir. Il faisait déjà tard et des gens allaient et venaient dans ce couloir toujours dans une harmonie totale, qui n'était autre que la résultante du respect de l'autre et de l'acceptation de l'autre. Muñ s'était glissée dans le couloir qui était comme un boyau. Personne n'avait fait attention à elle. Le couloir donnait tout d'un coup sur une cour et là plusieurs autres couloirs partaient dans tous les sens. La masse d'ombre avait pris automatiquement un autre petit couloir et Muñ l'avait suivie. C'était ainsi qu'elle l'avait vue s'installer sur une des tables en bois dans un espace d'une courette. Elle avait rebroussé chemin et était sortie dans la nuit. Dans la rue Félix-Faure, elle s'était mélangée à la foule des bienheureux, avait mangé quelques brochettes avec du pain, avait bu une limonade et avait marché toute la nuit. C'était cela qui était remarquable dans cette rue. Tout le monde y avait droit. Ce n'était pas une rue pour les riches ou pour les pauvres, ou pour les prostituées, ou pour les muezzins qui se masturbaient devant les portails. La rue Félix-Faure était la rue du respect de l'autre. C'était ainsi qu'elle était arrivée si tôt chez Drianké, le lendemain matin, un mois de novembre. Elle était revenue là où elle avait suivi la masse d'ombre. Quand elle était arrivée ce matin-là, Drianké était déjà dehors, mais il n'y avait plus la masse d'ombre. Il n'y avait que de grandes tables et de grands bancs vides. Drianké était assise dans un vieux fauteuil en cuir, murmurant un blues, les yeux fermés.

Pourquoi Muñ avait-elle suivi la masse d'ombre ? L'instinct ! N'avait-elle pas un an plus tard, au mois de novembre, ramassé un tapuscrit dans une chemise jaune en balayant un jour l'espace réservé à la masse d'ombre ? C'était depuis ce jour-là qu'elle s'intéressait de plus en plus à elle. La nuit, quand Drianké se retirait, elle se désintéressait de la masse d'ombre et s'enfermait dans les toilettes, situées de l'autre côté. Il y avait une lampe-tempête allumée tous les soirs devant les toilettes. Il n'y avait pas d'ampoule électrique à l'intérieur et c'était cette lampe-tempête qui était utilisée. Cette lampe-tempête faisait partie des lampes-tempête auxquelles Drianké vouait un grand soin. Le soir, elle en plaçait partout. Dans sa chambre, devant sa maisonnette. Seul l'espace où restait la masse d'ombre n'avait pas de lampe-tempête. La lumière diffusée par la lampe-tempête qu'elle avait prise en entrant dans les toilettes suffisait à Muñ pour se plonger à nouveau dans le tapuscrit contenu dans une chemise de couleur jaune. La lumière diffusée par la lampe-tempête donnait au tapuscrit et à son contenu une autre sensation, un autre sentiment. La lumière diffusée par la lampe-tempête était immergée dans le tapuscrit. La lecture du tapuscrit montait chez Muñ comme la mèche allumée de la lampe-tempête dont l'odeur devenait de plus en plus âcre et étouffait Muñ. Cette lampe-tempête lui rappelait sa mère. Sa mère était une lumière. Et maintenant, elle était comme une lampe-tempête qui s'éteignait peu à peu.

6

Le Philosophe de la rue Félix-Faure qui avait été désigné pour aller chercher le Chef de la police tardait à revenir. Tonio, le coiffeur capverdien, venait d'ouvrir son salon Chez Tonio, avec de la musique de violon qui à présent se répandait sur le trottoir de la rue Félix-Faure comme le sang rouge du grand lépreux découpé en gros morceaux. Il avait balayé l'intérieur et à présent, il balayait le trottoir devant son salon de coiffure. Ce trottoir témoin d'une nuit comme tant d'autres nuits, de tant d'autres vies arrachées à la vie. Des papiers enroulés, de vieux filtres de cigarettes et des mégots de cigarettes roulées, des bouteilles vides, des brochettes dénudées, des mouchoirs en papier avec des traînées de fard à joues et de fard à paupières, des brins d'allumettes, étaient les témoins muets de ces vies arrachées. Les gens qui étaient venus vivre dans la rue Félix-Faure étaient repartis en laissant derrière eux les traces de leur passage, sur le chemin qui menait à Dieu, qu'ils cherchaient rue Félix-Faure. Tonio avait vu la foule massée de l'autre côté du trottoir mais il ne s'en était pas approché. Il était en short et chemise à manches courtes. Aux pieds, il portait des chaussures en toile de couleur marron, sans chaussettes. Il n'avait pas jeté un seul regard à cette foule qui grossissait de plus en plus avec tous les passants qui passaient et s'arrêtaient. Les Cap-Verdiens ne se mêlaient pas trop aux populations autochtones. C'étaient les Cap-Verdiens de la première génération. Ils n'étaient pas allés habiter dans les quartiers populaires avec les autochtones. Quand les Cap-Verdiens étaient arrivés, ils étaient allés habiter dans le quartier jadis réservé du plateau, ce quartier colonial où les colons habitaient, avec les familles citoyennes des Communes. Pourtant, ces Cap-Verdiens n'étaient pas si aisés. Ils étaient coiffeurs pour la plupart et leurs femmes étaient couturières. Certaines femmes pouvaient être employées comme femmes de ménage ou cuisinières, par les familles coloniales, mais pas par les familles autochtones, même aisées. Leur peau un peu claire leur donnait un air de supériorité sur une population locale de teint plutôt noir. Même les pauvres de teint clair se croyaient supérieurs aux Noirs riches de teint noir ! Peut-être était-ce pour cela que certains Noirs se blanchissaient la peau avec des pommades et des crèmes à l'hydroquinone et au mercure !

Tonio, après avoir fini de balayer, était sorti avec une chaise et s'était installé devant son salon de coiffure Chez Tonio. Il était sorti avec un petit violon et s'était mis à jouer un air de morna, sur ce trottoir de la rue Félix-Faure, la rue de la morna. Le son qui sortait de son violon était lancinant et à cette heure de la matinée dans la rue Félix-Faure, c'était comme un hymne à l'espérance doublée de patience. Le son qui sortait du violon de Tonio était comme un hymne pour le corps découpé en gros morceaux du grand lépreux dont les yeux fixaient à présent Tonio pour lui raconter la fin de l'histoire. Le son qui sortait du violon de Tonio était comme un hommage à la rue Félix-Faure. Les gens, tout autour du corps découpé en gros morceaux du grand lépreux, avec les petites parties sexuelles enfoncées dans la bouche, ne faisaient pas non plus attention à Tonio. Tonio tenait son violon serré contre lui et jouait, la tête exagérément baissée. Tonio jouait avec son violon des airs nostalgiques venus du large, et Tonio ne faisait pas attention aux gens attroupés de l'autre côté du trottoir, juste en face de son salon de coiffure, Chez Tonio. Les yeux du grand lépreux, le gros ventre bombé, continuaient toujours à raconter la fin de l'histoire, la fin de son histoire, la fin d'une histoire. Les yeux du grand lépreux regardaient Tonio jouer de son violon et les yeux du grand lépreux ne comprenaient pas pourquoi Tonio ne s'était pas approché du spectacle. Les yeux du grand lépreux ne comprenaient pas pourquoi Tonio n'écoutait pas l'histoire qu'ils étaient en train de raconter. Le son du violon devenait de plus en lancinant et, à un moment, Tonio avait commencé à jouer une musique au rythme accéléré avec son violon et dans ses yeux baissés, le bois brillant de son violon reflétait une lueur étrange. Et le Philosophe ne revenait toujours pas.

Le Philosophe était pourtant arrivé au commissariat de police qui ne se trouvait pas loin de la rue Félix-Faure. Il avait tout de suite été reçu par le Chef de la police. Ce dernier connaissait un peu le Philosophe de la rue Félix-Faure pour l'avoir rencontré quelques fois chez Drianké. Le Philosophe lui avait relaté les faits et une discussion s'était ensuivie. Pour le Chef de la police, un tel forfait n'était pas un crime. À la limite, le Chef de la police disait que ce n'était pas l'affaire de la police. Le Chef de la police disait que depuis qu'il était dans la police, il n'avait jamais entendu parler d'une telle histoire. Il n'avait jamais entendu dire, aussi, qu'un crime avait été commis rue Félix-Faure, et pourtant elle en avait une réputation, la rue Félix-Faure.

Le Philosophe lui aussi approuvait ce que le Chef de la police disait. Pour le Philosophe, certains crimes n'étaient pas des crimes. La manière dont le corps du grand lépreux avait été découpé, avec les petites parties sexuelles enfoncées dans la bouche, signifiait quelque chose, et c'était cela qu'il fallait connaître, c'était cela qu'il fallait analyser. Il y avait un message dans cette mise en scène. Et les quatre lampes-tempête allumées, posées aux quatre points cardinaux, émettaient d'autres signes. Finalement le corps découpé en gros morceaux, n'avait pas d'importance.

Pour tous les deux, le Chef de la police et le Philosophe, ce qui les intéressait, c'était l'histoire qu'il y avait derrière tout cela. Ils avaient encore parlé de cette histoire qu'il y avait à connaître et s'étaient décidés à aller rue Félix-Faure où les autres attendaient.

Les deux gros policiers qui étaient là depuis le matin semblaient défaits. Ils étaient toujours debout, les jambes écartées. Ils avaient chaud alors que le soleil n'avait pas aspergé la rue Félix-Faure et ils baillaient de temps à autre. Ils s'en voulaient d'avoir traîné la veille dans cette rue pour se retrouver dans une telle histoire. Tout ce qu'ils voulaient, c'était que le Chef de la police arrivât et ce dernier tardait.

« Est-ce que votre Philosophe est réellement allé chercher notre Chef ? », avait dit l'un des deux gros policiers debout, les jambes écartées. Personne ne lui avait répondu.

Drianké était toujours assise à même le trottoir et elle psalmodiait un blues entre ses dents, un blues du désert ! Ce blues du désert était comme un chant funèbre pour le grand lépreux, découpé en gros morceaux. Ce blues psalmodié s'accompagnait de la musique de violon du coiffeur Tonio !

Les yeux du grand lépreux racontaient la fin de l'histoire quand le Chef de la police était arrivé en compagnie du Philosophe de la rue Félix-Faure. Les deux gros policiers s'étaient redressés en faisant le salut. Ils avaient arrangé leurs tenues froissées et sales. Le plus gros des deux gros policiers voulait commencer à faire un rapport verbal au Chef de la police, mais ce dernier l'avait arrêté. Le Chef de la police, après avoir salué Drianké, assise sur le bord du trottoir, sa canne à côté d'elle, s'était approché du corps découpé en gros morceaux du grand lépreux, avec les petites parties sexuelles enfoncées dans la bouche. Muezzin essayait d'attirer l'attention du Chef de la police, mais celui-ci était comme fasciné par le corps découpé en gros morceaux du grand lépreux.

« C'est extraordinaire !

Venez voir, avait-il dit au Philosophe.

Regardez ses yeux.

On dirait que ses yeux ne sont pas morts.

On dirait que ses yeux bougent.

Approchez-vous encore ! »

Le Philosophe s'était approché un peu plus et s'était baissé sur la tête du grand lépreux sectionnée à la base du cou.

« Oui, ses yeux ne sont pas morts. C'est étrange.

Vous voyez ! avait dit le Philosophe en se relevant. Je vous disais qu'il y avait une histoire dans ce forfait.

Ce n'est pas un crime.

C'est une histoire.

Une histoire à connaître.»

Muezzin essayait encore d'attirer l'attention du Chef de la police:

« Monsieur, patron, chef, c'est moi qui ai découvert le corps ce matin en allant faire l'appel à la prière. Je vais vous raconter...

—Non, c'est bon, lui avait répondu le Chef de la police.

Je voulais seulement vous demander si vous n'aviez rien remarqué, un détail ou quelque chose, quand vous avez découvert le corps découpé en morceaux, ce matin. »

Là, Muezzin avait arrangé son accoutrement et avait commencé:

« C'était le matin de bonne heure. Je ne voyais pas bien.

Il faisait encore sombre.

À un moment, je me suis affalé sur quelque chose et c'était ce corps découpé que vous voyez là.

Aussitôt, j'avais commencé à réfléchir pour trouver une solution.

Je m'étais dit que c'était grave.

J'avais donc décidé courageusement de prendre les choses en main... »

« Bon, merci. C'est bien.

Vous avez bien fait », avait coupé court le Chef de la police.

Muezzin semblait avoir été décoré de la croix du mérite s'il savait ce que cela pouvait signifier. En tout cas, il était content. Il avait été utile. Il avait servi. Il avait été entendu par le Chef de la police devant tant de gens.

Et il avait ajouté:

« Quand je suis revenu avec Drianké et le Philosophe, j'ai remarqué les quatre lampes-tempête placées aux quatre points cardinaux, tout autour du corps découpé en morceaux. Je me suis dit...

—C'est bien Muezzin. Merci pour la contribution», lui avait dit à nouveau le Chef de la police.

Le Chef de la police avait demandé aux deux gros policiers de disperser les apprentis philosophes et les gens tout autour. Ce qui allait être difficile. La foule reculait en bougonnant. Il leur avait ensuite demandé de faire le nécessaire pour que les gros morceaux du corps découpé soient rassemblés. En face, Tonio le coiffeur capverdien imperturbable, continuait à jouer avec son violon. Le Chef de la police avait regardé Tonio le coiffeur avec son violon coincé entre son menton et son épaule et qui continuait à jouer un air lancinant, entêtant. Le Chef de la police avait traversé la rue Félix-Faure et s'était approché de Tonio :

« Bonjour Monsieur Tonio !

—Bonjour Monsieur le Chef de la police ! avait répondu Tonio, tout en gardant son violon coincé entre son menton et son épaule.

—Monsieur Tonio, vous qui avez votre salon de coiffure juste en face, vous n'avez rien remarqué, ou rien entendu, ce matin ? »

Tonio avait dégagé son violon de son menton et une lueur étrange brillait dans ses yeux.

« Non, je n'ai rien remarqué. Le salon était encore fermé. C'est quand j'ai ouvert le salon tout à l'heure, que j'ai vu la foule.

—Et vous n'êtes pas allé voir ce qui se passait ?

—Non.

—Pourquoi ?

—Je ne suis pas curieux de nature et je ne veux pas me mêler d'histoires qui ne me regardent pas. »

Le Chef de la police regardait Tonio qui avait repris son violon et avait recommencé à jouer. Et à nouveau, la musique du violon avait aspergé le trottoir et le spectacle.

Le soleil à présent était levé. Il brillait mais il ne faisait pas chaud. Le soleil souriait plutôt. Il avait l'air content, ce matin, le soleil.

« Vous savez, monsieur le Chef de la police, avait dit le Philosophe qui avait suivi le Chef de la police, Tonio est un homme qui a été éprouvé. Un homme qui a souffert. Il était arrivé ici avec sa famille. Une femme et une fille. Sa fille a grandi ici dans la rue Félix-Faure, une belle fille que toute la rue aimait. Tonio était arrivé dans cette rue venant des Îles du Cap-Vert. Il comptait sur son métier de coiffeur et sur les travaux de couture de sa femme pour que leur fille connaisse autre chose que les durs épisodes de leur vie dans leur pays d'origine. Tonio voulait, avec la génération de sa fille, briser les chaînes de la misère et de l'ignorance que lui et sa femme avaient connues. Sa fille allait à l'école et grandissait bien. Sa fille était sa fierté. Elle était belle, travaillait bien et voulait devenir pharmacienne. Elle était en dernière année à l'université et voulait, après la soutenance de son doctorat, se spécialiser dans les plantes médicinales naturelles. Et un jour, un homme était venu bousculer, bouleverser leur existence. Un homme de grande taille, au teint noir avec un gros ventre. Il se disait un homme d'un dieu. Il se disait Moqadem. Il disait qu'il était venu participer à un colloque sur les voies spirituelles des religions. Il devait rester quelques jours avant de repartir chez lui où il exerçait une profession de vendeur de médicaments. Il disait aussi qu'il était intéressé par les plantes qui permettaient de percer le mystère du cerveau. Il disait des tas de choses qui fascinaient la fille de Tonio. Et il avait séduit la fille de Tonio. La fille aveuglée avait voulu même changer de religion pour épouser l'homme de grande taille, au teint noir. Elle avait mis tous les biens de son père à la disposition de cet homme, qui disait qu'il était venu sans beaucoup d'argent, mais qu'il avait fait faire un virement qui n'allait pas tarder. Sa femme, qui avait pensé que sa fille avait trouvé un bon parti, avait sorti toutes ses économies gagnées avec ses travaux de couture. Elle préparait les meilleurs plats de ses îles lointaines et proches. Elle s'affairait comme une fourmi, dès que l'homme de grande taille arrivait chez eux. L'homme s'était finalement installé Chez Tonio qui devenait de plus en plus inquiet. Cet homme ne lui inspirait pas confiance. Mais pour sa fille, c'était le bonheur, la chance de sa vie. L'homme qui se disait Moqadem avait commencé à jeter des regards provocateurs sur la mère de la fille, dès que cette dernière s'absentait. Il lui parlait de son dieu, des notions de bien et de mal. Il lui disait que son dieu lui parlait. Et que selon ce que son dieu lui aurait révélé, elle devait se faire purifier. L'homme lui demandait de lui parler de sa vie, surtout de ses expériences sexuelles avec son mari. La femme de Tonio était choquée au début, mais rassurée par l'insistance de l'homme qui se disait homme d'un dieu et Moqadem de surcroît, elle s'était laissée aller. Pendant qu'elle parlait, le Moqadem se tenait le sexe dans son pantalon et le tordait doucement. La femme de Tonio continuait à parler et le Moqadem continuait à se masturber. À un moment, il avait dit d'une voix grave qu'elle devait subir une séance de purification. Le Moqadem avait réussi à convaincre la femme de Tonio qu'il fallait qu'elle se fasse purifier par lui-même. La femme de Tonio emportée par le discours du Moqadem, s'était laissée entraîner dans la chambre et il en fut ainsi tous les jours, chaque fois que la fille sortait et que son mari se trouvait dans le salon de coiffure.

"Mon dieu vous aime, vous avez de la chance. Vous allez voir que de plus en plus vous allez vous sentir légère, légère. Vous serez dégagée de toutes vos impuretés." Et tous les jours, le Moqadem purifiait et la mère et la fille. Le Moqadem avait demandé à la femme de Tonio de lui trouver quelque chose de précieux pour faire des prières de grâces à son dieu qui l'aimait tant. Elle lui avait remis les bijoux de famille, ceux de sa propre famille et ceux de la mère de Tonio décédée depuis. Pour cette famille d'immigrés, les seuls biens qu'ils possédaient et auxquels ils tenaient, c'étaient ces bijoux. C'était le lien. La femme de Tonio lui avait tout remis. Un beau matin, le Moqadem avait disparu. La femme de Tonio avait fait une dépression nerveuse et était devenue folle par la suite. Depuis, elle ne sortait plus, se couvrait de voiles et s'était définitivement tue. La fille avait piqué une crise et s'était suicidée quand sa mère lui avait appris tout ce que le Moqadem lui avait fait. Elle fut trouvée morte un jour dans sa chambre, et dans sa main il y avait un papier sur lequel il était écrit :

"La cicatrice..."

Nul ne sut jamais ce que la fille de Tonio voulait dire.

Depuis ce jour, Tonio a changé. Il passait de plus en plus son temps à jouer du violon et une lueur étrange brille dans ses yeux depuis cette époque-là. »

Rue Félix-Faure, habituellement, c'était la vie qui y retentissait plus que la mort. C'était la rue de l'espérance doublée de patience et non du deuil. Patiencia y Esperanza, avait l'habitude de dire le violon de Tonio. Et les yeux du grand lépreux découpé en gros morceaux continuaient à raconter la fin de l'histoire.

Muñ, enfermée dans les toilettes, continuait la lecture du tapuscrit contenu dans une chemise jaune.

« Tous les jours, c'était humiliation sur humiliation. Parfois, je me disais que tu ne t'en rendais pas compte. Tu avais des comportements de plus en plus étranges. En public, tu voulais briller, et tu m'empêchais de m'exprimer en disant que je ne laissais pas les autres parler. En public tu voulais être remarqué. Si tu ne l'étais pas, tu attirais l'attention par tous les moyens, sinon tu te levais et tu partais. Un jour, tu avais reçu un jeune couple qui avait voyagé de loin pour je ne sais quelle raison. Comme tu ne m'informais de rien, je ne connaissais pas la raison du voyage de ce jeune couple. J'étais tellement dans la tourmente que j'appelais une épreuve divine, que c'était de moindre mal. Dès que la jeune femme était arrivée, deux jours après tu commenças à t'intéresser à elle. Un intérêt qui dépassait largement celui qu'on accorde en général à une invitée mariée et qui était avec son époux. Tu aimais parler avec elle, ne supportais pas que j'intervienne quand tu parlais avec elle. Tu lui faisais des compliments sur tout, et même sur rien. Tu me reprochais de ne pas la laisser faire la cuisine. La jeune femme mariée s'était tout de suite rendu compte, quelques jours plus tard que toi, le fameux Moqadem, tu étais amoureux d'elle, enfin pas amoureux car tu en étais incapable, plutôt attiré. Alors aussitôt avait commencé le jeu dans la maison. Les coups d'œil s'échangeaient furtivement dans le dos du jeune mari qui transpirait tout le temps et semblait souffrir d'une maladie étrange. Dès que je tournais le dos ou à peine, tu t'approchais de

plus en plus d'elle. Tu s'asseyais en face d'elle quand le jeune mari n'était pas là, tu écartais tes jambes et tu la dévorais des yeux. Tu te masturbais en face d'elle. Ton attitude n'était pas l'attitude d'un homme qui se disait homme de Dieu et qui disait qu'un croyant devait cultiver la vertu. Tu te masturbais devant la femme d'autrui, une jeune femme mariée qui pouvait être ta fille. Je voyais ton manège tout en faisant les allées et venues pour vous servir le thé, le café, le dessert. J'étais comme la petite boniche qui ne devait rien dire, rien remarquer. Dès que je voulais dire quelque chose ou demander un renseignement, c'était considéré comme un harcèlement. Jamais de toute mon existence je n'avais connu une telle situation. Je n'arrivais pas à manger tellement je souffrais. Tu riais aux éclats, demandais que la nourriture soit prête à l'heure car la jeune femme avait un rendez-vous. Et je courais comme un petit chien pour servir un maître qui ne voulait plus le voir. La jeune femme mariée ne me considérait pas parce que toi, tu ne me considérais pas, et dans la même maison où nous vivions, tu ne cachais pas que tu t'étais entiché d'elle.

Le comportement de la jeune femme mariée était caractéristique des femmes dont le mari des autres tombait amoureux. Elles avaient tendance à ignorer la femme légitime et à la mépriser. Et tu voulais que je sois témoin de cela. Tu ne t'en cachais pas avec moi ou alors tu avais du mal à freiner tes élans. Tu ne le cachais qu'au mari et encore. Tu voulais que j'assiste au spectacle. Parfois, tu la retrouvais dans un coin, la pinçais et elle criait et tu venais t'asseoir à côté du mari comme si de rien n'était, et quand la femme vous rejoignait, elle te saluait comme si elle ne t'avait pas vu auparavant. Moi je faisais la sourde, la muette, celle qui ne comprenait rien, qui n'avait rien vu et ne devait rien dire, sinon ce serait du harcèlement.

C'était cela l'épreuve ?

Que voulait me montrer Dieu ?

Tout le petit personnel avait remarqué à quel point j'étais maltraitée, mais que pouvais-je faire ou dire ? J'étais enfoncée jusqu'au cou. Dans des histoires de ton dieu, d'un dieu que je ne comprenais pas. Dans tout cela, je voulais rester calme et digne. J'avais proposé une ballade sur la lagune pour le couple. Je connaissais la lagune pour y avoir été plusieurs fois. Toi-même, tu habitais à côté, mais tu n'y avais jamais mis pied. Tu jouais au seigneur, mais au seigneur ignorant des bonnes choses de la vie, des choses saines de la nature. Toi qui disais chercher Dieu, tu ignorais tout de Sa Création. Tu ne connaissais que ton dieu et ses associés. Tout fut programmé à mon insu et le jour du départ je ne fus même pas informée et à la dernière minute quelqu'un d'autre, le fameux neveu, m'avait demandé de venir avec vous. Je ne voulais plus y aller, mais je voulais rester digne et j'avais accepté. Durant le trajet, tu m'avais royalement ignorée et quand nous étions entrés dans la pirogue, tu avais demandé rapidement à la femme de s'asseoir à côté de toi. Si tu savais que c'était ce jour-là que j'avais décidé de te quitter définitivement. Alors que l'envie et la décision de te quitter ne m'avaient plus quittée depuis plusieurs mois. J'en avais même parlé à ton fameux neveu, que tu enviais aussi et dont tu disais du mal. Je t'avais déjà quitté avant de te quitter pour toujours.

Ma petite fille voyait à quel point je souffrais, à quel point j'étais malheureuse ! Quand nous nous retrouvions dans notre maison que j'avais abandonnée à moitié, je me jetais dans ses bras et pleurais toutes les larmes de mon corps, meurtrie par le mépris et la haine que je sentais transpercer mes pores. Cette haine, ce mépris venaient de toi, toi qui m'avais couru après, qui m'avais harcelée, cherchée et voilà ce que tu avais fait de moi : une loque. Dans mon quartier, les gens s'inquiétaient.

« *Qu'a-t-elle ?*

—*Pourquoi a-t-elle tant dépéri ?*

—*Pourquoi son teint a changé ?*

—*Mais que se passe-t-il avec cet homme qui l'a accaparée ?*

—*Ah! Qu'est-ce qu'on avait dit ?*

—*Que ce type n'était pas bon !*

—*S'il était un type bien, comment l'aurait-elle trouvé dans son propre pays, dans le milieu où il était né, à y vivre seul ?*

—*Lui qui présentait bien, lui qui faisait le dévot, lui qui parlait d'un dieu à tous les coins de rue, et à tous les coins de fesses, pourquoi personne ne voulait de lui ?*

—*Il collectionne les femmes.*

—*Une vient, une part.*

—*Ah, quel dommage, cette femme qui était si bien, si respectée, voyez ce qu'elle était devenue !*

—*C'est terrible !*

—*Enfin, que voulez-vous, elle ne devait pas accepter de s'allier avec cet homme. Il a mauvaise réputation.* »

Et pendant ce temps, ma petite fille continuait à souffrir en silence.

Un jour, tu m'avais fait laver un de tes sous-vêtements. Un sous-vêtement dans lequel tu avais joui en regardant des femmes ou en les écoutant parler. Il fallait voir quand une femme parlait devant toi, tu étais là, la bouche à moitié ouverte, prêt à baver. Tu fixais ton attention sur sa bouche comme si c'était un sexe et tu te masturbais. Au début de notre union, je t'avais emmené chez des amis pour te présenter. Le mari était absent mais la femme était là. Dès que tu t'étais installé, bien en face de la femme, tu étais là bouche bée et quand je voulais intervenir, tu me broyais la main pour me faire comprendre qu'il fallait que je me taise. Cela, je l'avais remarqué déjà dès le début, mais je ne comprenais pas. J'avais reçu une fois aussi, une amie qui était venue passer un week-end avec moi pour discuter d'un projet de pièce de théâtre. Tu étais venu me voir et dès que tu l'avais vue, c'était fini, tu ne me voyais plus. Tu étais là buvant sa bouche qui remuait et si elle s'arrêtait de parler, tu relançais la conversation sur des thèmes qui ne l'intéressaient même pas. Tu voulais lui parler de ton dieu, avais pris des livres que tu m'avais passés et tu les lui avais remis pour les lire. Je ne comprenais pas, car moi qui avais des choses à discuter avec cette amie, je ne pouvais plus ouvrir la bouche. Dès que je voulais le faire, tu m'arrêtais net ! Gênée, j'allais et venais prétextant d'aller chercher quelque chose, alors qu'en réalité, c'était pour échapper à une situation intenable. A un moment, tu t'étais à nouveau intéressé à moi, quand peut-être mon amie avait réalisé que tu la manipulais pour la faire parler. C'était seulement après que tu avais des rapports sexuels avec moi. Je sentais que tu n'étais pas avec moi. Tu me faisais l'amour en pensant à quelqu'un d'autre. Je sentais que tu te retenais pour ne pas dire son nom. Mais quand dans la journée tu t'étais masturbé en regardant les femmes ou en les écoutant parler, quand tu voulais m'appeler, tu prononçais les prénoms de ces femmes-là. Tu ne t'en rendais même pas compte. Ma petite fille, qui restait chez toi de temps en temps, et moi, nous étions attentives à tout cela et nous encaissions en silence. Je faisais la cuisine tous les jours pour les invités, les jeunes femmes de passage ou les jeunes hommes de passage. Car tu aimais aussi écouter les jeunes hommes parler de leurs expériences surtout sexuelles. Tu invitais des groupes de jeunes pour parler de fornication. Tu invitais tes neveux sur ton lieu de travail, les enfermais et tu leur demandais de te raconter leurs expériences sexuelles. L'un d'eux t'avait raconté que, très jeune, il avait été détourné par une fille plus âgée que lui. La fille plus âgée que lui lui demandait de faire l'amour avec elle. Ainsi, le petit jeune homme, dès qu'il quittait l'école, courait retrouver la fille plus âgée que lui pour faire l'amour. Quand le soir, tu me racontais tes entrevues avec les jeunes gens, tu bandais. Et certains soirs, tu me demandais de raconter des faits similaires, et j'en inventais et tu commençais à bander. Tu ne pouvais bander qu'ainsi. Ton sexe était dans tes oreilles. Le soir, tu ne pouvais pas te coucher tant que tu n'avais pas regardé les dernières informations à la télévision. Tu guettais les speakerines, pour te masturber. Tu exigeais que je sois là aussi devant la télévision. C'était les femmes qui avaient la bouche qui s'ouvrait dans une certaine forme qui t'excitaient. Tu m'obligeais à rester à guetter celles qui avaient les formes de bouches que tu voulais. Dès que l'une d'elles faisait son apparition, tu étais là tout excité et tu me disais :

« Regarde celle-là, la forme de sa bouche indique que c'est une salope. Qu'est-ce que tu en penses ?

Dis que c'est une salope

Dis-le fort. Dis-le encore plus fort ! »

Si je ne disais rien, tu me regardais avec une telle lueur dans les yeux que j'en frissonnais. Je n'osais pas te regarder et découvrir le vicieux que tu étais et que tu n'assumais pas.

Comment toi, un homme qui se cachait sous le voile de Dieu, tu pouvais être si vicieux ?

« Regarde celle-là, elle me provoque aujourd'hui, que me veut-elle?

Elle veut que je la baise, c'est ça hein, n'est-ce pas ? »

Et tu te masturbais. Tout cela, tu le faisais devant moi et comme j'étais une personne qui voulait t'aimer, qui voulait t'admirer, qui voulait démontrer aux autres que malgré ta réputation, je ferais tout pour sauver notre union, j'étais épuisée. J'aurais pu tout supporter s'il n'y avait pas eu le mépris. Quand tu ne trouvais pas matière pour te masturber, tu m'en voulais ! Et tu continuais à me mépriser et de plus en plus. Parfois, je me disais comment j'avais pu rencontrer un homme qui semblait intelligent et qui finalement était si nul. C'était le lot des gens qui jouaient aux intelligents. Parfois, tu me disais que ton signe était celui d'un chasseur. Tu en avais assez de moi et tu voulais aller à l'aventure, à la chasse. Ma période de grâce était terminée. Il te fallait une nouvelle aventure. Tu ne me supportais plus. Je n'avais pas d'argent à te donner. Je n'avais pas de vice à te revendre. Il te fallait de l'argent pour le pouvoir et du vice pour t'exciter. Comme tu ne savais pas faire l'amour, je n'avais plus envie de toi, non plus. Faire l'amour avec toi était une épreuve douloureuse. Tu me mettais dans des positions inconfortables et pensais à d'autres femmes. Parfois, un nom t'échappait.

Comme ta vraie nature se dévoilait de plus en plus, je n'étais pas fière de toi et ta compagnie devenait de plus en plus lourde pour moi. Je sentais et savais que j'allais te quitter. J'étais en train de ménager le milieu pour les qu'en dira-t-on. J'allais être traitée d'irresponsable et d'inconsciente dans un milieu où j'avais essayé de m'adapter, et où j'étais respectée. Ma belle-famille que je considérais comme ma famille avait commencé à me créer des problèmes, surtout parmi ceux et celles qui m'en voulaient secrètement pour une raison ou une autre. Je commençais à être déçue de toutes parts.

Un jour, tu étais couché sur le lit et tu m'avais dit :

« Tiens, j'ai ramassé une lettre d'un père à son fils. Et dans cette lettre le père disait à son fils : Voilà ce que ta femme doit attendre de toi: il faut la loger, l'habiller et lui donner à manger. Mais pour toi tu dois épouser une femme plus jeune, plus riche et plus belle que toi ». Je te répondis naïvement que toi, tu n'avais pas de chance parce que je n'avais pas ce profil. Ce ne fut qu'après que *je compris que tu parlais pour toi. D'ailleurs, je t'en avais fait la remarque et tu me disais :*

« Ce n'est pas mon père qui a écrit cette lettre. »

Des conneries comme cela, tu en sortais plusieurs par jour sans t'en rendre compte. Mais ce n'était pas des conneries, tu ne voulais plus de moi et tous les moyens étaient bons pour me le faire savoir. Et cela, c'était terrible. Une autre fois, tu avais envoyé ta fille âgée d'à peine six ans que tu avais eue avec la femme de petite vertu pour me dire que je n'étais pas jolie, et toi tu gloussais dans un coin, et tout cela ne m'avait pas échappé. J'avais pitié de ton enfant à qui tu aurais dû inculquer d'autres valeurs. Et pourtant, au début de notre relation, tu m'avais avoué que tu te préoccupais de son bagage génétique, parce qu'elle était née d'une femme de petite vertu.

J'avais honte pour toi, un homme que je voulais admirer et qui avais des comportements aussi bas.

« Tu sais, les arabes n'aiment pas les veuves.

Ah ! Ils n'épousent pas les veuves.

Ils disent que les veuves portent malheur.

Ils disent que les veuves sont responsables de la mort de leurs maris. »

Quand tes propres bassesses et contradictions t'effleuraient un peu, aussitôt tu voulais te ressaisir en disant que c'était pour cela que le Livre était descendu, avec un prophète qui avait épousé une veuve qui était en plus âgée que lui. Et ce prophète durant toute sa vie avec cette veuve n'avait jamais pris une autre femme.

Ainsi, un jour en lavant un de tes slips que tu avais souillé de ton sperme en te masturbant à ton travail, à ton domicile, devant la télévision, devant les femmes qui parlaient, tu te masturbais même en regardant tes sœurs parler, tes belles-sœurs, ta mère peut-être, j'avais attrapé une maladie étrange sans le savoir. Cela avait commencé par de petites zones insensibles. Je sentais que certaines zones de mes bras ne sentaient plus la chaleur. Cela m'avait semblé étrange mais en même temps, avec tous les maux que j'avais connus avec toi, je me disais que cela devait encore être une manifestation de la souffrance que j'endurais. Peu de temps avant cela, j'avais remarqué qu'une de mes clavicules s'était soulevée comme si elle voulait se désarticuler. Je t'en avais parlé et tu me disais que j'avais dû avoir une fracture dans ma jeunesse. Je dépérissais de plus en plus. J'étais devenue de plus en plus méconnaissable. Ma peau dont la douceur était légendaire pour tous ceux qui avaient eu le privilège de la toucher, était devenue rugueuse, fade, terne. Cette peau dont même des femmes disaient qu'elle était si belle, tant sa texture était lisse, cette peau était devenue comme un vieux parchemin. Je n'osais plus me regarder dans le miroir. Car à chaque fois que je le faisais, je reculais tant mon propre visage m'était devenu étranger. C'était incroyable. Ce visage que j'avais devant moi n'était pas mon visage. Les gens qui m'avaient connue ne me reconnaissaient plus. A la poste, un jour, une employée qui me connaissait très bien avait ouvert les yeux, ébahie, quand je m'étais trouvée devant elle.

« Ce n'est pas possible, je ne vous ai pas reconnue.

C'est quand j'ai lu votre nom que je vous ai reconnue.

Qu'est-ce qui vous est arrivé ? Vous êtes malade ? »

Ainsi de plus en plus, j'étais sûre que quelque chose n'allait pas, mais quoi ? Étaient-ce les humiliations que tu me faisais subir qui m'avaient transformée à ce point-là ? Non, il n'y avait pas que les humiliations. Il y avait les liquides noirs que tu me faisais avaler en me disant que c'était pour ma protection.

« Mais la protection, c'était avec la notion de Dieu, l'idée de Dieu, avec Dieu, avec soi-même, avec ses propres comportements et attitudes, te disais-je.

Oui, mais cela ne suffit pas ! » répondais-tu.

Tu étais quelqu'un qui parlait de Dieu partout, qui disait s'en remettre à lui, et qui passait son temps à croire à d'autres dieux. J'étais effondrée. Je le fus encore plus quand tu avais commencé à développer ta théorie des doubles.

« Tu sais, nous avons été créés en double. Un double qui est bon et un autre qui est mauvais. Il est possible, avec des méthodes sur lesquelles je fais des recherches avec des amis, de détruire le double qui est mauvais. »

—Comment ? » t'avais-je demandé.

Tu avais ri, de ce rire où tu te délectais de toi même. Je t'avais parlé d'un livre que j'avais lu sur la métempsycose, pensant que c'était de cela que tu voulais parler, et tu avais ri encore plus. Tu t'étais approché de moi et tu m'avais montré cet homme d'un certain âge que tu m'avais présenté la première fois que j'étais venue. Il était vieux avant l'âge. Il était rabougri, sale. Il dormait dans une pièce où je n'avais jamais mis les pieds. Cette pièce se trouvait au fond de la cour de ta maison. Tu m'avais dit que tu l'avais rencontré devant ta boutique de médicaments où il restait souvent et tu l'avais emmené chez toi. J'avais pensé que ce que tu avais fait était une bonne action et cela confirmait que tu étais un homme de Dieu. J'avais demandé des nouvelles de sa famille, tu m'avais dit que tu ne savais pas où se trouvait sa famille. L'homme, malgré son apparence de décrépitude avancée, semblait avoir été quelqu'un de bien dans une autre vie. J'étais horrifiée quand tu m'avais appris qu'il était possible de prendre quelqu'un et de l'utiliser pour détruire le mauvais double qui était avec soi. C'était lui que tu avais emmené chez toi et que tu utilisais pour que tout ce qui était mauvais en toi aille vers lui. C'était un de tes amis sorciers qui t'avait recommandé l'usage d'un double en te disant qu'ainsi débarrassé des mauvaises choses qui te bloquaient, tu allais être un homme puissant et riche. Cet homme mangeait la nourriture pourrie, les restes dont même des cochons ne voudraient pas. Il ne se lavait pas. Il pouvait rester assis une journée entière, dans sa crasse et ses odeurs, entourée de bouteilles contenant des restes de nourriture pourrie où les asticots se débattaient. Il était comme un déchet. Un déchet humain. Tu le gardais dans ta maison pour qu'il soit ton mauvais double. Tu disais que si quelqu'un te faisait du mal, cela allait tomber sur lui. Toutes les mauvaises vibrations qui entraient dans ta maison seraient bloquées sur lui. Cet homme te servait de paravent contre les esprits maléfiques qui t'empêchaient d'être riche et puissant comme tes frères et sœurs. Je trouvais cela abominable. Tu m'avais dit qu'il y avait des gens créés pour servir à cela. Tu pouvais ainsi faire ce que tu voulais et tu disais que le courroux de ton dieu ne s'abattrait pas sur toi mais s'abattrait sur lui. Tu disais que cet homme pouvait mourir à ta place. »

« Muñ ! Muñ ! Muñ !
Muñ Muñ ! »

Muñ avait entendu Drianké qui l'appelait, mais elle avait pris le temps de ranger le tapuscrit, en titubant de dégoût. Cet homme était exécrable, horrible, diabolique. Elle avançait dans la lecture et se demandait si elle pourrait la continuer encore. Elle avait rangé le tapuscrit au-dessus de la chasse d'eau qu'elle avait tiré et était sortie.

« Muñ, qu'est-ce que tu fais dans les toilettes encore ?

Je crois que ce n'est pas ta mère qui est malade, c'est bien toi !

Tu sais, c'est difficile d'être avec quelqu'un qui ne parle pas, qui ne dit pas tout. Tu caches trop de choses finalement.

Je veux bien t'aider, mais on ne peut aider que la personne qui veut être aidée. Tu as de la chance de bien faire ton travail et que tu ne m'embêtes pas. Par les temps qui courent, c'est difficile de rencontrer quelqu'un qui n'embête personne, la mode étant de chercher toujours à embêter quelqu'un avec ou sans raison.

Sinon, je ne t'aurais pas gardée. Tu es trop bizarre !

Bon, demain matin, en allant au marché, tu passeras chez mon frère Amoul. Tu lui diras devenir me voir, j'ai besoin de lui ».

Drianké était dans sa chambre, mais elle ne dormait pas. Le cas de Muñ la préoccupait de plus en plus.

Qu'avait cette fille ? Qui était-elle finalement ?

Pourtant, ce n'était pas lè genre de questions qu'on se posait dans la rue Félix-Faure et encore moins chez Drianké qui en avait tant vu. Mais cette fille avait quelque chose d'étrange.

Et que faisait-elle dans les toilettes ?

Muñ avait fermé la porte et s'était couchée sur le lit en face de celui de Drianké. Elle ne dormait pas. Dans sa tête, c'était l'histoire qui la hantait.

Ce n'est pas possible, se disait-elle. Comment une personne pouvait tant souffrir et s'accrocher, au nom seul de Dieu ?

L'épreuve, c'était quoi ? Était-ce une discipline qu'on s'imposait soi-même ou bien était-ce cette souffrance inutile que la plupart des gens acceptaient ? Et ainsi, ils enduraient cette souffrance en disant que c'était Dieu qui faisait pleurer et faisait rire. La vie serait-elle réduite à cette simple manipulation ? L'homme n'avait donc aucune responsabilité ? Tout venait de Dieu ? Les guerres en son nom, les enfants qui mouraient en son nom, les tortures, les atrocités, les femmes et les enfants qui traversaient des jungles et des forêts, les pieds en sang, tombant morts de faim, de soif, c'était Dieu tout cela ? Les femmes qui avaient vu leurs maris assassinés sous leurs yeux, leurs enfants égorgés sous leurs yeux, c'était aussi la volonté de Dieu ? Mais bon sang ! Pourquoi tant de souffrances en son nom ?

Pourquoi cette femme était-elle humiliée, ridiculisée, méprisée, au nom seul de Dieu ? Alors que l'homme qui lui infligeait cette souffrance riait aux éclats avec les autres, vivait bien, passait son temps à courir les petites filles dans les quartiers et à se masturber avec les femmes des autres ? Lui, il pouvait vivre ainsi au nom de Dieu et cette femme devait souffrir au nom de Dieu ? Pourquoi ?

Était-ce ainsi que la femme devait accepter la notion de Dieu ?

La souffrance était pour elle, parce que c'était la faute à Ève ?

Et Adam alors, pourquoi avait-il mangé la pomme ?

A cause de Satan ?

Qui avait créé Satan ?

Muñ voulait s'endormir en se disant si c'était Dieu, elle préférerait s'abandonner à lui et ne plus fournir aucun effort. Cela lui faciliterait la tâche dans la poursuite de son objectif. Mais le sommeil ne voulait pas de Muñ. Muñ ne pourrait plus dormir. Ce qui la préoccupait, c'était de savoir la suite de l'histoire, et non la fin de l'histoire qui deviendrait son histoire, et son histoire, elle n'en voulait pas. Ce qu'elle voulait, c'était d'extirper de son sang cette haine qui lui brûlait le cœur. Ce qu'elle voulait, c'était atteindre son objectif et en finir.

Le lendemain matin, Drianké et Muñ s'étaient levées tôt comme d'habitude. Drianké s'était installée dans son vieux fauteuil en cuir après avoir pris sa douche froide, un blues entre les lèvres. Muñ, pendant ce temps, rangeait la chambre. La lampe-tempête dans la chambre continuait à diffuser une lumière faible et l'odeur âcre de pétrole grattait la gorge de Muñ. Cette odeur lui rappelait la lampe-tempête de sa mère là-bas ! Sa mère se raclait souvent la gorge et Muñ lui avait dit d'utiliser la lumière électrique ou alors la bougie. Rien à faire. Elle gardait sa lampe-tempête allumée nuit et jour, tous les jours, elle aussi comme Drianké.

Quand Muñ partit au marché, après le petit déjeuner qu'elles avaient pris ensemble en silence, Drianké s'était levée de toute sa petite taille, de toute sa rondeur. En boitant, appuyée sur sa canne, elle s'était dirigée vers les toilettes où Muñ passait trop de temps, à son avis. Elle avait ouvert la porte et avait regardé dans tous les coins. Les toilettes étaient propres, ce qui ne la surprenait pas. Muñ était une fille propre. Elle nettoyait tout sur son passage. Elle était la seule à fréquenter ces toilettes, presque. Drianké était restée là quelque temps à regarder tout autour. Elle avait levé la tête vers la chasse d'eau mais elle n'avait rien vu qui pouvait l'inquiéter. Tout était normal. Drianké était vraiment préoccupée au sujet de Muñ.

« Que faisait cette jeune fille dans les toilettes ? »

Drianké avait quitté les toilettes en refermant doucement la porte. Elle s'était dirigée en boitant vers les grandes tables au fond de la cour, ces grandes tables sur lesquelles, la nuit, la masse d'ombre se glissait, en s'asseyant sur l'une d'elle. Elle avait marché entre les grandes tables, soulevant un grand banc, le remettant ailleurs. Tout était en ordre. Elle s'était assise sur une grande table, celle préférée de la masse d'ombre et avait commencé à siffler un blues pendant qu'une lueur étrange s'était allumée dans ses yeux. Elle était restée là longtemps, pensive, lointaine, regardant droit devant elle, mais son regard avait quitté la rue Félix-Faure. Après un certain temps, elle s'était levée, avait regardé vers les toilettes de Muñ et était retournée en boitant vers la devanture de sa maisonnette. Drianké s'était installée à nouveau dans son vieux fauteuil en cuir et avait continué à siffler un blues. Elle attendait le retour de Muñ du marché avec impatience. Ce n'était pas les condiments qu'elle devait ramener qui l'intéressaient aujourd'hui. Drianké voulait savoir si son frère Amoul avait reçu son message. Elle voulait absolument voir son frère.

Drianké, malgré sa rondeur, malgré sa petite taille, était une très belle femme. Elle a dit être la plus belle fille de son époque. Cela se voyait à son air altier, celui d'une femme qui en avait vu d'autres, à son allure élégante, élégante dans les gestes, les attitudes, à l'intonation de sa voix. Parfois, un sourire lointain éclairait son visage et ses yeux se plissaient de joie secrète. Parfois, une moue triste assombrissait son visage, une lueur étrange brillait dans ses yeux, et elle commençait à siffler un blues. La cour de la maisonnette de Drianké était déserte à cette heure-là. Ce n'était que dans l'après-midi que les habitués, les clients, des connaissances, quelques membres de la famille venaient animer. De temps à autre, un enfant entrait en courant dans la maison pour délivrer un message et Drianké lui donnait toujours quelque chose. Un reste de nourriture, un bout de pain, une limonade, une pièce de monnaie. Drianké aimait particulièrement les enfants. Elle en avait, mais elle ne vivait plus avec eux. Ils étaient grands et la plupart étaient mariés, avaient leurs enfants, et vivaient ailleurs. Leur père aussi était parti vivre ailleurs, quand Drianké lui avait fait comprendre que ces temps-ci, elle voulait rester seule. Drianké ne se déplaçait pas souvent. D'abord, elle avait son rythme de vie et elle ne sortait presque jamais de chez elle, sauf certains soirs et certains matins, très tôt. Elle allait marcher un peu dans la rue. C'était le matin aussi qu'elle préférait rue Félix-Faure. Drianké pouvait se trouver rue Félix-Faure quand personne n'était encore dehors, à part les derniers noctambules qui s'accrochaient à l'illusion. Elle ne le faisait plus comme avant, mais cela lui arrivait de temps à autre. À part ces sorties matinales espacées, elle marchait parfois le soir en boitant, appuyée sur sa canne, jusqu'à l'avenue Maginot, comme le lui avait recommandé l'infirmier de la rue

Félix-Faure. Le Philosophe de la rue Félix-Faure avait dit une fois, il n'y avait pas si longtemps, qu'il avait vu Drianké un matin très tôt, à une heure furtive, marcher d'un pas vigoureux, sans sa canne. Et personne n'avait voulu croire le Philosophe, même pas les apprentis philosophes.

« Je vous dis que Drianké a une double vie ! » avait surenchéri le Philosophe de la rue Félix-Faure.

—Mais tout le monde a une double vie ! avait dit un apprenti philosophe.

—Enfin, la rue Félix-Faure nous dira autre chose un jour ! » avait conclu le Philosophe de la rue Félix-Faure.

• • •

Muñ n'était pas encore revenue du marché et Drianké s'impatientait, pour la première fois. Elle s'était levée et s'était dirigée vers le portail de la maison en passant par les multiples dédales, couloirs, cours et courettes et elle faisait attention où elle mettait les pieds. Il y avait toujours les éternelles allées et venues dans ces couloirs. Des dizaines de familles pouvaient habiter dans cet endroit. Drianké habitait cette rue depuis tant d'années et sans beaucoup sortir, elle en connaissait tous les coins et recoins. Elle connaissait toute l'histoire de cette rue. Elle y avait passé la plus grande partie de sa vie, de son âge adulte jusqu'à aujourd'hui. C'était dans cette rue qu'elle était venue se réfugier quand le Moqadem l'avait presque détruite. C'était dans cette rue qu'elle avait renoncé aux religions car il n'y avait pas de temples pour Dieu. C'était dans cette rue qu'elle avait essayé de cicatriser toutes les humiliations, tout le mépris, toute l'exploitation que ce Moqadem lui avait fait subir. La rue Félix-Faure représentait pour Drianké le Sauveur. Drianké avait quitté sa ville natale pour embrasser une carrière de chanteuse à la capitale, avait-elle seulement dit quand elle était arrivée. Dans sa ville natale, elle avait commencé à chanter dans des orchestres. Elle avait une voix de blues. De par ses origines berbères, négro-berbères et kabyles, elle avait hérité une intonation dans la voix qui partait des monts de l'Atlas dans le désert. Elle avait été surnommée Billie Holiday, Bessie Smith, Sarah Vaughan, Amalia Jackson, Nina Simone, Ella Fitzgerald, des femmes qu'elle ne connaissait pas. Elle n'avait jamais été à l'école, et n'avait que sa voix. Elle chantait sa ville natale avec la langueur de cette ville, d'une voix plus que blues. Une espèce de plainte, complainte amoureuse, sanglotante. À cette époque et encore aujourd'hui même, une femme qui chantait avec un orchestre et dans des boîtes de nuit était mal vue. La notion du mal, elle en avait fait abstraction depuis longtemps. L'expérience avec le Moqadem lui avait dessillé les yeux sur la façon dont les gens manipulaient cette notion à d'autres fins, sous le couvert de Dieu. A cette époque, elle ne pouvait pas résister tous les soirs à retrouver dans sa ville natale les orchestres avec quels elle pouvait chanter jusqu'à l'aube, le plus souvent gratuitement. Elle avait chanté et elle était heureuse. Elle ne voyait pas de débouchés à l'horizon, mais pourtant on parlait d'elle, même au-delà de sa ville natale. Un jour, elle était partie à la capitale pour tenter sa chance, avait-elle dit quand elle avait quitté sa ville, et quand elle était arrivée rue Félix-Faure. Elle avait entendu parler de la rue Félix-Faure pour ses boites de nuits, ses bars-dancings, où les musiciens amateurs ou professionnels pouvaient toujours trouver un orchestre ou un groupe improvisé pour démontrer leurs talents, plus pour le plaisir que pour la recherche d'ouvertures. À cette époque, les musiciens avaient du plaisir à jouer ensemble. C'était ainsi que Drianké qui était dans la force de l'âge, belle, différente, avec une voix unique, fut vite identifiée dans la ville. Elle avait commencé à tourner dans le milieu des artistes, cinéastes, comédiens, chanteurs, etc. Elle avait obtenu des rôles dans certains films et était finalement engagée dans le Ballet national. Elle voyageait beaucoup. Mais de retour de voyage, elle cherchait toujours un orchestre pour chanter le blues. Ce qui lui plaisait et lui tenait à cœur, c'était de chanter le blues. Dans le Ballet national, elle chantait pour le patrimoine national, renonçant à ses origines pour faire l'unité nationale, mais dans son cœur c'était le blues. Les années passaient et Drianké chantait toujours le blues avec la même langueur lancinante qui vous prenait aux tripes et vous faisait voyager à travers les déserts intérieurs. À travers ces multiples cours, couloirs et courettes, elle pensait à toute cette période qu'elle avait passée dans sa ville natale là-bas dans le Nord, où la vie était différente. Le plaisir, la joie d'être ensemble étaient là et beaucoup de talents avaient explosé dans cette joie de faire de la musique, du théâtre, du cinéma, de la danse, ensemble. Il n'y avait pas de managers. Il suffisait de trouver deux personnes qui voulaient faire de la musique, on se joignait à eux et on faisait de la musique. Quelle belle époque ! Et elle était jeune et elle était belle ! Et elle chantait toujours, jusqu'au jour où le fameux Moqadem était arrivé et avait mis fin à ses rêves.

Drianké s'était dirigée vers le portail de la maison comme pour aller accueillir Muñ. Elle marchait en fredonnant un blues, le long de ces longs couloirs qui bifurquaient dans tous les sens avant d'arriver à la rue. Elle avait remarqué que les couloirs n'étaient pas très propres. Il était vrai que ces couloirs étaient communs à d'autres maisonnettes, d'autres cours, d'autres courettes, dans ce dédale de vies qu'était la façade arrière de la rue Félix-Faure. Les copropriétaires des couloirs devaient les nettoyer, et d'habitude, ils étaient propres, sauf quelques flaques d'eaux inévitables. Drianké se demandait ce qui avait pu se passer pour qu'aujourd'hui les couloirs soient exceptionnellement si sales. Elle s'était dirigée en boitant vers le portail et aussitôt arrivée, elle fut happée par les bruits de cette rue qu'elle connaissait si bien. Mais depuis quelque temps, elle ne sortait plus beaucoup. C'était depuis sa rencontre avec la masse d'ombre. Des gens la saluaient en la hélant et l'un deux lui dit:

« Drianké, alors, on sort sa belle gueule aujourd'hui ?

Tu sais, tu nous manques quand tu ne sors pas.

Comment vas-tu ?

Et les affaires ?

Au fait Drianké, as-tu appris qu'il y aura prochainement des élections pour élire un responsable de la rue Félix-Faure?

Moi, à mon avis, c'est toi qui dois être la responsable, tu connais la rue Félix-Faure mieux que tout le monde. »

Drianké avait cessé de fredonner son blues et écoutait tout ce que l'autre lui disait. Elle avait pris un air grave et lui répondit :

« La rue ne doit pas avoir un responsable.

Nous tous, nous sommes les responsables de la rue Félix-Faure.

Chacun de nous est un responsable de cette rue.

Chacun de nous y apporte quelque chose, son talent, sa vie, lui-même. Refusez d'être emporté par ces choix qui mènent le plus souvent à des clans et autres qui risquent de tuer la rue Félix-Faure.

Rue Félix-Faure, nous n'avons pas besoin d'élections pour dire si celui-ci est bon ou non pour la rue.

Nous tous, nous sommes bons pour la rue.

Donc, à bas les élections pour notre rue ! »

Drianké saluait à gauche, à droite. Les enfants sortaient de toutes parts pour s'accrocher à ses habits et à sa canne. Elle leur caressait la tête et leur parlait. À chaque fois qu'elle sortait dans la rue Félix-Faure, c'était toujours la même chose. Drianké était la rue Félix-Faure. Cette rue où se côtoyaient toutes les races du monde, mais avec un Dieu Unique ! Chacun se respectait et il n'y avait jamais eu de vrais problèmes. Il y avait un bar tous les cent mètres presque, et des bars clandestins tous les cinquante. Mais tout cela se passait dans une harmonie parfaite. Dans la rue Félix-Faure, malgré tout son désordre apparent, rien n'indiquait que c'était une rue où la vie coulait à flots d'alcool et de filles faciles, riant à gorge déployée. C'était une rue très animée et une rue très passante, où la circulation était toujours dense. La rue Félix-Faure était une rue incontournable dans cette ville. C'était une rue nécessaire pour cette ville. Elle était l'âme de cette ville. Drianké restait là debout, sa canne à la main et tout d'un coup elle s'était mise à chanter un de ses morceaux célèbres sur sa ville natale. Et là, tout s'arrêta comme par magie dans la rue et les gens tendirent l'oreille pour qu'aucun son ne leur échappât. Elle chantait un peu plus fort quand le silence se fit peu à peu, sans élever la voix, et en quelques minutes, elle transporta la rue Félix-Faure dans le désert. En chantant, elle avait lâché les têtes des enfants et voulait retourner chez elle, quand elle vit des formes voilées qui semblaient s'être arrêtées pour l'écouter. Toute la rue Félix-Faure était comme suspendue à la voix de Drianké, et personne ne semblait avoir remarqué les formes voilées. Les formes voilées disparurent tout d'un coup de sa vue. Elle tourna la tête dans tous les sens, mais les formes voilées s'étaient évanouies. Elle s'appuya sur sa canne en boitant et retourna sur ses pas, vers sa maisonnette, en sifflant un blues. Il fallait toujours un certain temps avant que la rue ne retrouvât sa frénésie habituelle. Dans les yeux soulignés au crayon noir de Drianké perlaient des sueurs de nostalgie. Les formes voilées qu'elle avait aperçues tout à l'heure de chaque côté de la rue Félix-Faure l'avaient intriguée. Ces formes voilées étaient au nombre de quatre, mais semblaient se dédoubler, se multiplier. Elle n'avait jamais vu de telles formes, ni rue Félix-Faure, ni nulle part ailleurs. Elle avait essayé de deviner si c'étaient des hommes ou des femmes mais instinctivement elle avait pensé que c'étaient des femmes. Ces formes voilées l'avaient ramenée quelques années en arrière. Elle s'était retrouvée dans le même accoutrement quand le Moqadem l'avait presque détruite. Elle avait ressenti un violent pincement au cœur et celui-ci s'était emballé. Elle avait soufflé un bon coup, et s'était mise à siffler un blues. Elle en avait oublié Muñ qui arrivait derrière elle. Ce ne fut qu'au moment où, arrivée à la devanture de sa maisonnette, quand elle voulut s'asseoir dans son vieux fauteuil en cuir, qu'elle vit Muñ.

« Ah ! Muñ ! Tu es là ?

Pourquoi as-tu duré ?

As-tu vu Amoul ?

Qu'a-t-il dit ? »

Muñ, sans regarder Drianké, lui répondit :

« Il a dit qu'il va venir dans l'après-midi. »

Muñ avait de la sueur qui perlait à son front.

Elle respirait un peu fort, mais Drianké n'y prêta pas attention.

« C'est bon, j'ai vraiment besoin de lui.

As-tu trouvé tout ce que tu cherchais ?

—Oui, ma mère ! » répondit Muñ qui déballait dans une bassine en plastique bleu tous les achats. Elle avait réalisé qu'elle venait d'appeler Drianké « ma mère », avait hésité un instant pour dire quelque chose et finalement y avait renoncé et avait continué à déballer les achats. Drianké était aussi surprise de l'entendre l'appeler « ma mère ». C'était la première fois qu'elle l'appelait ainsi. Drianké avait considéré cela comme un lapsus. Elle la regardait déballer les achats, en se posant toutes sortes de questions:

« Qui est cette fille ?

Que veut-elle ?

Que cherche-t-elle ?

Elle est si étrange et en même temps si normale.

Que fait-elle dans les toilettes ?

Quelle maladie a sa mère? »

Muñ sentait le regard de Drianké sur elle, mais elle faisait semblant de ne pas s'en apercevoir et s'occupait de son travail. Elle avait trié tous les condiments et avait mis chacun de côté dans la bassine, tout cela pour faciliter le travail à Drianké. Elle était allée chercher de l'eau, avait rapproché les ustensiles de cuisine. Elle avait préparé le fourneau, toujours sous le regard de Drianké. La cour de la petite maisonnette de Drianké était vide à cette heure-là. De temps en temps un enfant entrait en courant, et repartait en courant de joie, car Drianké lui avait sûrement remis une pièce de monnaie. Muñ allait et venait dans la cour comme d'habitude. Ce que Drianké aimait chez elle, c'était l'application et la méthode dans son travail. Avec Muñ, elle n'avait pas besoin de répéter toujours les mêmes choses. Muñ était comme une machine. Elle enregistrait tout et devinait même ce que Drianké souhaitait ou voulait. Elle était d'une grande efficacité, et c'était cela qui faisait que Drianké ne savait pas comment l'aborder, pour lui parler de ses préoccupations. Muñ avait l'air pourtant d'une fille normale. Une fille normale qui n'avait pas d'amis, qui ne sortait pas. Une fille normale qui restait longtemps dans les toilettes. Drianké avait fait la cuisine comme d'habitude, aidée de Muñ. Quand tout avait été prêt, Muñ avait balayé, nettoyé et tout rangé. Drianké s'était retirée dans sa chambre, comme d'habitude, pour se reposer et fumer sa pipe, après avoir pris une douche froide, en fredonnant un blues. Muñ avait couru aussitôt vers les toilettes et s'y était enfermée. Elle avait attrapé le tapuscrit au-dessus de la chasse d'eau et avait repris la lecture.

« *Je ne comprenais pas ce qui m'arrivait. Le dépérissement était tellement visible que je ne savais ni que dire ni que faire. Je priais régulièrement, demandais à Dieu de trouver les meilleures solutions pour moi. Je m'adressais à lui en lui disant que lui savait ce qu'Il fallait pour moi, et que moi je ne savais pas ce qu'il me fallait. Je m'en remettrais donc à lui pour qu'il fasse ce qu'il y avait de mieux pour moi. Je priais Dieu, le suppliais, me mettais à genoux nuit et jour. Mais de jour en jour, les choses empiraient. Les insensibilités que j'avais se répandaient de plus en plus sur mon corps. J'étais allée faire des examens, mais d'après les résultats, tout semblait normal. Je souffrais simplement d'une petite anémie. Il était vrai que l'appétit m'avait quitté depuis longtemps. Je ne pouvais plus manger. Dans les humiliations que je subissais avec toi, je n'avais plus le cœur à manger. Tu me ridiculisais devant tout le monde et me traitais comme un déchet. Tu n'étais jamais content et encore moins satisfait de tout ce que je faisais pour toi. Je pouvais tout faire, tu ne me voyais plus, tu ne me voulais plus. Je te le faisais remarquer et c'était toujours de la haine qui jaillissait de tes yeux. Tu commençais à me dire que c'était par humanisme que tu avais été attiré vers moi. Tu commençais à me dire qu'il y avait un complot ourdi par ton oncle en m'utilisant pour te tuer. Ton oncle avait utilisé une de ses relations, un homme que je connaissais, pour te détruire à travers moi. Cet homme devait, avec de l'eau de mer, me faire prendre des bains et au contact de mon corps, quatre gros tueurs mystiques entreraient dans ta maison pour te tuer. Tu disais des choses terribles. Je m'accrochais en me disant que Dieu n'éprouvait que ceux qu'il aimait. Et je souffrais atrocement. Pendant ce temps, ma petite fille n'en pouvait plus. Ma petite fille me regardait et elle ne me reconnaissait plus. Elle fouillait dans mes affaires pour retrouver des photos où j'étais comme avant. Elle prenait ces photos avec elle, et elle passait des heures à les regarder. Et moi, de mon côté, je ne pouvais plus supporter ma petite fille, tant j'avais honte de moi, de ce que j'étais devenue. Je lui criais dessus et défoulais tout mon désespoir sur elle. En lui parlant, je pleurais, je piquais des crises de nerf. C'était quand nous nous retrouvions rapidement chez nous, dans la journée. Et je pleurais comme une gosse. Je pleurais à me fendre en deux. Mes yeux saignaient. Et toi, le Moqadem, tu t'en foutais de tout cela. Tu avais commencé à revoir la femme de petite vertu. Tu lui donnais rendez-vous à ton travail. Là, vous restiez ensemble dans ta boutique de médicaments jusque tard dans la nuit. Tu te masturbais avec elle. Quand tu rentrais et que je t'attendais toute la soirée, tu étais presque furieux de me trouver là ! Je sentais tout mais que pouvais-je dire ? Si je parlais, tu allais encore dire que je te harcelais et que tu n'aimais pas qu'on te harcèle. Tu commençais à téléphoner à la femme de petite vertu devant moi. Tu lui envoyais des commissions, lui donnais rendez-vous devant moi. Tu me disais que tu la revoyais parce qu'elle avait des problèmes avec ses enfants. La femme de petite vertu commençait à venir chez toi dès que je sortais. Vous communiquiez tous les deux par téléphone cellulaire. Quand j'arrivais à saisir des bribes de conversation, tu lui disais que tu ne me supportais plus chez toi, mais que tu te servais de moi comme paravent. Les intermédiaires étaient dans la maison. Ils allaient et venaient pour les messages et les commissions. Et moi, j'étais là, je savais tout, sentais tout, mais n'osais pas sortir un seul mot. Je n'osais pas me plaindre et je ne voulais pas me plaindre. Je m'en voulais à mort. Je m'en voulais de m'être embarquée dans une telle aventure. Je m'en voulais de t'avoir fait confiance. Je m'en voulais d'avoir cru que tu étais un homme de Dieu. Je m'en voulais d'avoir été si naïve. Tu continuais à téléphoner à la femme de petite vertu de plus en plus et devant moi, tu lui envoyais des messages. Elle aussi t'appelait et tu répondais devant moi, sans gêne. Et j'étais là, impuissante, ridiculisée. Je me disais que tout cela était la volonté de Dieu. C'était ce que toi-même me disais :*

« Laisse tout entre les mains de Dieu. » Mais tu pensais à ton dieu.

De plus en plus, tu ne me cachais plus ta haine, ton mépris, mais en même temps, tu voulais que je reste là, pour te servir de paravent devant la société, devant les autres. Tu m'ignorais de plus en plus, tu ne me parlais plus. Tu ne voulais même plus prier avec moi. Dans le lit, tu me tournais le dos et je pleurais en silence. Nous avions très peu de rapports sexuels. Les rares fois où tu me faisais l'amour, tu pensais à quelqu'un d'autre. Je le sentais. Et chaque fois je me disais que le nom de la femme sur laquelle tu fantasmais en me faisant l'amour allait t'échapper, et il t'échappait. Je ne jouissais pas, mais je devais faire semblant pour te faire plaisir, pour te faire jouir. Tu voulais que je parle, que je dise que tu me faisais bien l'amour, que c'était bon. Alors que c'était nul. Tu ne sais même pas faire l'amour. Tu ne jouis que par la masturbation. Quand une femme était devant toi et parlait, c'était fini, tu commençais à bander et à te branler, même en public. Combien de fois avec les femmes des autres n'avais-tu pas joui ! Tu commençais à penser à des femmes que tu avais fréquentées et devant moi, parfois, tu leur donnais des rendez-vous ou me disais que tu voulais leur téléphoner. Quand tu avais commencé à revoir assidûment la femme de petite vertu dont tu avais juré que c'était fini entre vous, je compris cette fois-là que c'était fini entre nous ! Cette femme était une vicieuse, et c'était ce que tu voulais, mais ta famille n'en voulait pas. Cette femme avait volé de l'argent aux membres de ta voie religieuse dont tu te disais le représentant et le Moqadem, mais c'était cette femme que tu voulais. Cette femme te trompait, mentait, volait mais c'était cela que tu voulais. C'était une femme de petite vertu, me disais-tu toi-même, mais c'était cela que tu voulais, parce que cela t'excitait de l'imaginer faire l'amour avec d'autres hommes. Cela t'excitait de la voir revenir dans ton lit, avec les odeurs d'autres hommes, avec des mensonges. C'était cela qui t'excitait. Tout seul, tu ne pouvais pas bander. C'était une femme sans morale, mais c'était cela que tu voulais. Et les autres ne s'en rendaient pas compte. Car tu jouais à être un homme respectable dans la société. Tu étais dans ta voie religieuse, tu en étais le Moqadem. Les gens te consultaient pour leurs problèmes avec ton dieu. Tu étais toujours dans les lieux de prières. Tu avais toujours ton dieu dans la bouche et un chapelet à la main. Quand tu lisais les Écritures saintes, on était emporté par ta voix. Mais au fond, tu étais le vice, et tu n'aimais que le vice. Je l'avais compris trop tard. Je croyais que tu étais un homme de Dieu, alors que tu tirais Dieu par le bas. Quand je m'en étais rendue compte, c'était trop tard ! Tu venais de me passer l'étrange maladie.

Je m'étais enfuie de chez toi un soir, un vendredi soir. La veille, tu avais préparé un coup qui ne m'avait pas échappé. Toi qui ne me parlais plus ou qui, dès que je disais un mot, trouvais que je te harcelais, tu m'avais servi du thé et j'avais senti que tu avais mis quelque chose dans le thé. Tu n'oserais pas m'empoisonner, me disais-je. Mais si c'était quelque chose pour me faire partir, tu n'avais pas à t'en faire. Je voulais te quitter depuis le début. Mais comme le diable, tu m'avais attirée dans tes filets. Et je ne pouvais pas résister car le diable, c'était tentant aussi, c'était fascinant. Que faire alors, quand je sus que j'avais attrapé l'étrange maladie ? Je me réfugiais chez moi avec ma petite fille qui était tout heureuse que je t'aie quitté. Elle avait même dansé devant les domestiques. Qu'allais-je faire ? Je savais qu'au stade où j'en étais, personne ne pouvait se rendre compte. Il n'y avait aucune marque, rien qui pouvait indiquer que j'avais quelque chose. Quelques jours seulement après t'avoir quitté, toutes les personnes qui m'avaient revue trouvaient que j'avais changé en mieux. Je devenais de plus en plus reconnaissable, je redevenais moi-même. Mais les gens ne se rendaient pas compte de la blessure intérieure que j'avais subie. Les gens ne savaient pas que tu m'avais filé l'étrange maladie.

Quelques semaines plus tard, je me sentais de mieux en mieux, mais je ne me retrouvais pas tout à fait. Il y avait quelque chose qui n'allait pas, peut-être qu'il y avait cette étrange maladie que tu m'avais filée. Je me regardais tous les jours dans le miroir, en guettant toute trace sur ma peau, mais je ne voyais toujours rien. Les examens que j'avais fait faire m'avaient permis de ne plus douter. Les résultats obtenus avaient confirmé le soupçon. Mais dans les examens on avait découvert en plus que j'avais des traces de poison dans le sang. Tu avais essayé aussi de m'empoisonner avec tous les liquides au goût bizarre que tu me faisais boire en disant qu'un ami de ton père avait vu en rêve qu'il y avait une coalition de sorciers contre toi. Tu disais qu'il fallait aussi que je me protège. Il fallait que je suive un traitement dans un centre spécialisé pour me désintoxiquer. Après cela, je devais commencer un autre traitement pour la maladie que tu m'avais passée. Comme la maladie n'était pas encore avancée, je pouvais faire le traitement à domicile, mais il fallait le suivre scrupuleusement. Ma petite fille m'avait surprise prenant des comprimés et elle m'avait demandé ce que j'avais. J'avais répondu que je n'avais rien de spécial et que je prenais seulement des vitamines.

Ma petite fille était partie poursuivre ses études à l'étranger. Nous ne nous voyions pas souvent. Je ne voulais pas qu'elle vienne en vacances, et je prétextais toujours qu'elle devait voyager pour voir le monde. Nous nous téléphonions tous les jours presque, et à chaque fois qu'elle me demandait comment j'allais, je lui disais *que j'allais bien. Elle me demandait de lui envoyer mes photos les plus récentes. Je lui promettais que je le ferais et dès qu'elle raccrochait, j'éclatais en sanglots. Quelques mois plus tard, des tâches avaient commencé à apparaître sur ma peau. Je me voilais de plus en plus. Je sortais de moins en moins. Je prétextais mon travail qui nécessitait de la réflexion, du silence. Je ne pouvais plus sortir. »*

À ce stade de la lecture, Muñ avait déposé le tapuscrit et s'était dit que cette histoire, elle voulait maintenant la connaître. Cette histoire allait devenir son histoire. Et c'était la fin de cette histoire que les yeux du grand lépreux, découpé en gros morceaux allait raconter sur un trottoir de la rue Félix-Faure, le lendemain matin.

Muñ avait repris le tapuscrit. Elle se sentait vaciller, mais elle devait continuer la lecture.

« Et ma petite fille décida un jour de venir en vacances, car je lui manquais. Cela faisait deux ans qu'elle ne m'avait pas vue, et pour elle, c'était devenu insupportable. Quand elle était arrivée et m'avait vue, elle ne put se retenir de crier ! Elle venait de voir l'horreur. Sa mère était devenue méconnaissable. Elle était sortie de la maison en courant.

Qu'est ce qui était arrivé à sa mère ?

Comment avait-elle attrapé cette maladie ?

Qui la lui avait filée ? criait-elle en tournant sur elle-même dans tous les sens. Là, elle avait commencé à se rappeler l'histoire de sa mère avec cet homme de grande taille, au gros ventre, qui l'avait tant fait souffrir et qui l'avait fait souffrir, elle aussi. Mais si c'était lui qui lui avait passé la maladie étrange, lui aussi devait l'avoir. Qu'était-il devenu ? Comment pourrait-elle le reconnaître si la maladie avait évolué ? Où vivait-il ?

Dans la tête de ma jeune fille, mille questions se bousculaient.

Elle voulait me poser des questions mais je ne souhaitais plus parler de cette douloureuse partie de ma vie. J'avais dit à ma petite fille de laisser tomber. Le mal était déjà fait. Ma petite fille voulait savoir où te trouver, toi l'homme de grande taille, au gros ventre, avec la cicatrice ! Toi, le Moqadem ! C'était ainsi que ma petite fille avait décidé d'aller à ta recherche. »

« Muñ, Muñ, où es-tu ? »

Muñ avait remis le tapuscrit à sa place et était sortie en courant des toilettes. Drianké était installée dans son vieux fauteuil en cuir. Elle l'avait regardée quand elle arriva devant elle et en la fixant dans ses yeux, lui dit :

« Muñ, peux-tu m'expliquer ce que tu fais dans les toilettes ? »

Avant que Muñ ne trouve quelque chose à dire, arriva Amoul, le frère de Drianké et celle-ci s'était écriée :

« Amoul, je t'attendais avec impatience !»

Amoul, transpirant, avait commencé à justifier son retard sans même saluer Drianké, qui ne l'avait pas fait non plus.

« J'étais pourtant dans ta rue, mais tu sais comment elle est. Il y a toujours un événement dans la rue Félix-Faure. Les gens m'ont qu'ils avaient aperçu, ces jours-ci, des formes voilées dans la rue de chaque côté du trottoir et qu'elles semblent se multiplier.

Il paraît que cela fait deux jours qu'on les aperçoit par ici. Personne n'a vu leurs visages. Cela doit être des gens des sectes qui, de plus en plus, fleurissent partout. Maintenant, si les femmes s'en mêlent, cela va être terrible ! Enfin, on ne sait pas si ce sont des femmes, mais apparemment elles ressemblent à des femmes. »

Dans les yeux de Drianké s'était allumée une lueur étrange.

« Oui, les gens en parlent. Mais tu sais, de nos jours, il y a du tout. Moi, je n'aime pas les sectes, les associations, les groupes, les groupements, les regroupements. Les gens ont peur d'eux-mêmes. Donc, ils ne peuvent fonctionner que dans le groupe et en fonction du groupe. Et l'individu est mort. Il n'y a plus d'individu. C'est plutôt le clan, c'est le groupe, la pensée unique, allons vers Dieu ensemble.

Jamais, nous n'irons vers Dieu ensemble. Chacun de nous est une voie vers Dieu. Je ne connais pas grand-chose, mais au moins je sais que c'est chacun pour soi. À force d'être en groupe, c'est la répétition, c'est la banalisation. Moi je n'aime pas tous ces re-groupements. La vie, il faut l'affronter seul. La vie est un combat, un combat avec soi-même pour faire Un avec Dieu.

Viens là, assieds-toi ».

Drianké avait désigné un banc à son frère.

Amoul n'était pas un frère direct de Drianké. Il était son cousin germain, mais elle préférait l'appeler son frère.

« Tu sais, je t'ai appelé à cause de Muñ. Assieds-toi bien.

Muñ m'intrigue tellement que je ne sais plus où j'ai la tête. »

Le banc sur lequel Amoul, le frère de Drianké, s'était assis, n'était pas en équilibre et Drianké essayait de l'arranger.

« Assieds-toi bien. Voilà.

Comment vas-tu ? »

—Tout va bien, avait répondu Amoul avant d'enchaîner : Quand Muñ est arrivée et m'a dit que tu voulais me voir aujourd'hui, je me suis un peu inquiété !

—Qu'est-ce qu'il y a ?

—Ah ! Je ne sais même pas par où commencer ! lui avait dit Drianké, une joue dans la main gauche.

En fait, je suis inquiète, mais il n'y a rien de spécial.

C'est à propos de Muñ.

Muñ, viens par ici. »

Muñ s'était approchée.

« Assieds-toi », lui avait dit Drianké

Muñ avait pris un banc, un de ceux que les habitués de l'après-midi utilisaient, et s'était assise dessus.

« Voilà ! Muñ, tu la connais, elle travaille ici depuis bientôt un an. C'est une bonne fille. Je n'ai aucun problème avec elle pour son travail. Elle m'avait dit que sa mère souffrait d'une maladie grave. Je lui avais proposé de la faire venir, ou de me donner l'adresse pour que toi-même, tu puisses aller la chercher, mais rien n'y fit. Elle s'entête dans son silence en me disant : oui, bientôt, non ce n'est pas grave, etc. Et elle s'enferme trop dans les toilettes.

Que fait-elle dans les toilettes ?

Je suis allée voir dans les toilettes et je n'ai rien trouvé. Mais elle y reste trop longtemps, et presque je peux dire que ses moments libres, elle les passe dans les toilettes. Cette fille représente un mystère pour moi. Voilà pourquoi je t'ai appelé. »

Muñ avait tressailli quand Drianké avait dit qu'elle était allée voir dans les toilettes ce qu'elle pouvait y faire. Le tapuscrit était bien rangé au-dessus de la chasse d'eau. Peut-être était-ce à cause de sa petite taille que Drianké n'avait pas pu apercevoir un bout de la chemise jaune qui le contenait.

« Muñ, alors, que penses-tu de tout ce Drianké vient de dire ? avait dit Amoul, en regardant Muñ qui avait les yeux baissés.

—Rien ! avait répondu Muñ.

—Au fait, d'où viens-tu ? avait demandé brusquement Amoul.

—De Hogbo. »

Cette réponse donnait l'impression d'avoir échappé à Muñ.

« Hogbo ? Cela me dit quelque chose ! avait dit le frère de Drianké, pensif.

Attends, attends, Hogbo, Hogbo !

Ah ! Oui cela me revient.

Ce n'est pas dans la région de la vallée ? »

Muñ s'était trahie, mais elle prit son air le plus naturel.

« Si.

—Je ne suis jamais allé par-là.

C'est loin d'ici, à ce qu'il paraît.

Mais comment as-tu fait pour arriver ici ?

—J'ai pris le car. »

Muñ était rassurée. Amoul, le frère de Drianké n'était jamais allé à Hogbo.

« Attends, quelqu'un m'a parlé de ce coin une fois, avait repris Amoul. Il faut que je m'en souvienne. »

Amoul était là, pensif, essayant de fouiller dans sa mémoire.

Drianké avait une lueur d'espérance sur le visage.

« Ainsi, on va pouvoir aller chercher la mère de Muñ pour la faire soigner ! » pensait Drianké.

« Mais, c'est ici qu'on m'a parlé de Hogbo », avait dit Amoul, le frère de Drianké.

Muñ avait tressailli.

Drianké avait tressailli.

Cela n'avait pas échappé pas à Amoul : « Qu'avez-vous toutes les deux, vous avez froid ? »

Drianké et Muñ n'avaient pas répondu.

Depuis que Muñ et Drianké avaient entendu « Hogbo » associé à quelqu'un ici, elles ne se regardaient plus, elles ne se parlaient plus. Drianké et Muñ étaient suspendues à la voix d'Amoul. Amoul avait repris après un instant:

« C'est bien ici qu'on m'a parlé d'Hogbo. »

Drianké et Muñ avaient retenu en chœur un cri étrange.

« Une nuit, je suis passé ici te voir, et en repartant, j'ai aperçu la masse d'ombre assise là-bas dans son espace. Je m'étais rapproché d'elle je ne sais pas pourquoi d'ailleurs. Je me sentais attiré par elle ce jour-là. Elle était en train de discuter avec ton ami le grand jeune homme, celui qui fait du cinéma, Djib, je crois. La masse d'ombre me disait qu'elle voulait raconter une histoire à ce grand jeune homme, une histoire qui la préoccupait depuis plusieurs années, mais elle ne savait pas par quel bout commencer. La masse d'ombre disait qu'elle avait vécu à Hogbo ou qu'elle était même de Hogbo. »

Muñ avait essayé de contenir ses frissons. Drianké avait essayé de contenir ses frissons.

Elles avaient l'air d'être en synchronisation.

« La masse d'ombre, Muñ, tu la connais ? »

Amoul le frère de Drianké, n'avait pas laissé le temps à Muñ de répondre car il avait continué à parler.

« Tu sais, avec Drianké, il faut s'attendre à tout. Elle est tellement généreuse, elle a tellement pitié des gens ! C'est elle qui a demandé à cette masse d'ombre de venir dormir ici le soir et de partir tôt le matin. Au début je n'étais pas d'accord. »

Drianké ne disait rien. Elle regardait au loin et ses lèvres étaient de plus en plus serrées. Et Amoul continuait :

« Les gens commencent même à dire que cette masse d'ombre ressemble à un lépreux qui attire la nuit des jeunes gens à qui il demande de raconter leurs aventures sexuelles. C'est un pourri, un vicieux, et il paraît que ce lépreux dit qu'il cherche Dieu.

Drianké, tu sais, toi et moi, nous sommes plus qu'un frère et une sœur sortis du même ventre, tu es ma cousine, mais je te considère plus que cela. Cependant, nous n'avons pas toujours les mêmes avis sur toutes les choses. Toi, tu as passé ta vie avec les artistes. Moi, j'ai ma petite vie, je suis un responsable dans mon quartier et il y a des choses que je ne peux pas accepter. »

Drianké ne disait toujours rien. Et Amoul continuait à parler.

« Tu sais, tes activités ici ne me plaisent pas. Bon, comme c'est discret, je ferme les yeux, puisque tu es seule, cela te fait de la compagnie et tu gagnes un peu d'argent pour vivre. Je sais que ce ne sont pas tes droits d'auteur qui te font vivre, et encore si tu les touches. Enfin, bref. Je sais aussi que tu as beaucoup souffert avec ce fameux Moqadem qui t'avait trompée. Je sais que ce type avait brisé ta vie. »

Drianké ne disait toujours rien.

« Mais dans la vie, il faut avoir le sens du dépassement.

Il faut savoir pardonner et oublier.

Dieu n'a pas exigé le pardon, je sais.

C'est un problème de choix.

Tu veux, tu pardonnes ; tu ne veux pas, tu ne pardonnes pas. »

Une lueur étrange avait brillé dans les yeux de Drianké.

Tout d'un coup Drianké avait sifflé un blues.

Son frère Amoul avait souri et avait continué à parler :

« Tu n'es bien que quand tu es dans tes chants.

Donc, la masse d'ombre me disait qu'il lui était arrivé une aventure incroyable avec une femme à Hogbo. Elle disait qu'elle avait épousé une veuve, il y a plusieurs années, et qu'elle reconnaissait qu'elle l'avait fait énormément souffrir. Maintenant, quand elle voyait ce qu'elle-même était devenue, elle se demandait si cette femme n'avait pas été contaminée et ce qu'elle était devenue. La masse d'ombre voulait raconter son histoire à ce grand jeune homme qui voulait en faire un film ! Seulement, elle ne savait pas comment raconter l'histoire.

Voilà comment j'ai entendu parler de Hogbo.

Voilà ce que je sais de Hogbo.

Je pourrais peut-être cette nuit, demander quelques précisions à la masse d'ombre, non, pas cette nuit. J'ai rendez-vous avec mon ami Joseph. Son fils veut se marier avec la fille d'un homme qui dirige une soi-disant voie religieuse. Il veut discuter de problèmes de religion. Avec tous ces faux gourous, faux Moqadems et nouveaux prophètes, il n'a pas envie de sacrifier son enfant à ces nouveaux dieux. Avec toutes les dérives, les suicides collectifs, les dépouillements de fortunes, les parties de sexe pour la purification, les troubles d'amour et autres, il se méfie. Et il a bien raison. Mais demain nuit, je serai là, et je demanderai à la masse d'ombre plus d'informations sur Hogbo, et comment s'y rendre. Drianké, tu vois que nous sommes sur la bonne voie. »

Drianké, qui avait cessé de siffler son blues et s'était à nouveau enfermée dans son mutisme, avait dit tranquillement :

« Ce n'est plus la peine.

Nous venons de trouver la solution.

—Quelle solution avez-vous trouvé ? » avait demandé Amoul, surpris.

Drianké avait dit seulement à son frère :

« À demain. Passons une nuit de paix ! »

Amoul, le frère de Drianké, s'en allait quand tout d'un coup il était revenu sur ses pas, pensif. Quand Amoul était arrivé à son niveau, il avait fixé les yeux sur Drianké et lui avait dit :

« Au fait Drianké, ton fameux Moqadem, ne venait-il pas de Hogbo ?

—Si ! avait répondu Drianké.

—Le monde est vraiment petit », avait dit Amoul et il s'en était allé.

Le soir de ce même jour, de ce mois de novembre, le grand jeune homme, le cinéaste Djib était venu rue Félix-Faure. Il était allé directement chez Drianké. Il n'y avait que quelques clients et amis qui étaient arrivés. Ils avaient pris un verre ou deux et étaient repartis. Il n'y avait pas foule ce soir chez Drianké.

« Qu'est ce qui se passe aujourd'hui ?

Ce n'est pas mon jour ou quoi ?

Il n'y a pas grand monde et tout le monde a l'air d'avoir quelque chose d'important à faire ou à dire ! C'est sûr qu'aujourd'hui, il y a quelque chose d'exceptionnel qui se prépare. Même le ciel semble être d'une autre humeur. Même les nuages ont changé de visage. Mêmes les étoiles n'ont pas envie de briller !

Même le vin Kiravi Valpierre semble avoir tourné ! »

Drianké fredonnait tout ce qu'elle disait, comme une oraison. Elle s'était tournée à nouveau vers le grand jeune homme, le cinéaste Djib, qui allait et venait dans sa courette.

« Comment vas-tu, Djib ?

Veux-tu boire quelque chose ? »

À chaque fois que Drianké voyait Djib, c'était ainsi.

Elle était contente, excitée. Mais ce soir-là, l'excitation de Drianké avait un autre relent. Drianké avait une lueur étrange dans le regard et elle était rayonnante. Elle s'était levée elle-même pour servir un verre de rosé à Djib qui s'était mis à sourire.

« Tu as l'air heureux. Tant mieux !

J'aime te voir heureux, car tu es un homme bon.

Tu nous as tous aidés, nous qu'on appelle les petites gens.

Tu aurais pu faire comme les autres, ceux qui méprisent les petites gens, ceux qui ne les considèrent pas, ceux qui ne les voient même pas. Que Dieu t'accorde une longue vie ! Tant que tu vivras, nous serons des gens dignes. Que Dieu t'assiste en toutes choses !

—Cela suffit, Drianké, arrête !» avait dit le grand jeune homme, le cinéaste Djib, avec douceur. Il était toujours debout, son verre de rosé à la main. De sa grande taille, il dominait Drianké, la petite femme de teint clair, qui boitait de temps à autre.

« Qu'est-ce que tu as Djib ? »

Le grand jeune homme avait pris Drianké par les épaules et la fixant dans les yeux lui avait dit :

« Je n'aime pas entendre parler de ce dieu fictif, de ce dieu que les gens traînent partout, de ce dieu vilipendé, de ce dieu qui est dans toutes les sauces. Je ne veux pas entendre parler de ce dieu fantoche qu'il y a dans la plupart des lieux de prières. Je ne veux pas entendre parler de ce dieu qui torture les uns, met en enfer les autres. Je ne veux pas entendre parler de ce dieu menaçant, de ce dieu qui est avec certains et pas avec d'autres. Je ne veux pas entendre de ce dieu que les faux Moqadems utilisent pour leur désir malsain de prestige, pour leur propre gloriole, leur propre intérêt. Je ne veux pas entendre de ce dieu qui est traîné chez les charlatans et les sorciers. Je ne veux pas entendre parler de ce dieu dont le nom est prononcé, récité, psalmodié, susurré des milliers de fois pour s'enrichir, devenir célèbre, avoir des ouvertures, avoir de la puissance, du pouvoir, pour dominer les uns et les autres. Je ne veux pas entendre parler de ce dieu dont les faux Moqadems et autres faux gourous et prophètes se servent pour asservir des hommes et des femmes, les exploiter, prendre leur argent et leur dignité. Je ne veux pas entendre parler de ce dieu utilisé à des fins personnelles par des faux Moqadems et nouveaux prophètes en mal de personnalité. Je ne veux pas entendre parler de ce dieu utilisé pour mépriser les uns et les autres. Je ne veux pas entendre parler de ce dieu utilisé pour la fornication, la masturbation, le vice, la haine, le mépris, la violence morale et physique.

—Je suis entièrement d'accord avec toi, avait dit Drianké. Je ne parle pas de ce dieu, non plus. Je parle du Dieu qui est avec nous, en nous. Le Dieu qui est dans nos veines. Tu sais, Djib, bientôt tu comprendras. Il y a une partie de ma vie dont je ne t'ai jamais parlé. Si je suis classée parmi les petites gens, parmi les marginalisés que tu aimes et considères, c'est parce ce que je le suis devenue. Je n'étais pas née ainsi. C'est un Moqadem qui m'a mise dans cet état. Un Moqadem qui a utilisé son dieu pour me mépriser, m'humilier, m'exploiter et me briser. Un homme sans vertu, un homme qui a failli me tuer. Je te raconterai après. »

Le grand jeune homme, le cinéaste Djib qui avait pris Drianké dans ses bras, l'avait serrée très fort. Et la lueur étrange avait brillé à nouveau furtivement dans les yeux de Drianké. Cela n'avait pas échappé à Djib quand il s'était détaché d'elle.

« Tu sais, pour moi, tes chants de blues sont les plus belles prières que j'ai jamais entendues, et ce sont ces prières que Dieu entend, et tu sais, avec mon verre de rosé, je prie aussi. Il faut re-lire Hafiz et les autres poètes. Tu n'as plus besoin de me raconter quoi que ce soit. Je sais tout. Le scénario du film est prêt et nous commençons le tournage demain matin de très bonne heure.

Demain, oui, demain, 29 novembre. »

Drianké s'était esclaffée et la lueur étrange avait brillé encore plus dans ses yeux.

Djib était heureux parce qu'il était certain d'avoir presque trouvé la fin de l'histoire que la masse voulait lui raconter, mais ne savait comment la raconter. Djib était heureux parce qu'il sen-tait que la fin était proche. Une fin digne de cette histoire. La seule énigme que Djib n'arrivait pas à élucider était l'apparition des quatre formes voilées dans le marché Kermel, et ces formes voilées, il ne les avait plus jamais revues.

« Ces quatre formes voilées sont le nœud de la fin de l'histoire.

Il faut que je retrouve ces quatre formes voilées », disait-il comme s'il se parlait tout seul.

« Ici dans la rue Félix-Faure, les gens commencent à parler de ces quatre formes voilées aperçues à plusieurs reprises dans la rue.

Elles passent, repassent », lui disait Drianké. Drianké avait demandé des nouvelles de la jeune femme de teint clair et aux cheveux courts, qui n'était plus revenue depuis l'écho. Djib avait souri et avait dit:

« Elle est partie. Je ne l'ai plus revue depuis le jour de l'incident.

C'était ce jour-là que j'avais perdu mon histoire. Mais elle reviendra. Je ne sais comment, mais elle reviendra.

Je suis sûre qu'elle sera là demain pour le film.

Elle avait dit qu'elle cherchait un homme, rencontré il y a quelques années et qu'elle l'avait retrouvé, par une cicatrice qu'il avait sur le ventre. C'était avec cette histoire que j'avais construit l'histoire que je croyais avoir perdue. C'est incroyable ! Elle m'avait dit qu'elle avait retrouvé cet homme qui l'avait exploitée, humiliée. Elle avait retrouvé cet homme qu'elle cherchait, par son gros ventre et sa cicatrice, son petit sexe et son odeur.

Finalement, je n'ai plus besoin de l'histoire que j'ai perdue. Le film va être tourné demain et les quatre formes voilées aussi, je n'ai plus besoin de les chercher. Elles seront dans le film. Elles sont venues pour le film. Il manque le personnage principal du film, mais je sais que ce personnage sera là aussi.

Le personnage est même déjà là.

Je le sens. »

Drianké avait tressailli et avait frissonné.

A ce moment, Djib avait remarqué Muñ, assise sur un banc, silencieuse.

« Comment ! Ta fille est encore avec toi ?

—Djib, tu ne fais pas attention à Muñ, pourrait-on penser.

Elle est ici depuis un an pile, demain 29 novembre, jour pour jour. Muñ te connaît bien, m'a-t-elle dit.

Elle s'intéresse beaucoup à toi et elle dit qu'elle te connaît de mieux en mieux. Je la surprends souvent le soir quand tu arrives là-bas, auprès de la masse d'ombre. Elle vous jette des coups d'œil et parfois, elle vous regarde longtemps. Je me suis même demandé pourquoi elle est intéressée par toi et par la masse d'ombre. Elle ne donne pas l'air de quelqu'un qui s'intéresse à quoi que ce soit, mais cela au moins, je l'ai remarqué. Tu sais, Muñ est une fille étrange. »

Djib avait appelé Muñ avec sa voix d'une grande douceur :

« Moi aussi je connais Muñ et je m'intéresse beaucoup à elle. Muñ, approche-toi un peu. »

Muñ s'était approchée de Djib, en hésitant.

Elle tremblait, frissonnait, transpirait presque.

Il faisait de plus en tard, mais les clients et amis de Drianké n'affluaient pas. Et la masse d'ombre n'était pas encore arrivée.

Que lui voulait Djib, ce grand jeune homme qui venait souvent avec cette jeune femme de teint clair, aux cheveux courts et qui avait du chien dans sa beauté ? Muñ avait peur que Djib ne fasse le lien entre elle, le tapuscrit contenu dans une chemise jaune et son histoire perdue. Elle avait peur que Djib ne perçât son secret, ses secrets, sa haine, son désir de vengeance, sa recherche d'un Moqadem qui avait fait souffrir sa mère, un Moqadem qui avait une cicatrice qui lui barrait son gros ventre. Quand Muñ s'était trouvée devant Djib, ce dernier avait posé ses grands yeux sur elle et l'avait regardé intensément.

Drianké se demandait ce qui pouvait attirer Djib chez Muñ.

« Djib, tu veux la faire jouer dans ton film ou quoi ? avait demandé Drianké en riant.

—Elle est une des héroïnes du film, comme toi », avait répondu Djib.

Cette fille vient de me donner la fin de l'histoire.

Elle ne va pas seulement jouer dans ce film.

Elle est le fil conducteur du film.

Muñ, approche-toi encore ».

Muñ s'était approchée un peu plus de Djib qui l'avait prise par les épaules. Muñ avait levé ses yeux vers Djib, et tout d'un coup avait éclaté en sanglots. Et Drianké s'était levée, en titubant avant de tenir sa canne :

« Muñ, qu'est-ce que tu as ?

Djib, que se passe-t-il ? »

Il n'y a rien, Drianké, assieds-toi. Muñ est le personnage qui me manquait, elle est le personnage principal du film », avait dit Djib.

Tout en sanglotant, Muñ s'était rappelé la partie de l'histoire qui la concernait dans le tapuscrit qu'elle n'avait plus besoin de lire.

Un jour, elle s'était retrouvée seule avec le Moqadem dans sa maison. Il avait commencé par lui reprocher toutes les bêtises qu'elle avait faites avec la camarade venue d'ailleurs. Ensuite, il lui avait demandé de lui raconter les aventures sexuelles qu'elle avait déjà eues. Elle lui avait répondu qu'elle en avait à peine eu, mais il insistait sur les détails de ces aventures sexuelles, aussi minimes soient-elles.

Il était étrange quand il lui parlait. Il s'approchait de plus en plus d'elle et il respirait de plus en plus fort. Il insistait pour qu'elle continue à parler et il lui fixait la bouche d'une manière étrange. À un moment, il s'était levé, était entré dans sa salle de bains, et en était revenu avec une bouteille contenant un liquide noir. Il lui en avait enduit tout le corps qu'il avait auparavant dénudé en lui demandant de ne pas s'en faire. Il passait ses mains sur ses seins, son sexe et à un moment, il avait commencé à se déshabiller et il parlait comme s'il se parlait :

« Je dois faire mon devoir.

Je dois m'occuper de toi.

Tu es la fille de la femme que j'ai épousée.

Tu es la fille de mon défunt cousin.

Je dois t'assister et te protéger.

Tu dois subir une purification, car tu es souillée et tu es possédée par le diable. Je vois à travers les dons que mon dieu m'a donnés, un diable qui vient souvent faire l'amour avec toi. Je vois le diable monter sur toi et je t'entends haleter, souffler. Tu jouis et après que le diable a fini d'avoir des rapports avec toi, tu te recroquevilles en forme de boule, en soupirant, ton pagne défait à côté de toi. Je me suis dit que si j'avais une caméra, je filmerais cette scène. Mon dieu me montre tant de choses. Tu as aussi été victime de sorcellerie de la part d'une de tes tantes. Cette tante ne t'aime pas. En réalité, ce n'est pas à toi qu'elle en veut, mais à ta mère. Elle n'aime pas ta mère. Elle est jalouse d'elle. Elle ne comprend pas comment elle peut s'en sortir avec le seul travail qu'elle fait. Elle passe son temps à dire du mal de ta mère, à la dénigrer auprès des autres, elle aimerait que ta mère quitte votre maison. Comme elle ne peut pas l'atteindre directement, elle passe par toi, sa fille, pour la déstabiliser. Il faut que je fasse quelque chose, je dois faire quelque chose. C'est un devoir. C'est mon devoir. »

Elle ne pourra jamais raconter ce qu'il lui avait fait faire. Il l'avait purifiée, avait-il dit. Elle n'avait jamais voulu dire cela à sa mère. Elle en serait morte, elle aussi.

Ce soir-là, le grand jeune homme, le cinéaste Djib n'avait pas attendu la masse d'ombre. Il s'en était allé en souhaitant à Drianké et à Muñ un bon tournage de film pour le lendemain matin de bonne heure, rue Félix-Faure.

Ce soir-là, les clients et amis de Drianké avaient aussi très tôt déserté la devanture de la maisonnette de Drianké.

Ce soir-là, Muñ ne s'était pas enfermée dans les toilettes et s'était couchée très tôt.

Ce soir-là, Drianké, après le départ hâtif des quelques amis et clients, n'avait pas pris de douche froide.

Elle s'était couchée et avait fermé sa porte elle-même.

Elle n'avait pas fait ses comptes.

Elle n'avait pas fumé sa pipe.

Ce soir-là, Drianké ne faisait que siffler le blues.

Le lendemain matin, de bonne heure, de très bonne heure, quatre formes voilées qui se multipliaient s'étaient faufilées dans les dédales des cours et courettes à travers de longs couloirs qui menaient chez Drianké. Il faisait frais en ce matin. Les quatre formes voilées qui se multipliaient s'étaient arrêtées dans une encoignure. Elles étaient toutes silencieuses.

Une ombre humaine de petite taille avait surgi tout d'un coup dans cette demi-obscurité, tenant quatre lampes-tempête non allumées et une canne. Les quatre formes voilées qui semblaient se multiplier reculèrent un peu vers le grand portail, comme pour ne pas se faire voir par cette ombre qui marchait d'un pas vigoureux. L'ombre humaine qui venait d'arriver s'était placée au premier passage de cette cour intérieure, les lampes-tempête non allumées, à côté d'elle. Quand la masse d'ombre qui partait tôt le matin, était passée à côté d'elle, l'ombre humaine avait bondi et lui avait assené un coup violent sur le crâne avec la canne.

La masse d'ombre s'était effondrée sans un cri.

• • •

Pendant que sur le trottoir, en face du salon de coiffure Chez Tonio, les yeux du grand lépreux, avec les petites parties sexuelles enfoncées dans la bouche, continuaient à raconter la fin de l'histoire, le Chef de la police et le Philosophe se tenaient toujours devant le grand lépreux découpé. Drianké avait demandé au Chef de la police et au Philosophe de la rue Félix-Faure d'entrer chez elle pour se rafraîchir, ou réfléchir encore s'ils le voulaient.

« Ah oui, j'ai besoin de prendre quelque chose de frais, mais je n'ai plus besoin de réfléchir.

Ce lépreux s'est tué lui-même.

Ce lépreux s'est découpé lui-même.

Ce lépreux s'est enfoncé ses petites parties sexuelles dans la bouche lui-même », avait solennellement déclaré le Chef de la police.

Le Philosophe regardait Drianké qui s'était levée du bord du trottoir où elle était assise, en psalmodiant un blues. Le Philosophe avait saisi doucement Drianké par la main qui ne tenait pas la canne et quand Drianké avait levé les yeux vers lui, il lui avait dit : « Drianké, tu es une femme extraordinaire.

Je savais, depuis que tu étais arrivée ici, rue Félix-Faure, que tu ne boitais pas. Je sentais que tu avais sur toi un poids qui te faisait boiter. Tu sais, Drianké, tu es vraiment de la rue Félix-Faure ! »

Drianké n'avait rien dit, mais avait continué à regarder le Philosophe, et à un moment, elle avait dégagé sa main tenue par ce dernier et s'était dirigée vers sa maisonnette, sa canne sur une épaule.

Le Chef de la police avait ordonné aux deux policiers de s'occuper du grand lépreux en morceaux.

« Hé, vous, les deux gros là, allez chercher une fourgonnette pour dégager ce lépreux.

Emmenez-le à la morgue de l'hôpital.

Je ferai le rapport. Il sera jeté dans la fosse commune, si personne ne le réclame. Ce qui m'étonnerait pour un grand lépreux découpé en morceaux, trouvé rue Félix-Faure. »

Au moment où Drianké qui ne boitait plus, tout en psalmodiant un blues, entraînait chez elle le Chef de la police, suivi du Philosophe de la rue Félix-Faure qui souriait en secouant la tête, quatre formes voilées avaient surgi aux quatre points cardinaux tenant des lampes-tempête dont les flammes dansaient. Les quatre formes voilées semblaient se multiplier. Elles s'étaient avancées sur le trottoir où gisait encore le corps découpé en morceaux du grand lépreux, au gros ventre avec une cicatrice qui partait de haut en bas de son ventre. Ses petites parties sexuelles enfoncées dans la bouche s'étaient amollies. Arrivées à la hauteur du corps découpé en morceaux, les quatre formes voilées avaient posé à côté de lui les quatre lampes-tempête qu'elles tenaient. Les mèches des lampes-tempête placées aux quatre points cardinaux semblaient attisées. On avait l'impression que le soleil était descendu sur ce trottoir de la rue Félix-Faure. Les quatre formes voilées avaient soulevé leurs voiles subrepticement à l'unisson et s'étaient mises à rire aux éclats, leurs têtes tournées vers le ciel. Ce ciel de ce matin était si lumineux ! Ce ciel était bleu, d'un bleu radieux. Le soleil dans le ciel riait, d'un rire entrecoupé de spasmes. Le soleil ne pouvait plus se retenir et s'était mis à danser. Les quatre formes dévoilées avaient mélangé leurs rires à celui du soleil qui continuait à se trémousser.

« Allez, dégagez, espèces de folles », leur disait l'un des deux policiers qui se demandait par quel morceau commencer, pour transporter dans une fourgonnette rouge trouvée au commissariat à côté, le corps découpé du grand lépreux.

Les femmes dévoilées étaient belles, d'une beauté surnaturelle, d'une beauté « radiatempencolaire ». Leurs visages étaient d'une luminosité éthérée. Elles continuaient à rire avec le soleil et, en remettant leurs voiles, s'en allaient comme elles étaient venues, aux quatre points cardinaux, ayant repris leurs quatre lampes-tempête. Les mèches des quatre autres lampes-tempête toujours placées aux quatre points cardinaux, brûlaient de plus en plus. La lumière qu'elles dégageaient faisait concurrence au soleil de la rue Félix-Faure, qui ne se contrôlait plus.

Les yeux du grand lépreux découpé en morceaux, les petites parties sexuelles enfoncées dans la bouche, continuaient à raconter la fin de l'histoire, pendant qu'il était transporté dans une fourgonnette rouge, vers l'hôpital situé non loin de la rue Félix-Faure. Les yeux du grand lépreux riaient aux éclats et finissaient de raconter la fin de l'histoire en reprenant les événements de ce matin depuis le début avec le coup de canne.

Le coup de canne qui avait assommé la masse d'ombre dans le couloir résonnait comme un son de violon brisé.

« Tiens, de la part de Dieu que tu vas voir !» avait dit l'ombre humaine qui avait assené le coup de canne.

A la vue de cela, les quatre formes voilées s'étaient approchées. L'une d'elles lui avait enfoncé un long couteau dans les entrailles.

« Pour l'exploitation et le mépris autres ! »

La deuxième forme voilée semblait assez jeune et avait de la force.

Une force contenue depuis tant d'années ! Une force entretenue depuis tant d'années ! La masse d'ombre s'était tordue de douleur, mais aucun cri n'était sorti de sa bouche. La masse d'ombre était à présent débarrassée des habits qui la couvraient, par les formes voilées. Une cicatrice barrait son ventre, de haut en bas, une cicatrice profonde qui, sur ce gros ventre, semblait vouloir s'ouvrir. La masse d'ombre était un lépreux, un lépreux dont tout le corps était ravagé. Il avait des croûtes partout et des liquides visqueux en coulaient. Le lépreux était de grande taille et son ventre proéminent trônait au milieu de son corps, comme un monticule. La troisième forme voilée lui avait cassé les bras avec une petite hache et les avait découpés en morceaux. Elle lui avait tranché les jarrets et les avait découpés en morceaux.

Elle lui avait cassé les jambes et les avait tranchées en morceaux. Tout son corps fut ainsi découpé de la tête aux pieds. Au même moment, deux jumeaux étaient apparus comme des anges et dansaient autour du corps découpé du grand lépreux, au son de la musique d'un violon qui suintait des persiennes du salon de coiffure fermé, Chez Tonio.

« Nous ne sommes pas morts. Tu es le Moqadem qui couche avec les femmes des autres et leur fait faire des avortements. Mais, avec les jumeaux tu vas payer ! »

Les yeux de la masse d'ombre qui n'était autre qu'un grand lépreux, au gros ventre barré d'une grande cicatrice, assistaient à la scène de découpage de son grand corps.

« Tiens, de la part de celle dont tu caches le fils ! »

Son petit sexe et ses petits testicules qu'il avait utilisés pour faire du mal à toutes ces femmes semblaient supplier les formes voilées. Ce petit sexe qu'il utilisait pour se masturber sur des femmes à qui il demandait de parler, de dire des insanités qui l'excitaient ! Ce petit sexe qu'il utilisait pour faire souffrir des femmes qui, la plupart du temps, ne jouissaient pas. Il les épuisait en leur demandant de lui masser entièrement tout son grand corps. Pendant ce temps, il pensait à une femme qu'il avait passé du temps à écouter ou à regarder pour se masturber. Il faisait tout pour se contenir pendant que la femme qui était avec lui souffrait dans des positions inconfortables. Ce petit sexe, l'autre forme voilée l'avait arraché sans sourciller. Ses minuscules testicules étaient aussi arrachés et le tout était enfoncé dans sa gueule qu'il utilisait comme un passeport pour séduire les femmes et les mener à la déchéance.

« Tu te disais beau garçon, séducteur, crâneur, sportif, seigneur, tigre, chasseur ! Tu te prenais pour un dieu, un Moqadem d'une voie religieuse, alors que tu n'étais qu'un homme vil et avide de pouvoir et de puissance. »

A ce moment, Muñ apparut, le tapuscrit contenu dans une chemise jaune dans une main, et dans l'autre, quatre lampes-tempête allumées dont les flammes des mèches devenues hardies voulaient monter au ciel. Les formes voilées haletaient, en sueur. Le premier appel à la prière allait retentir d'un moment à l'autre. Les formes voilées avaient commencé à porter les morceaux découpés du corps du grand lépreux dehors sur le trottoir de la rue Félix-Faure, un à un. Muñ avait posé les quatre lampes-tempête et le tapuscrit, et avait aidé les formes voilées en prenant la tête du grand lépreux avec les parties sexuelles enfoncées dans la bouche. Elle lui avait craché dessus et elle avait commencé à psalmodier un blues. Les jumeaux avaient pris les quatre lampes-tempête allumées que Muñ avait posées par terre et les avaient placées aux quatre points cardinaux, autour du corps découpé du grand lépreux en disant :

« Aux quatre points cardinaux méprisés par le Moqadem. »

Muñ avait vu Drianké, essoufflée, en sueur, retourner à la devanture de sa maisonnette, sa canne à la main, sans boiter. Drianké avait auparavant pris les quatre lampes-tempête là où elle les avait laissées et les avait allumées. Elle les avait placées tout autour de l'espace qu'occupait la masse d'ombre. Elle était allée s'installer dans son vieux fauteuil en cuir, enveloppée dans sa grande couverture, sa canne et une lampe-tempête à la flamme hardie, à côté. Elle regardait droit devant elle. Au fond de la chambre de la maisonnette en bois, par la porte entrouverte, une lampe-tempête allumée brillait exceptionnellement, d'une lueur vivifiante.

Drianké ne sifflait plus un blues.

Drianké ne fredonnait plus un blues.

Drianké ne chantait plus le blues.

Drianké ne murmurait plus un blues.

Drianké psalmodiait un blues.

Muñ avait déposé la tête découpée du grand lépreux avec ses petites parties sexuelles enfoncées dans la bouche sur le trottoir de la rue Félix-Faure, et en se relevant, elle avait dirigé son regard vers les persiennes closes du salon de coiffure Chez Tonio, d'où suintait un son lancinant de violon.

Muñ était retournée chez Drianké en psalmodiant un blues. Elle avait ramassé, au passage, le tapuscrit contenu dans une chemise de couleur jaune, et l'avait déposé dans l'espace où les quatre formes voiles étaient allées s'asseoir sur les grandes tables et les grands bancs, avec quatre lampes-tempête allumées tout autour. C'était dans cet espace que Muñ avait ramassé, il y a un an de cela, le tapuscrit intitulé « Vengeance », un 29 novembre, jour pour jour. La chemise de couleur jaune s'était ouverte et les feuilles du tapuscrit s'envolaient avec cette brise du matin qui venait de l'océan non loin. Muñ était retournée dans la chambre de Drianké, avait légèrement refermé la porte et avait continué à psalmodier un blues. Les quatre formes voilées qui semblaient se multiplier regardaient les feuilles du tapuscrit s'envoler une à une devant elles. Elles s'étaient levées et s'en étaient allées quand Muezzin venait d'arriver chez Drianké.

En l'une des ombres voilées, Muñ avait reconnu sa mère.

En l'une des formes voilées, le Philosophe de la rue Félix-Faure avait reconnu Drianké.

En une des formes voilées, Tonio, des persiennes de la fenêtre de son salon de coiffure, avait reconnu sa fille.

En une des formes voilées, les jumeaux avaient reconnu leur mère.

En une des formes voilées, on pouvait reconnaître la mère d'un fils qu'on cachait.

En une des formes voilées, on pouvait reconnaître une gargotière.

En une des formes voilées, on pouvait reconnaître une femme trompée.

En une des formes voilées, on pouvait reconnaître une femme méprisée.

En une des formes voilées, on pouvait reconnaître une femme humiliée.

En une des formes voilées, on pouvait reconnaître une femme exploitée.

En une des formes voilées, on pouvait reconnaître une femme abusée.

En une des formes voilées, on pouvait reconnaître la jeune femme de teint clair, aux cheveux courts.

En une des formes voilées, on pouvait reconnaître la femme du coiffeur Tonio.

En une des formes voilées, on pouvait reconnaître la femme à la valise.

En une des formes voilées, on pouvait reconnaître la femme rencontrée aux lieux saints.

En une des formes voilées, on pouvait reconnaître la fille aînée de Muezzin.

En une des formes voilées, on pouvait reconnaître toutes les femmes, sauf la femme de petite vertu, qui avait passé la lèpre au Moqadem.

Les quatre formes voilées s'en étaient allées, donnant l'impression de se multiplier dans la rue Félix-Faure. Elles étaient comme une illusion, comme un mirage. Elles étaient légères et s'en allaient, chacune tenant à la main, une lampe-tempête, dont la flamme, de plus en plus hardie, éclairait à cette heure du matin la rue Félix-Faure, d'une lumière surnaturelle. Du salon de coiffure Chez Tonio, encore fermé, suintait une musique de violon, une morna entraînante, une morna qui invitait à l'amour et à la jouissance. Il était cinq heures trente du matin.

A la morgue de l'hôpital, les yeux du grand lépreux découpé en morceaux avaient cessé de bouger, mais étaient toujours grands ouverts. L'employé de la morgue, en mettant les morceaux dans un caisson rouge, n'avait pas remarqué que dans les yeux immobiles était fixée une image. Il voulut refermer les paupières du grand lépreux et se rendit compte qu'elles ne se refermeront plus jamais. Il s'approcha un peu plus et là, il vit l'image, la dernière image que les yeux, disait-on, fixaient à jamais, juste avant la mort. Il poussa le caisson en bois dans un coin et fit une oraison funèbre au fameux Moqadem : « Elles t'ont bien eu ! ».

C'était un 29 novembre.